Brandon Sanderson

布蘭登・山德森

Brandon Sanderson

布蘭登・山德森

BEST 嚴選

奇幻基地出版

迷霧之子

番外篇：執法鎔金

Mistborn: The Alloy of Law

布蘭登．山德森 著
段宗忱 譯

Brandon Sanderson

BEST嚴選

緣起

在繁花似錦的奇幻文學花園裡，你或許還在門外徘徊，不知該如何抉擇進入的途徑；也或許你已經置身其中，卻因種類繁多，或曾經讀過不合口味的作品，而卻步、遲疑。

BEST嚴選，正如其名，我們期許能透過奇幻基地對奇幻文學的瞭解，以及對讀者的理解，站在出版者與讀者的雙重角度，為您精選好作家與好作品。

他們是名家，您不可不讀：幻想文學裡的巨擘，領域裡的耀眼新星。

它們最暢銷，您怎可錯過：銷售量驚人的大作，排行榜上的常勝軍。

這些是經典，您務必一讀：百聞不如一見的作品，極具代表的佳作。

奇幻嚴選，嚴選奇幻。請相信我們的眼光，跟隨我們的腳步，文學的盛宴、幻想世界的冒險，就要展開。

excellent bestseller classic

獻給約書亞・比姆司（Joshua Bilmes）——

他從不害怕告訴我書出了什麼問題，

然後繼續爲那本書爭取機會，無論它曾被誰放棄過。

致謝

我想，我是在二〇〇六年時，第一次以迷霧之子的世界背景所設定的小說系列，向我的編輯提案的。長久以來，這一直是我對司卡德利亞——迷霧之子系列發生的世界——的計畫。我想要試著擺脫奇幻世界總是停滯不前、上千年時間過去後，科技卻毫無改變的刻板印象。當時的計畫是還有一套要書寫現代，另一套三部曲則是寫未來，而三套的共通點就是鎔金術、藏金術和血金術。

這本書不是第二套三部曲之一，而是插曲，是在我計劃這個世界將如何發展的過程中，意外誕生的新刺激。我想要向各位說明，要列出這麼多年來幫助我的每個人，根本是件不可能的事，我只能盡量列出在這幾本書中，曾經幫助過我的好同件。

初稿讀者當然包括我的經紀人Joshua Bilmes，還有我的編輯Moshe Feder。這本書就是獻給Joshua的。在我的事業中，他是我的寫作群以外最早開始相信我的作品的人。他一直是很棒的支柱，也是很好的朋友。

其他初稿讀者是我的寫作群：Ethan Skarstedt、Dan Wells、Alan & Jeanette Layton、Kaylynn

ZoBell、Karen Ahlstrom、Ben & Danielle Olsen、我兄弟Jordan Sanderson（算是啦），還有Kathleen Dorsey。最後，當然是與我密不可分的Inseperable Peter Alstrom，我的助手跟朋友，他爲我的寫作做出所有重要的貢獻，我的感謝難以表達萬一。

我同樣要感謝Tor出版的Irene Gallo、Justin Golenbock、Terry McGarry，還有許多我無法一一列舉的各位，包括Tom Doherty與銷售部的諸位。感謝你們的傑出工作。我再次需要特別感謝Paul Stevens，他給予我難以詳述的協助。

二稿讀者包括Jeff Creer與Dominique Nolan。特別感謝Dom提供我武器與槍枝的資料，如果有誰需要朝任何東西準確地開上一槍，他是不做第二人想的人選。

另外特別要提的是Chris McGrath的美麗封面，我特別向他邀稿，迷霧之子（美國版）平裝本封面就是他的作品。Ben McSweeney與Isaac Stewart再次爲本書內頁作畫，他們爲《The Way of Kings》的畫作優秀至極，本書同樣出色。如果你對凱西爾的過去有興趣，Ben同時爲Crafty Games剛出品的迷霧之子RPG遊戲提供了精緻的作品，詳情請見crafty-games.com。

最後，我希望再一次感謝我最棒的太太愛蜜莉，謝謝她的支持、評論，還有愛。

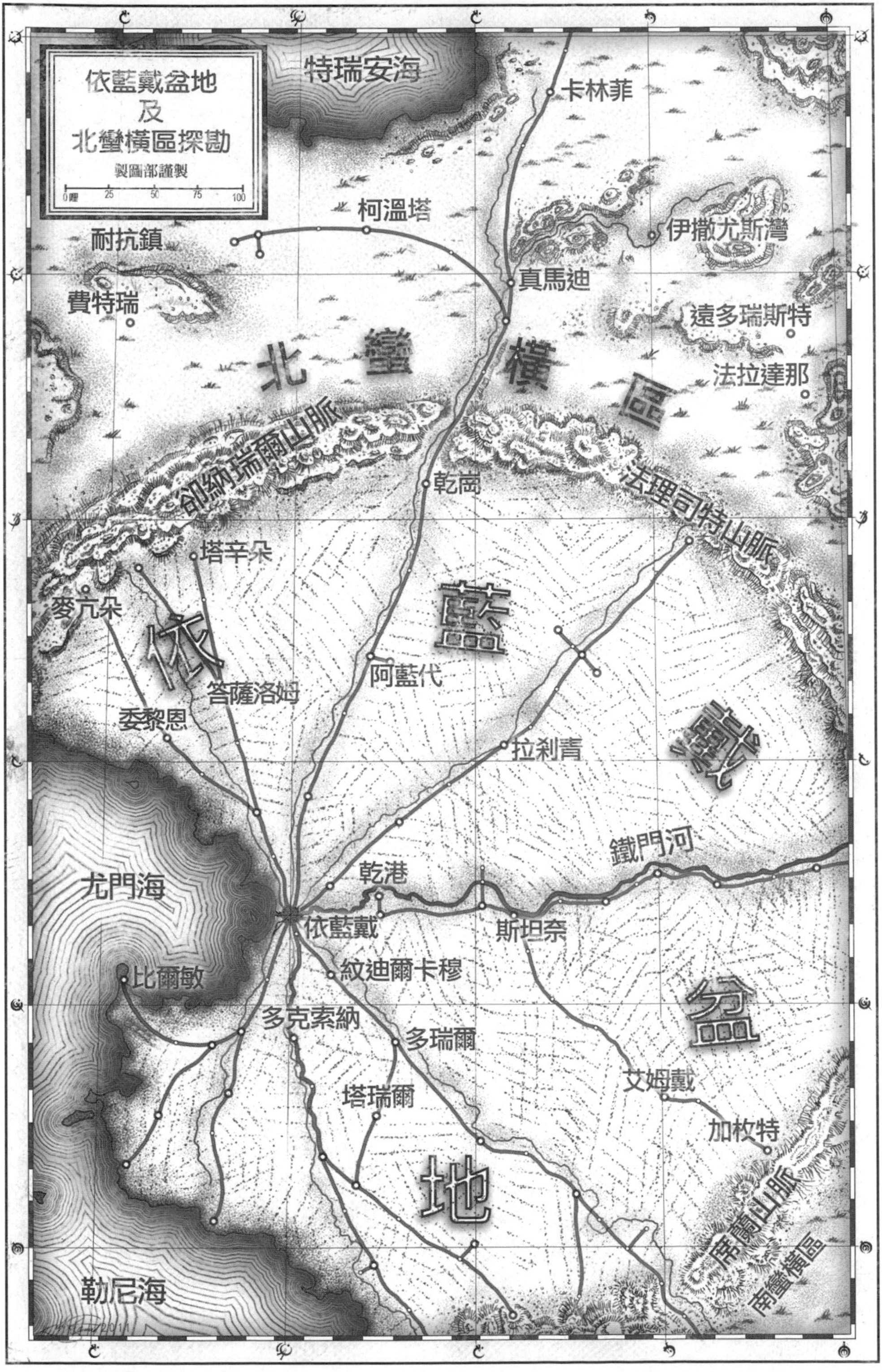
依藍戴盆地
及
北蠻橫區探勘
製圖部謹製
0哩 25 50 75 100
特瑞安海
卡林菲
柯溫塔
耐抗鎮
伊撒尤斯灣
真馬迪
費特瑞
遠多瑞斯特
法拉達那
北蠻橫區
卻納瑞爾山脈
乾崗
法理司特山脈
塔辛朵
麥亢朵
阿藍代
答薩洛姆
委黎恩
拉刹青
鐵門河
乾港
尤門海
依藍戴
斯坦奈
紋迪爾卡穆
比爾敏
多克索納
多瑞爾
艾姆戴
塔瑞爾
加枚特
南蘭山脈
南蠻橫區
勒尼海
依藍戴盆地

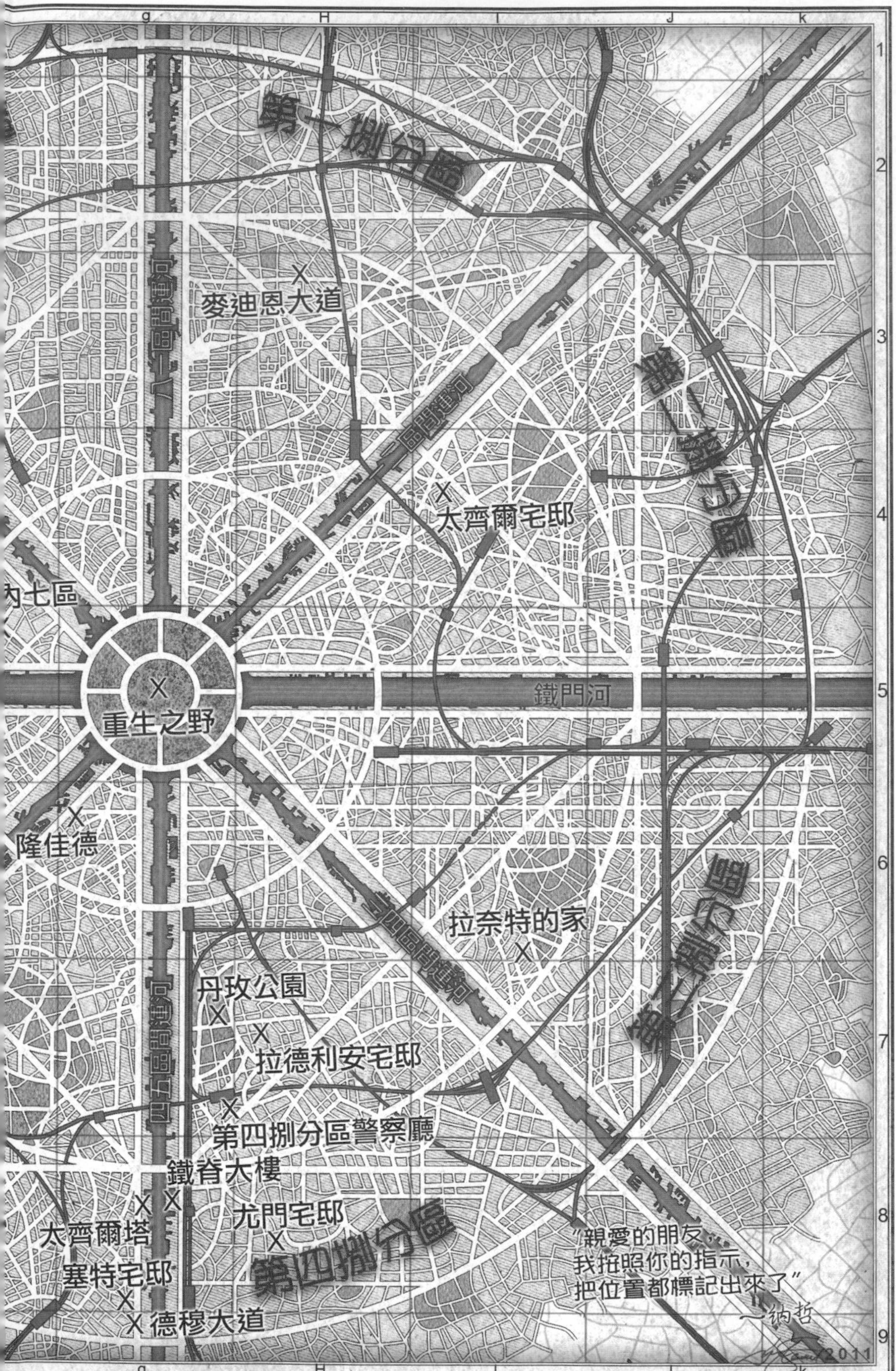

第一捌分區
麥迪恩大道
第二捌分區
太齊爾宅邸
內七區
重生之野
鐵門河
隆佳德
拉奈特的家
第三捌分區
丹玫公園
拉德利安宅邸
第四捌分區警察廳
鐵脊大樓
太齊爾塔
尤門宅邸
塞特宅邸
德穆大道
第四捌分區
"親愛的朋友，
我按照你的指示，
把位置都標記出來了"
—納哲
2011

依藍戴城
與近郊
出自
實地探勘
341年製
製圖部謹製
哈姆達灣
北六區
圖示參照
道路
鐵路
地下鐵
火車站
碼頭
區
公園
農田
一哩比例尺
0
1/4
1/2
3/4
1 哩
地圖分割單位為哩

楔子

瓦（Wax）蹲低身子，貼著破爛的籬笆潛行，靴子磨擦著乾燥的地面，手中的史特瑞恩36手槍舉在頭邊，銀色的長槍筒上滿是紅色陶土。這把手槍的外表雖平淡無奇，然而六發子彈裝的槍膛作工卻極爲精細，鋼鐵合金的外框在轉動時毫無多餘的鬆弛，金屬手把既不發光，也沒有珍貴的皮革裹覆，渾然天成地緊貼著他的掌心。

及腰高的籬笆相當脆弱，木頭隨著年代久遠而泛灰，繫住它們的不過是早已鬆脫的繩索，聞起來的味道都已上了年紀，就連蟲子都在很久以前放棄了這些木材。瓦從扭曲的木板探出頭，目光掃過空無一人的城鎮。藍色的線條出現在他的視野裡，從胸口延伸到附近有金屬物的地方，這是他施用鎔金術的結果。燃燒鋼可以讓他看到不同金屬的位置，同時還可以反推，以他的體重與那物件的重量相抗衡。如果物件比較重，他會被往後推，反之，它會向前衝。

不過此時此刻他沒有推，只是想藉由這些線條，來觀察附近是否有會移動的金屬。答案是完全沒有。釘子維繫住建築物的結構，彈殼散落在灰塵中，馬蹄鐵堆在沉默的鐵舖裡，一切就像在他右手邊的舊式手動幫浦一樣毫無動靜。

他懷著戒心，動也不動。鋼繼續溫暖地在他的腹中燃燒，爲了以防萬一，他輕輕地以自己爲中心，朝四面八方外推。這是幾年前學會的技巧。他沒有推任何特定的金屬物體，而是在自己周圍創造出保護圈，任何朝他飛來的金屬物體都會被微微彈偏。這個方法並非牢不可破，他還是有可能被射中，但是子彈會偏離原本的目的，光靠這一點就救了他幾次命。他甚至不確定自己是如何辦到的。鎔金術對他而言經常是種直覺。不知爲何，他甚至能排除自己手中握著的金屬，避免手槍也被推出去。

他繼續沿著籬笆往前走，同時留意周遭的金屬線條，確保沒有人埋伏攻擊。費特瑞曾經是繁榮的城鎮，但那已經是二十年前的事情，直到有一群克羅司人住在附近，之後便每況愈下。

今天的死城似乎空無一人，但是瓦知道並非如此。他來這裡是爲了獵捕一名變態殺人狂，但爲此而來的人不只他一個。

他攀住籬笆的頂端躍過，腳踩在紅色的陶土上，蹲低了身子跑到老鐵舖的火爐邊。他的衣著剪裁精美卻滿是灰塵：高級的全套西裝，頸部繫了銀色領巾，精緻的白襯衫袖釦的袖扣閃爍。他的外表跟如今所處的環境格格不入，彷彿是要去依藍戴（Elendel）參加華美的舞會，而不是在蠻橫區的死城中彎著身體獵捕殺人犯。最後，爲了完成全套裝束，他頭上還頂著圓頂短沿黑禮帽好遮擋太陽。

一個聲音傳來。對街有人踩到木板，發出嘎吱聲，聲音輕到他幾乎沒察覺。瓦立刻反應，驟燒腹中燃燒的鋼，在槍聲劃破空氣的同時，鋼推起身邊牆上的一排釘子。

突來的鋼推讓牆壁晃動不止，生鏽的老釘子掙扎地想要鬆脫，鋼推的力道讓瓦反彈到一旁，順勢在地上打了個滾。眨眼間，一條藍線出現——是枚子彈——射中他原本所在的位置。

他站起的同時，第二枚子彈也射出，卻在千鈞一髮之際突然微微轉彎。

子彈被他的保護圈給彈開，從他耳際飛過。如果再往右邊一吋，那無論有沒有鋼圈，他的眉心都會被射中。瓦平靜地深吸一口氣，舉起手中的史特瑞恩手槍，瞄準了對街老旅館的陽台；子彈就是從那裡發出，而陽台的前面有一塊旅館標誌，正好供槍手躲藏。

瓦開槍，然後鋼推子彈，讓子彈無論是速度或穿透力都更上一層。他沒有使用常見的鉛或紅銅外殼的子彈，他需要更強的。

大口徑的鋼殼子彈射中陽台，額外的力道讓子彈射穿木板，正中後面的人。那人倒下時，連往那人手槍的藍線也同時顫抖。瓦緩緩地站起，撣了撣衣服上的灰塵。在這瞬間，空中又響起槍聲。

他咒罵，反射地鋼推釘子，但直覺告訴他為時已晚：聽到槍聲時，已經來不及靠鋼推躲避。

這次他被擊倒在地，鋼推的力量必然會有所作用，如果釘子不動，那動的就會是他。悶哼聲中，他撞倒在地，同時舉起手槍，灰塵黏上手心的汗，他急切地尋找到底是誰對他開槍。對方沒射中，也許是因為鋼圈的作用——

一具屍體從鐵舖屋頂翻落至地面，激起一片紅色灰塵。瓦眨眨眼，將槍舉至胸口，再次繞過籬笆，蹲下身子尋求掩護，同時留神藍色的鎔金術線條。如果有人靠近，身上又有金屬物品的話，那些線可以警告瓦有新動靜。

落在建築物旁的屍體沒有與任何藍線連結，但是另外一組顫抖的線，正指向朝鐵爐後方移動的某個東西。瓦平舉起槍，瞄準了繞過建築物旁邊朝他奔來的身影。

那女人一件白色的長大衣底端已經被灰塵染紅，黑髮綁成馬尾，身穿長褲跟寬腰帶，套著厚靴子，有張方正的臉，強悍的面容，右邊嘴角微微上翹，表情半笑不笑的。

瓦鬆了一口氣，放下槍。「蕾希（Lessie）。」

「又把自己撞倒在地了？你臉上的灰塵比邁爾斯皺眉頭的次數還多，也許你該退休了，老頭子。」她來到他身邊的籬笆旁說道。

「蕾希，我只不過比妳大三個月。」

「漫長的三個月。」她探頭看看籬笆的另一邊。「有看到別人嗎？」

「我放倒了一個陽台上的人。看不出來是不是血腥譚。」

「不是。他不會從那麼遠的地方射擊。」

瓦點點頭。譚喜歡貼近動手的感覺，越近越好。那變態殺人狂覺得用槍是一件很可惜的事情，除非不得已。況且他就算用槍，也要近到可以看見對方眼中的恐懼。蕾希的目光掃過安靜的城鎮，朝他一瞥，準備繼續前進。但她先朝下瞄了一下，瓦隨著她的目光看去，發現自己襯衫口袋露出了信封的一角。這是早上才剛送到，來自偉大的城市依藍戴，收信人是瓦希黎恩·拉德利安爵爺（Lord Waxillium Ladrian）。這個名字瓦已經好幾年沒用過了，如今不再覺得是屬於自己的名字。他將信塞得更裡面。蕾希想多了。那個城市對他已經毫無意義，拉德利安一族沒有他也很好。他早該把信燒掉的。

瓦朝落在牆邊的人點點頭，想讓她忘記信的事情。「妳做的？」

「他帶著弓箭，石製箭頭。幾乎要從上面射中你了。」

「謝謝。」

她聳聳肩，眼中閃爍著滿意。那雙眼睛周圍如今已有了紋路，是被蠻橫區的酷日曬出來的。她跟瓦有一段時間曾經記錄彼此之間到底誰救對方的次數多，但很多年前就已數不清了。

「掩護我。」瓦輕聲說道。

「拿什麼？油漆？香吻？你已經全身是灰了。」

瓦朝她挑了挑眉。

「抱歉。我最近太常跟偉恩打牌了。」她做個鬼臉。

他哼了一聲，半蹲地跑向屍體，把屍體翻過來。那個人有張殘酷的臉，長了幾天份的鬍鬚，右側子彈傷正冒著血。瓦心想，總覺得我認得他。他翻動那人的口袋，拿出了一顆血紅色的玻璃珠。

他快步回到籬笆邊。

「怎麼樣？」

「多拿的手下。」瓦舉起手中的玻璃珠。

「混蛋。他們就是不能讓我們安心做事，對吧？」

「妳開槍打了他兒子啊，蕾希。」

「你也開槍打了他兄弟。」

「我是自衛。」

「我也是。那小子煩死人了，而且他又沒死。」

「他少了腳趾。」

「反正人又用不到十根。我有個表妹只有四根腳趾，還不是好得很。」她舉起手槍，掃過空無一人的城鎮。「當然啦，她是看起來有點好笑。掩護我。」

「拿什麼？」

她沒回答，只是露出大大的笑容，彎腰跑向鐵舖。

和諧啊（*Harmony*），我愛死那女人了，瓦帶著笑容心想。

他小心留意四周是否還有槍手，但蕾希安然無恙地抵達建築物。瓦朝她點點頭，然後衝向對街的旅館，彎腰閃了進去，檢查角落是否有敵人躲藏。酒吧沒人，所以他貼著門口，朝蕾希揮手，她跑向她那側街道的下一棟建築物，快速檢查。

多拿的手下。沒錯，瓦是開槍打了他兄弟，但那個人正在搶劫街車，不過據了解，多拿對那位兄弟也沒什麼感情。多拿只在乎損失金錢，也大概就是爲此而來。「血腥」譚偷了多拿的一批彎管合金，所以多拿提出賞金懸賞「血腥」譚的人頭，但是瓦沒想到會跟他在同一天來獵捕譚。多拿的手下早就已經接到命令，只要看到瓦或蕾希就格殺勿論。瓦自己是有點想要就此離開這座死城，讓多拿跟譚去拚個你死我活，但是再想了想，他的眼角便開始抽動。他已經承諾要緝捕譚，所以必須做到。蕾希從她那側的建築物旁揮揮手，指向後面。她要從那邊靠近下一組建築物的後巷。瓦點點頭，用力揮了一下手。他得想辦法跟偉恩還有巴爾聯絡上，要他們兩人去城的另外一邊搜索。

蕾希消失蹤影，瓦則穿過老旅館想從側門離開，經過了人類跟老鼠築起的髒老巢。這城鎮引來流浪漢的速度就跟狗招來虱子一樣快。他甚至路過裡頭有塊鐵片的石圈火堆——應該是有人在石圈中生了火，那個笨蛋居然沒把整棟樓燒掉，也眞是神奇。

瓦緩緩地推開側門，走入旅館跟旁邊商店間的小巷。之前的槍聲一定已經傳開，說不定會有人來查看，還是躲著些好。

他繞過商店後面，小心翼翼地走在紅色陶土地上。這裡的山丘上長滿了野草，唯一的空地是通往一座老舊冷藏地窖的門。瓦繞過旁邊，然後停下腳步，看著木頭框的地洞。

也許……

他跪在開口旁往下瞧。這裡以前有座梯子，但早已經腐爛，下方的地上還有一堆碎木塊，空氣聞起來又悶又濕……還帶著一絲煙味。有人在這裡點過火把。

瓦朝洞裡拋下一枚子彈，掏出槍，往下一跳。落地時，他充滿了他的金屬意識，減輕體重。他是個雙生師（Twinborn），既是藏金術師，又是鎔金術師。他的鎔金術力量是鋼推，藏金術力量叫輕掠，可以增加或減少體重，這是極爲強大的天賦組合。

他鋼推著下方的地面，減緩落下的速度輕輕著地，然後將重量恢復正常，至少是他習慣的正常。他向來以四分之三的體重生活，好讓自己的腳步更為輕盈，反應更為迅速。

瓦小心翼翼地在黑暗中徐徐前進。尋找「血腥」譚的藏身之處的過程相當漫長艱辛，然而最大的線索是費特瑞裡的土匪、流浪漢，跟不幸的遊民突然相偕離開。瓦悄悄地朝地窖深處前進，煙味越發濃烈，雖然光線更為黯淡，他仍然可以看見土牆旁邊有個火堆，還有一座可以被搬到出口處的梯子。

他停下腳步。這一切跡象顯示了躲在地窖中的人無論是否是譚，都仍然還在這裡，除非有別條路可以出去。瓦再往前走了一小段路，瞇著眼睛想看清黑暗深處。

前方有光。

瓦輕聲把槍上了膛，然後從自己的迷霧外套中掏出一個小瓶子，用牙齒拔開瓶塞，一口氣喝下裡面的威士忌跟鋼，補充體內存量，驟燒鋼。沒錯……前面通道的深處有金屬。這地窖有多長？他以為這裡很小，但是一路上看見的加強結構用的橫木意謂著有更深、更長的通道，比較像是礦坑隧道。

他專注於那些金屬線，繼續小心翼翼地潛進。如果有人看到他，就會拿槍瞄準自己，因此這些鋼線會有動靜，讓他有機會把武器從他們手中鋼推掉。通道中央吊著別的東西。屍體？吊死的？瓦無聲咒罵，快速前進，擔心是個陷阱。

確實是具屍體，卻讓他很不解。剛開始看起來，這具屍體似乎已經有了好幾年，眼睛都從頭顱裡不見了，皮膚緊貼著骨架，沒有發臭，也沒有膨脹。

他認得這個人。吉爾明是負責將周圍小村落的信送進耐抗鎮的信差。至少這身制服是他的，頭髮看起來也像是他的。他是譚最早的犧牲者之一，他的消失讓瓦開始獵捕這名凶手。但也不過是兩個月前的事情。

瓦心想，*他被製成了木乃伊，像是皮革一樣被處理、晾乾。*瓦覺得一陣反胃。以前跟吉爾明一起喝過酒，即使這個人玩牌時會詐賭，仍不失爲是個和善的人。

吊起吉爾明的手法也不普通，首先是用鋼鎖撐起吉爾明的手臂，讓它們朝兩旁平舉，他的頭歪著，嘴巴被撐開。瓦轉頭不再看，眼皮跟眼角開始抽動。

*小心點，不要讓他激怒你。專心。*他告訴自己。對方一定會回來把吉爾明放下，但是現在不能冒險製造噪音。至少知道找對了地方。這裡絕對是「血腥譚」的巢穴。

遠方還有另外一簇光。這通道到底有多長？他朝光圈走著，又找到一具屍體，這次是橫著掛在牆上。安娜芮，一名來訪的地質學家，繼吉爾明失蹤之後不久也同樣消失。可憐的女人。她以相同手法被曬乾，身體以特殊的姿勢被釘在牆上，彷彿她跪在地上，檢視一堆石頭。

另外一圈光引他更爲深入。顯然這不是地窖，可能是費特瑞當年繁榮時留下的走私通道。這些橫木年代久遠，不可能是譚挖出來的通道。

瓦走過了另外六具屍體，每一具都有燈籠點亮，被擺成某種姿勢。一人是坐在椅子，另一個像是飛在空中，幾個人是釘在牆上。後面的幾具屍體比較新鮮，最後是最近被殺死的人。瓦不認得那瘦長的男子，他的手舉在頭邊，像是在敬禮。

鐵鏽滅絕啊（*Rust and Ruin*），這不是「血腥」譚的巢穴……是他的展覽館。

瓦反著胃來到下一個光圈。這裡不太一樣。更明亮。他走得更近時，發現天花板上被割出了一個方形的洞，陽光從上面射下，通道就在那裡結束，顯然是個已經腐爛或壞掉的暗門，地面從洞口緩緩升起。

瓦爬上斜坡，小心翼翼地探出頭。他來到一棟沒有屋頂的建築物，但是磚牆仍然完整，在瓦的左前方，有四座祭壇。是倖存者的老教堂。裡面似乎是空的。

瓦爬出洞口，史特瑞恩舉在頭邊，外套被地上的泥巴弄髒，但清淨乾燥的空氣聞起來舒人心脾。

「每個人生都是一場表演。」一個聲音響起，在廢棄的教堂中迴蕩。

瓦立刻竄開，打個滾躲到祭壇旁邊。「可是我們不是表演者。我們是傀儡。」那聲音說道。

「譚。你出來。」瓦回道。

「執法者，我見過神了。」譚低語。「我見過死神本人，眼眶中釘著釘子。我見過倖存者，他就是生命。」瓦的眼光掃過小教堂。他在哪裡？裡面都是破爛的長凳跟散落在地上的雕像。瓦繞到祭壇的另一邊，認爲聲音是從房間後方傳來。「其他人還在猜想，可是我知道。我知道我是傀儡。我們都是。你喜歡我的展示嗎？我很努力呢。」瓦沿著建築物的右牆前進，靴子在灰塵中留下一條足跡。他淺淺地呼吸，一道汗沿著右額流下。他的眼皮在抽動，腦海中仍然可以看到牆上的屍體。

「許多人沒有創造真正藝術的機會，而最好的表演是無法重現的演出。要花上許多個月、許多年來準備，一切都要恰到好處。可是在一日結束後，腐爛就會開始。我不能把他們變成真正的木乃伊。我沒有時間或資源，只能將他們保存到可以準備這場表演。明天，一切就會崩壞。能看到的人只有你。只有你。我想……我們都只是傀儡……你能明白嗎……」

聲音從房間後方傳來，靠近擋住瓦視線的一堆亂石。

「有別人在移動我們。」譚說道。瓦彎腰繞過亂石，舉起史特瑞恩。

譚站在那裡，身前抓著蕾希，她的嘴巴被堵上，雙眼睜大。瓦舉著槍凍結於原處。蕾希的手臂跟腿都在流血。她被射中了，而且臉色越發蒼白。她應該失了不少血，所以譚才能制服她。

瓦冷靜了下來。他沒有感覺焦慮。那對他來說太奢侈，說不定會讓他顫抖起來，而顫抖會讓他射偏。他可以看到譚的臉在蕾希身後出現。那個人握著套住她脖子的繩索。

譚是個身材瘦削，手指修長的男人。他原本是死者的化妝師，黑色的頭髮逐漸稀疏，滿是髮油貼在腦後，一身精緻的西裝上沾滿了鮮血，隱隱發著光。

「執法者，有別人在移動我們。」譚低聲說道。

蕾希迎向瓦的雙眼。他們都知道在這個情況下該怎麼辦。上一次，被抓的人是他，他們經常被用來制衡彼此。蕾希認為這不是弱點。她的解釋是：如果譚不知道他們是一對的話，那他會直接殺了她，但現在譚選擇挾持她，反而讓他們有機會可以逃脫。

瓦沿著史特瑞恩的槍筒瞄準，扣住扳機，直到即將發射的程度。蕾希眨眼。一、二、三。瓦開槍。在那瞬間，譚將蕾希往右扯。槍聲劃破空氣，在磚頭間迴蕩。

蕾希的頭猛力往後彈，被瓦的子彈射中右眼上方。血濺上她身後的磚牆。她軟倒在地。瓦驚恐地站在原處，動彈不得。

不對……原本不該……不能這樣的……

「最好的表演，只能上演一次。」譚微笑，低頭看著蕾希的身體。

瓦射中他的頭。

1

五個月之後，瓦走在一場盛大熱鬧的宴會中，經過妝點華麗的房間、身著深色燕尾服的男士，還有許多禮服腰身窄小、繽紛裙襬多摺的女子。他們都稱呼他爲瓦希黎恩爵爺或拉德利安爵爺。

他朝每個人點頭，卻避免跟任何人交談，刻意繞道進入宴會後方的一間房間，房中是近來全城都熱切討論的話題：電燈。那穩定且過於均勻的耀眼光芒，正阻撓著夜色的侵襲，瓦可以看得見窗外的濃霧正在逗弄著玻璃。

瓦無視於宴會禮節，逕自推開房間巨大的雙開玻璃門，走入宅邸的大陽台。終於，他感覺能夠呼吸。

他閉上眼睛，一吸一吐，濃霧的淡淡濕氣沾上臉龐。他心想，城市裡的建築物眞是讓人

……窒息。我是忘記了，還是年輕時從來沒有注意到？

他睜開眼睛，手撐著欄杆，探出頭看著下方的依藍戴。這裡是世界上最宏偉的城市，是和諧親自設計的都市，瓦成長的地方。但過去二十年來，他不曾稱這裡爲家。

雖然蕾希死去已五個月，他仍然聽得到那聲槍響，看得見濺在磚頭上的鮮血。他選擇離開蠻橫區，搬回城市，接下了在叔叔去世之後對他焦急召喚的責任。

五個月了，另外一個世界了，那聲槍響依舊不絕於耳。清脆、乾淨，像是天空中的乍雷。他聽得到如音樂般的笑聲從身後溫暖的室內傳來。塞特宅邸相當華麗，充滿昂貴的木材、柔軟的地毯，還有璀璨的水晶燈。沒有人跟他一起分享這個陽台。

從這個角度，他可以完美地欣賞德穆大道的燈火。兩排明亮的路燈散發出平穩刺目的白光，像是泡泡般掛在大道的兩旁，旁邊是更寬廣的運河，寂靜的水面倒映著燈光。夜晚的火車從遠處的市中心呼嘯而過，喊出晚安的笛聲，以深色的濃煙爲迷霧繡上外邊。

沿著德穆大道一直往前，瓦可以清楚看見鐵脊大樓與太齊爾塔，各自聳立於運河的兩邊。兩棟建築物都尚未完工，但是鋼架已高聳入空，高得令人難以想像。

兩方建築師們不斷公告他們打算把樓建得多高，互不相讓，他在這場宴會中聽到的可信傳言是：兩棟樓都會超過五十層高。沒有人知道到底哪一棟會比較高，但是已經有許多人當成玩笑下了賭注。

瓦吸入迷霧。在蠻橫區中，三層樓高的塞特大宅已經會是最高的建築物了，然而放在這裡卻顯得特別矮小。在他離開城市的時間裡，世界已經變了，長大了，發明不需要火就能發光的燈，還有甚至會比迷霧還高的樓。他低頭看著第五區邊緣的大街，突然覺得自己已經很老，很老了。

「瓦希黎恩爵爺？」一個聲音從後方響起。

他轉頭看到一名年長的女子正從門後探頭看著他。亞凡．塞特夫人。她灰色的頭髮盤成圓髻固定在頭頂，脖子上戴著紅寶石。「和諧啊，您在外面會著涼的！進來吧，有些人您一定會想認識。」

「我一會兒就進去，夫人。我只是想呼吸一下新鮮空氣。」瓦回道。

塞特夫人皺眉，卻仍然離開。她不知道該怎麼看待他。沒有人知道。有些人將他視爲拉德利安家族的神祕繼承人，跟山脈後方國家的奇特傳說有關。其他人認爲他是毫無教養的鄉下傻子。他則覺得自己兩者皆是。

他整個晚上都在被人展示。理論上他應該要找個妻子——差不多每個人都知道這件事。拉德利安家族在叔叔隨興的經營之下，已經陷入財務危機，最簡單的解決方法就是聯姻。但不幸的是，他的叔叔也得罪城市中四分之三的上流人士。

瓦靠在陽台上，兩邊手臂下的史特瑞恩手槍戳入腰側。它們的槍筒太長，不適合用放在腋下的槍套，整個晚上都令他很不舒服。

他應該要回到宴會中跟所有人聊天，嘗試彌補拉德利安家族的名聲，可是一想到那擁擠的室內，如此熱，如此緊貼，窒息，讓他難以呼吸……

他不讓自己有太多時間考慮，一翻身便跳過欄杆，從三層樓高的地方往地面墜下，開始燃燒鋼，朝身後不遠處拋下一顆子彈空殼後反推，身體的重量讓彈殼落地的速度快於他。有賴於他的藏金術，他的體重向來比正常輕，他幾乎已經忘記以正常體重落下是什麼感覺。當彈殼落到地面時，他順勢反推，讓自己橫向跳過了花園的圍牆，一手撐著石頭，翻越出去，然後將體重減輕到極低，在高牆的另一邊輕聲落地。

很好，他心想，蹲著身子，檢視籠罩在迷霧的環境。車伕的中庭。眾人搭乘來的交通工具都整整齊齊地排好，車伕們則坐在幾間溫暖的房間中閒聊，橘色的燈光灑入迷霧。這裡沒有電燈，只有提供溫暖的舒適壁爐。

他走在馬車間，直到找到自己的馬車，然後打開綁在後方的箱子。

他脫下高級的紳士晚宴外套，穿上迷霧外套，一件像是長披風的外衣，包裹全身，有著厚重的領子跟緊束的袖口。他在迷霧外套的內側口袋套上一把霰彈槍，然後扣上槍腰帶，將史特瑞恩插入腰邊。

啊，舒服多了。他真的不能再老是帶著史特瑞恩，得去弄些比較適合隱藏的實際武器。可惜他絕對找不到像拉奈特所做的優秀槍枝了。她是不是搬來城裡了？也許能去找她談談，試著說服她幫他打造新槍，如果她沒一看到他就開槍的話……

片刻後，他已經在城市中奔跑，身上的迷霧外套極為輕盈，他敞開前襟，露出裡面的黑襯衫跟紳士長褲。長及腳踝的迷霧外套從腰部以上開始分散成布條，輕微的磨擦聲飄在他身後。

他拋下一枚彈殼，讓自己高高飛入空中，落在宅邸對街的建築物屋頂。回頭看去，窗戶在黑夜中顯得越發明亮。他這樣從陽台上消失，會引發什麼樣的傳言呢？

好吧，他們已知道他是雙生師，這件事原本就記錄在公眾檔案中。他的消失對於彌補家族名聲毫無助益，不過此刻他不在乎。回到城市以後，他幾乎每個晚上都在參加某種社交聚會，而且城市裡已經好幾個禮拜沒有起霧了。

他需要霧。這才是眞正的他。

瓦跑過屋頂，跳下，朝德穆大道前進。在落地前，他拋下一枚空彈殼後反推，減緩落地的速度，降落在一堆裝飾用的灌木叢中。枝芽與他的披風布條糾結一陣，發出嗄吱聲。

該死的。蠻橫區裡根本不會有人爲了好看而種灌木。他掙扎脫身，對自己發出的噪音感到尷尬。才回到城市裡幾個禮拜，就已經生疏成這樣了？

他搖搖頭，再次將自己鋼推入空中，離開寬廣的大道與平行的運河，調整了飛行的角度，落在新的電燈上。現代城市有個好處，就是到處都是金屬。

他微笑，驟燒鋼，從路燈頂端反推，在空中畫出長長的弧線。迷霧從他身邊流過，隨著吹在臉上的風盤繞。眞刺激。人得擺脫掉地心引力的枷鎖，尋求天空，才會眞正感覺到自由。

在弧線的頂端，他再次反推另一根路燈，讓自己飛得更遠。那一長排路燈就像是他私人的鐵道，不斷帶著他前躍。他的行爲引來經過馬車與行車的注意。

他微笑。像他這樣的射幣（Coinshot）算是少見，但是依藍戴是個大城，人數極多，這些人不會是第一次看到有人藉著金屬在城市中跳躍，射幣在依藍戴經常擔任高速快遞的工作。

城市的大小仍然讓他吃驚。這裡住著幾百萬人，可能有高達五百萬人之多。沒有人能夠準確統計所有區域內的人數，在這裡區域的單位稱爲捌分區，顧名思義，總共有八個。

數百萬人。他完全想像不出來，即使他在這裡長大。在他離開耐抗鎮前，他已經覺得那裡開始變得太大，而那時鎮上頂多也不過一萬人而已。

他落在巨大鐵脊大樓正前方的路燈上，扭著脖子，隔著迷霧，看著高聳的建築物尚未完成的頂端消失在黑暗中。他能爬上這麼高的地方嗎？他無法使用鐵拉，只能用鋼推，他不是古老故事中的神話迷霧之子，像是倖存者或是昇華戰士。一個人只能擁有一種鎔金術力量跟一種藏金術力量，事實上，光只擁有一種就已經是稀罕的優勢，像瓦這種雙生師更是極爲難得。

偉恩號稱他記住了所有雙生師的可能組合，當然偉恩也曾經號稱自己偷過一匹打嗝聲音是完美音符的馬，所以他說什麼都只能預設內容已經加油添醋過了。瓦真的沒有留意所有雙生師的定義與名字。他自己是射幣與掠影的組合，所以叫作撞擊（Crasher）。他極少願意思考這個名稱對自己的意義。

他開始填補他的金屬意識，那是他配戴在上臂的一對鐵護臂，盡量減輕自己的體重，讓自己更輕盈。這些體重以後有用處。然後，他刻意忽略腦中謹慎的聲音，驟燒起鋼，立刻反推。

他往上衝。風聲變成怒吼，路燈是個極好的錨點，金屬量高又牢牢固定在地面，能夠將他推得頗高。他以微微的角度往上衝，建築物的樓層在他眼前變得一片模糊，他的鋼推到達極限時，正巧落在將近二十樓高的地方。

這一部分的建築物已經完工，外表是某種模仿石頭的建材，聽說叫作陶瓷，高的建築物經常以眞正的石頭爲底層，但是上層就開始選用較輕的建材。

瓦抓住牆上的突出點。他的體重沒有輕到能被風吹走，尤其手臂上有金屬意識，身上還有武器，但是輕盈的身體的確讓他能輕易地站穩。

迷霧在他腳下盤旋，幾乎顯得淘氣。他抬起頭，決定下一步該怎麼做。他的鋼點出附近的金屬來源，大多數是建築物的結構，如果反推，會讓他飛離建築物。

上面。他注意到離他大概五呎外有個合適的平台。他爬上建築物，戴著手套的手指穩穩地攀抓著裝飾繁複的表面。每個射幣都很快地學會不要怕高。他翻身上了平台，拋下彈殼，以靴子踏住。

抬起頭，瓦開始估算自己的前進路線。他從腰中掏出一個瓶子，拔開塞子後，吞下裡面的液體跟鋼屑，威士忌燒過他的喉嚨，讓他發出嘶聲。好酒，是史塔金釀的。*該死，身邊這一批喝完以後，我可會想死了*，他心想，把瓶子收好。

大多數鎔金術師的金屬瓶裡不會裝威士忌。大多數鎔金術師眞是白白錯過達到完美的機會。他感覺到體內的鋼量被補齊，便露出微笑，然後驟燒金屬，用力往上躍起。

他飛入夜空。可惜的是，鋼脊是堆疊式的建築，越高就越窄，雖然他把自己直直往上鋼推，但沒多久就飛在空無一物的夜空，身邊只有迷霧，建築物的側牆離他足足有十呎遠。

瓦探入披風，從裡面的長袖管中抽出短筒霰彈槍，抵著腰往外開槍。

他的體重輕到後座力將他彈向建築物。槍聲在下方迴盪，但是裡面裝的是霰彈子彈，所以落到下方時，已經小而輕得不會傷害到任何人。

他重重撞上離原先高五層的牆面，用力抓住尖刺一樣的突起。這上面的裝飾實在太出色。他們以為有誰會看啊？建築師眞是怪人。他搖搖頭。一點都不像出色的槍枝師父那樣注重實際。瓦爬上另外一個平台，再次往上跳。

這次的跳躍足夠讓他到達尙未完成的高層鋼架。他走過一道縱樑，爬上一根鋼筋，減輕的體重讓攀爬變得容易，最後來到建築物頂端突出的橫樑上。這裡高得讓他頭暈，即使被迷霧遮蔽，仍然可以看到點亮下方街道的兩排燈光。城市其他地方有比較柔和的光芒，像是水手海葬時的漂浮蠟燭。沒有光的地方應該就是西邊的幾座公園跟海灣。

這個城市曾經讓他有家的感覺，但那是二十年前的事。二十年來，他住在滿是塵土的地方，在那裡律法只是遙遠的記憶，馬車是無用的奢侈品。蕾希會怎麼看待那些沒有馬的車——用著窄窄的輪子，專門設計在城市鋪設平穩的街道上行駛？靠著油，而非稻草跟馬蹄鐵就能運作的交通工具？

他轉個身。在黑夜跟迷霧間，他很難判斷遠近，但是年輕時好歹住在這一區，雖然有所變化，但也沒變得那麼多。他判斷了一下方向，檢查自己體內的鋼量，便往黑暗躍去。

他在城市上方畫出大大的弧線，巨大的橫樑讓他的鋼推帶著他飛了足足有半分鐘。摩天大樓變成身後的影子，然後消失。他的衝力終於隱去，直直朝迷霧落下，他允許自己靜靜地下墜。當燈光逼近，同時看得見下方沒有別人時，他以霰彈槍指地，開槍。

猛然的衝擊讓他往上衝了一小段，減緩下墜速度，然後鋼推地上的彈殼，更進一步減緩速度，最後輕輕地半蹲落地。他不滿意地發現自己那一槍破壞了原本好端端的街石。

和諧啊，這地方還眞得花點時間適應。我就像匹闖過小市場的野馬，得學學怎麼更文雅點，他心想，把霰彈槍塞回外套。在蠻橫區裡，他被視爲高雅的紳士，但在這裡如果不留神，就會變成大多數貴族所認定的野蠻莽夫。這——

槍聲。

瓦立刻反應。他反推側面的鐵柵門，在地上打滾，順勢蹲起，右手掏出史特瑞恩手槍，左手握住外套袖子裡的霰彈槍。

他望著黑夜。是他不經思考地開槍引來當地警察的注意嗎？槍聲再次響起，他皺眉。不對。這槍聲太遠。出事了。

這居然讓他感覺到一陣刺激。他跳入空中，朝著街道前進，反推同樣的柵門讓自己飛得更高，最後落在建築物屋頂。這一區都是三四層樓高的建築物，中間有狹窄的巷子。這些人怎麼能住在這麼擁擠的地方？換作是他早就發瘋了。

他走過幾棟建築物，平坦的屋頂甚是方便，然後停下腳步，仔細聆聽。他的心跳興奮地鼓動著。他發現自己一直希望有這種事情發生，所以才離開了宴會來尋找摩天大樓，來爬它，在迷霧間奔跑。在耐抗鎮中，隨著人口的增加，他經常在夜晚巡邏，預防治安問題發生。

又有槍聲響起，這次更近了些。他摸摸史特瑞恩，估算了一下距離，然後拋下空彈殼，把自己反推入空中，同時將體重恢復成平常的四分之三。要有點體重才能好好打鬥。

迷霧在他身邊盤旋，逗弄著他。霧會在什麼樣的夜晚出現是無法預估的，畢竟霧氣完全不遵循正常的天氣規則。夜晚可能又濕又冷，卻沒有半絲霧，有時候乾得跟枯葉一樣，卻被迷霧吞沒。

今天晚上的霧很淡，能見度還不錯。又有槍聲打破寂靜。*在那裡*。腹內的鋼提供舒適的暖流，他在迷霧外套的布條以及翻騰迷霧，還有呼嘯的風聲中，跳過另外一條街道。

瓦輕輕地落地，半蹲地跑過屋頂，舉著槍在身前，來到邊緣後，他低頭往下看。在下方，有人躲在小巷口後面的一堆箱子後。多霧的黑夜中，瓦看不清太多細節，但看得到那人有把來福槍，架在箱子上，槍口指著街道上的一群人，他們每個都戴著城市警察的標準圓頂帽。

瓦緩緩朝四面八方鋼推，設好他的鋼圈。腳邊的暗門門栓被他的鎔金術一碰觸到，便晃動出聲，他低頭看著下方正在朝警察開槍的人。有機會能爲這城市提供實質的貢獻，總比跟那些穿太多衣服、享有太多特權的人閒聊來得好。

他拋下彈殼，鎔金術將彈殼按在下方的屋頂。他更用力地鋼推，讓自己飛入迴旋的迷霧間，然後猛然大幅減少體重，降落時同時反推窗鎖，落在小巷中間。

他的鋼讓他看到有線條指著前方的四個身影。他落地時，那些人已經開始咒罵，轉身面對他，而他於此同時舉起史特瑞恩，瞄準第一個流氓。那人有著稀疏的鬍子，還有跟黑夜一樣深闇的眼睛。

瓦聽到女子的嗚噎聲。

他僵住了。手很穩，卻動彈不得。他封鎖得如此仔細的回憶，此時闖入他的腦海，淹沒一切。被抓住的蕾希，脖子上套著繩索。一聲槍響。紅磚牆上的鮮血。

流氓拿來福槍對著瓦開了一槍。鋼圈勉強擋下攻擊，子彈射穿瓦的外套，恰好沒射中肋骨。

他想要開槍，但是那嗚噎聲……

和諧啊……他對自己的反應難以接受，把槍指著地上，開槍，然後反推子彈，讓自己倒飛出小巷。

子彈射穿他周圍的迷霧。無論有沒有鋼圈，他都應該被子彈射中，他能活下來純粹是運氣。他落在另一座屋頂上，打滾，停住，趴在原處，矮牆讓他免受直接攻擊。

瓦大口喘著氣，手握著手槍。白癡。笨蛋。即使是還很青澀的時候，他也從來沒有在打鬥時僵住。他羞愧得想要逃跑，卻又一咬牙，爬到屋頂邊緣。那些人還在下面。他可以清楚地看到他們，聚集成一群，準備往外衝。他們大概不想跟鎔金術師打交道。

他瞄準看似領袖的人，但是還來不及開槍，那些人就被警察的攻擊射倒。瞬間，小巷裡滿滿都是穿著制服的人。瓦將史特瑞恩舉在頭邊，深深呼吸。

我可以攻擊。只是一瞬間僵住而已。不會再發生了。他一遍又一遍地這麼告訴自己，同時看著警察將罪犯一個一個拖出小巷。

沒有女人。他聽到的嗚噎聲是來自於瓦到達之前被射中的罪犯之一，那人被抓走時仍然痛得呻吟不止。

警察沒有看到瓦。他轉身消失在黑夜中。不久後，瓦來到拉德利安宅邸，他在城裡面的住所，家族的老宅。他不覺得自己屬於這裡，卻繼續使用這地方。氣派的屋子沒有太大的庭園，但是有優雅的四層樓，許多陽台，後面還有一座漂亮的後花園。瓦拋下錢幣，跳過前門，落在警衛室的屋頂上。我的車回來了。一點也不意外。他們開始習慣他的舉止，這令他不知該覺得滿意還是羞愧。

他反推柵門，突來的重量令門晃動出聲，最後落在四樓的陽台。射幣早早就必須學會精準的行動，不像他們的鎔金術師親戚，鐵拉，又稱扯手（Lurcher）。他們只要選好目標，把自己朝目標拉就可以，但經常會因此貼上建築物，發出噪音。射幣需要更敏銳、仔細、準確的動作。

窗戶沒扣上，是他刻意留下的。他現在不想要跟別人打交道。跟那些罪犯交手時被迫中止的這件事讓他相當震驚。他溜身進入黑暗的房間，走到門口豎耳仔細聽著外面的動靜。走廊上沒有聲音。他靜靜地推開門，走出去。

走廊一片黑暗，而他不是能增強感官的錫眼（Tineye）。他摸索著前進，小心翼翼地不要被地毯邊緣絆倒或撞上台架。

他的房間位於走廊的底端，戴著手套的手握住黃銅門把。*太好了。他小心翼翼地推開門，踏入臥室，現在只要——*

房間另一端的門被推開，明亮的黃光射入。瓦立刻停止動作，手快速伸入外套，摸上其中一柄史特瑞恩手槍。

一名年邁的男子站在門口，握著一盞大燭台，穿著整齊的黑色制服與白手套，朝瓦挑起眉毛。「拉德利安上主，您回來了啊。」

「呃……」瓦說道，不太好意思地把手從外套口袋中抽出來。

「爵爺，您的澡缸已經爲您準備好了。」

「我沒說要洗澡。」

「是的，但思考到您今天晚上的……娛樂，我想爲您備下洗澡水是明智之舉。」他的貼身近侍嗅了嗅。「火藥？」

「呃，對。」

「相信爵爺沒有射中太重要的人物。」

沒有，因爲我辦不到。

提勞莫（Tillaume）直挺挺地站在原處，全身散發出不贊同的氛圍。他沒說出他必定在想的話：瓦從宴會上的消失是一件小醜聞，現在他要娶得合適的新娘更困難了。他沒有說他感到失望。他沒有說出這些話是因爲他畢竟是合格的貴族僕人。

況且，他只要一個眼神就可以道盡一切。

「爵爺是否要我起草一封致塞特夫人的道歉函？您已經寄過一封給史坦敦大人，因此想來她應該會期待收到同樣的書信。」

「這樣好。」瓦回答。他的手摸上腰帶，感覺到裡面的金屬瓶，腰邊兩側的手槍，外套內側的霰彈槍。*我在做什麼？我像個傻瓜一樣。*

他突然覺得自己極爲幼稚。離開宴會去城市裡巡邏，找尋有麻煩的地方？*我是哪裡有問題啊？*

他覺得自己好像想找回些什麼。是他在蕾希死前一部分的自己。他早就在內心深處知道如今的自己可能有開槍的問題，所以反而更想證明不是如此。

他的試煉失敗了。

「爵爺，我能否……斗膽發言？」

「說吧。」

「城市的警察數量甚多，他們的工作能力相當優秀。然而，我們的家族只有一位上主，上萬人都仰賴著您。」提勞莫恭敬地低下頭，然後開始點亮臥室中的蠟燭。

近侍的話沒錯。拉德利安家族是城中最有勢力的家族之一，至少過往以來皆是如此。在市政府中，瓦代表所有他的家族僱用之人的利益。當然他們在工會中也有投票選出的代表，但是他們最仰賴的人還是瓦。他的家族有豐富的潛力、房產、勞工，但因爲他叔叔的愚蠢，如今在現金與人脈上已瀕臨破產。如果瓦無法改變這一切，那就意謂著許多人會失去工作，陷入貧窮，家族也將崩壞，其他氏族必將趁機占據他的房產做爲債務抵償。

瓦以拇指摩挲著他的史特瑞恩。他必須對自己承認，那些警察去對付流氓已綽綽有餘。

他們不需要我。這個城市不像耐抗鎮那樣需要我。

他只是想抓住過去的自己。他已經不是那個人了。他辦不到。可是其他人仍然因爲別的理由而需要他。

「提勞莫。」瓦開口。總管抬起頭。這座宅邸裡還沒有電燈，但是不久後就會有工人來安裝，是叔叔去世前就僱用的，那筆錢現在也追不回來了。

「是的，爵爺？」提勞莫問道。

瓦遲疑了一會兒，然後從外套內側抽出手槍，放在床邊的箱子裡，跟他先前放入的前一柄並排放好。他脫下迷霧外套，敬重地捧著片刻，然後放入箱子裡，接下來是他的史特瑞恩手槍。它們不是他唯一的一對手槍，但它們代表了他在蠻橫區的人生。

他蓋上箱子，把過去封存起來。「提勞莫，把它搬走，收起來。」

「是的，爵爺。您如果有需要，我會爲您準備好。」提勞莫說道。

「我不會有需要的。」瓦回答。他給了自己跟迷霧相伴的最後一夜，刺激的高樓攀爬，與黑夜共度的一晚。他選擇記得這些做爲此夜的成就，不去想他在流氓身上遭遇的失敗。

最後一支舞。

瓦轉身背對箱子。「把它拿走，提勞莫。放到安全的地方去收起來。為了我好。」

「是的，爵爺。」近侍輕聲說道，語氣聽起來頗為贊許。

結束了，瓦心想。他走入浴室。執法者瓦已經消失了。

現在他該成為瓦希黎恩·拉德利安爵爺，拉德利安家族第十六任上主，住於依藍戴城的第四捌分區。

2

六個月後

「我的領巾打得如何？」瓦希黎恩問道，端詳自己在鏡子中的身影，再次側身，扯扯銀色的領巾。

「一如既往完美，爵爺。」提勞莫說道。近侍雙手背在身後挺立，身邊的擺架上是一個盤子，盛了一杯熱騰騰的茶。瓦希黎恩沒提想喝茶，但提勞莫還是端來了。提勞莫對茶有莫名的執著。

「你確定嗎？」瓦希黎恩再次扯扯領巾。

「確實如此，爵爺。」他頓了頓後，繼續開口：「爵爺，我必須承認，這件事情我已經好奇好幾個月了——您是我服侍的上主中，唯一一位懂得如何打出整齊的領結，而我已經很習慣於對此提供協助。」

「住在蠻橫區時，很多事情都得學會自己來。」

「爵爺，我無意冒犯，但是我沒想到在蠻橫區裡需要學會這項技能。我並不曉得那裡的住民對時尚或禮儀會有半點留心。」提勞莫向來單調的聲音忍不住透漏一絲好奇。

「他們是不在乎，這也是我爲何一直留意這些細節的部分原因。一身都市紳士的服裝對那裡的人有奇特的影響。有些人會立刻尊敬我，其他人立刻低估我。無論如何，都對我來說有好處，而且當那些罪犯被他們以爲是城裡出來的公子哥抓走時，臉上的表情看起來眞是令我說不出的滿意。」瓦希黎恩笑了，最後一次調整領巾。

「可以理解，爵爺。」

「我也是爲了自己。」瓦希黎恩的聲音低落，看著鏡子裡的自己。銀色領巾，綠綢緞背心，祖母綠袖釦，黑色外套與長褲，從袖口到褲管，全身筆挺。背心上的釦子有一顆是鋼，其他全是木頭。這是他向來的習慣。「對我來說，衣服是對自己的提醒。也許周圍的環境是野蠻的，但我不需要也是。」瓦希黎恩從梳妝台前拿起方形的銀色口袋手帕，塞入胸前口袋。屋裡突然響起鐘鳴。

「鐵鏞滅絕的，他們來早了。」瓦希黎恩罵道，再次檢查自己的懷錶。

「哈姆司爵爺以準時著名。」

「很好。早開始，早了。」瓦希黎恩走入走廊，靴子在綠絨地毯上滑行。他離開的二十年間，宅邸內並無太大變化。即便他已經住了六個月，這裡仍然感覺不像他的地方。他叔叔的淡淡菸草味仍滯留在空氣裡，裝潢明顯以深色木頭與沉重的石雕爲主，雖然肖像畫與油畫正當流行，但室內幾乎沒有幾幅。瓦希黎恩知道原本屋子裡有許多貴重的畫像，都在叔叔死前被賣掉了。

提勞莫走在他身邊，雙手背在身後。「爵爺聽起來像是爲了今天的職責而煩心。」

「有這麼明顯嗎？」瓦希黎恩苦著臉。他寧願徒手面對一群亡命之徒，也不願見哈姆司爵爺跟他女兒，他到底是怎麼樣的人才會這樣想啊？

一名身材圓潤，年紀稍長的婦人等在走廊盡頭，身穿一件黑色洋裝跟白色圍裙。「拉德利安爵爺，您的母親如果能見到這一天，將會多麼開心啊。」她的語氣中滿是寵溺。

「葛萊姆小姐，事情還沒有結論呢。」瓦希黎恩說道。婦人跟他們一同走在二樓中庭的欄杆邊。

「她一直希望有一天您能娶到一位優秀的淑女。您該聽聽這些年她有多麼擔心。」葛萊姆小姐說道。

瓦希黎恩試圖忽略那些話語是如何讓他的心臟一陣糾結。他沒有聽到母親有多擔心。他幾乎沒有花時間寫信給他的父母或姊姊，而且只有在鐵路鋪到耐抗鎮的那一次拜訪過他們一次。

可是現在他的確好好地履行了他的義務。六個月的努力之後，他終於開始有點上手，感覺能夠將拉德利安家族以及其下許多鑄鐵場工人與裁縫師們，從財務危機的邊緣拉回來。今天是最後一步了。

瓦希黎恩來到樓梯底端，然後停了停。「不對。我不能衝進去。需要給他們點時間安頓一下。」

提勞莫開口：「這——」但是瓦希黎恩一轉身便大踏步順著原路回去，打斷他的話。

「葛萊姆小姐，今天有什麼其他事需要我處理的嗎？」

「您要現在聽嗎？」她皺著眉頭，加快腳步跟上。

「只要能讓我分神就好，親愛的。」瓦希黎恩說道。鐵鏽滅絕的……他甚至緊張到手探入了外套內側去摸他的艾莫林44S型手槍。

那是把出色的武器，沒有像拉奈特的作品那麼好，但也是適合紳士配戴的小型隨身武器。他決定要成為貴族而不是執法者，但這不代表他打算手無寸鐵。那是瘋子才會做的事情。

「有一件事。」葛萊姆小姐說道，臉色黯淡。她從二十年前到現在，一直是拉德利安家族的總管。「我們昨天又失去一批鋼了。」

瓦希黎恩停在走廊上。「什麼？又發生了！」

「很不幸，是的，爵爺。」

「可惡，我開始覺得那些盜賊是衝著我們來的。」

「這只是我們的第二批鋼。太齊爾家族目前為止已經失去五批了。」

「細節呢？消失的地點？」

「這個——」

「等等。不要告訴我。」他舉起手說道。「我現在不能冒險分心。」

葛萊姆小姐瞪了他一眼，這大概就是她想避免在瓦希黎恩跟哈姆司爵爺會面前告訴他的原因。瓦希黎恩一手摸著欄杆，感覺左眼皮抽搐。有人以有組織的手法經營極有效率的盜竊集團，專門偷整節車廂的內容物。他們被稱爲「消賊」。也許他可以去探查一下，然後……

不。他嚴厲地告訴自己。這已經不是我的工作了。他會去找相關單位，也許僱用一些守衛或私家偵探，而不是自己去追土匪。「我相信警察一定會找出犯罪者，把他們繩之以法。」瓦希黎恩勉強地說道。「你覺得讓哈姆司爵爺等得夠久了嗎？我覺得應該夠久了。沒有太久吧？」瓦希黎恩轉身，走回來的方向，提勞莫在他經過時翻了個白眼。

瓦希黎恩來到樓梯口。一名穿著綠色拉德利安背心跟白襯衫的年輕人正走上樓。「拉德利安爵爺！郵差來了！」奇普說道。

「有包裹嗎？」

「沒有，大人。」男孩說道，在瓦希黎恩經過他時，交上一封以徽印封緘的信件。「只有這封信。看起來很重要。」

「前往尤門—歐思特林兩家婚宴的邀請函。」葛萊姆小姐猜測。「可能是您跟哈姆司小姐第一次公開共同露面的合適場合。」

「細節都還沒決定啊！」瓦希黎恩抗議，眾人來到樓梯底端。「我幾乎沒跟哈姆司爵爺提這件事，妳說起來卻像是我們已經結婚了一樣。他們很有可能會反對整件事，就像恩特隆貴女那次。」

「小主人，這次會很順利的。我對於這些事情的直覺跟安撫者一樣準。」葛萊姆小姐說道，伸出手，整整他口袋中的絲帕。

「妳知道我已經四十二歲了吧？『小主人』的稱呼已經不太適合我了。」

她拍拍他的臉頰。葛萊姆小姐對待任何未婚的男子都還是像對待小孩一樣，這一點都不公平，因爲她自己也沒結過婚。他從未跟她提及蕾希的事情。他在城裡的家人幾乎沒有人知道她的事。

「好吧。羊入虎口去了。」瓦希黎恩說道，轉身朝客廳邁進。

一樓的僕人管事麗米等在門口，看到瓦希黎恩靠近便舉起手，彷彿想說什麼，但是他直接將晚宴的邀請函塞入她的手指中。「麗米，請妳起草這封信的接受回函。說我會跟哈姆司小姐和她父親共同用餐，但是先不要發出去，等我這邊的會談結束。我之後會讓妳知道信該不該發出。」

「是的，爵爺，可是——」

「沒關係。」他說道，推開門。「我不能讓……」

哈姆司爵爺跟他女兒不在客廳。瓦希黎恩卻看到一名有著圓臉尖下巴的瘦子，大概三十歲，下巴跟臉頰上都有著好幾天份的鬍渣。他戴著一頂蠻橫區式的寬沿帽，兩旁微微上翹，穿著一件皮製長外套，正在把玩平台上一個手掌大小的擺鐘。

「你好啊，瓦。」他高興地說，舉起鐘。「我能拿東西跟你換這個嗎？」

瓦希黎恩立刻把門在身後關上。「偉恩（Wayne）？你在這裡幹什麼？」

「看你的東西啊，老兄。」偉恩說道，打量地舉起鐘。「大概值得三四條吧？我有一瓶好威士忌大概價值差不多。」

「你得出去！你應該要在耐抗鎮的。誰在看著那裡？」

「巴爾。」

「巴爾?!他是個罪犯。」

「我也是。」

「對，但是你是被我挑來做這件事的罪犯。你至少該找邁爾斯。」

「邁爾斯？老兄，邁爾斯是個爛透的傢伙。他寧可先把人打死，根本懶得問那個人有罪還是沒罪。」

「邁爾斯把自己的鎮打理得很乾淨，而且救過我幾次命。這不是重點。我叫你看著耐抗鎮的。」

偉恩朝瓦希黎恩舉舉帽子。「是沒錯，瓦，但是你已經不是執法者了。而我，我有重要的事情要處理。」他看看鐘，便把鐘塞回口袋，同樣的位置上放了一小瓶威士忌。「好了，先生，我要問你幾個問題。你昨天半夜在哪裡？」他從外套裡掏出一本小筆記本跟鉛筆。

「這有什麼——」

門口的鐘聲再次響起，打斷瓦希黎恩。「鐵鏽滅絕的！這些是上流人士，偉恩，我花了好幾個月說服他們我不是個混混。我需要你離開。」瓦希黎恩走上前，想把他的朋友引向出口。

「這是很可疑的行爲啊，是唄？閃躲問題，一臉急死了的樣子。先生，你在隱瞞什麼啊？」偉恩說道，在筆記本上寫了些什麼。

「偉恩，有一部分的我很感謝你跑了大老遠來煩我，而且我很高興看到你，可是現在不是時候。」瓦希黎恩抓著對方的臂膀。

偉恩露出大大的笑容。「你以爲我是來找你的？不覺得有點太往臉上貼金了？」

「那你來做什麼？」

「爲了一車的食物。火車四天前離開依藍戴，結果到耐抗鎮時，一整車都空了。我聽說你最近也有兩車的東西被這些消賊給弄丢了。我是來問你的。但你眞可疑啊。」

「可疑？偉恩，我丟了兩車廂的東西。被搶的人是我！我怎麼會是嫌疑犯？」

「我怎麼知道你那花花拐拐的天才罪犯腦袋是怎麼想的，老兄？」

房間外響起腳步聲。瓦希黎恩看看門，又看看偉恩。「現在我的犯罪腦袋正在想能不能把你的屍體塞在不太明顯的地方。」

偉恩一笑，往後退了一步。門打開。瓦希黎恩轉身，看到麗米有點尷尬地拉著門。一名肥胖的男子穿著一套非常高級的西裝站在外面，手中握著深色木杖。他的鬍子一路垂到厚脖子旁邊，背心裡是深紅色的領巾。

「……說他在見誰不重要！他會想見我！我們有約，而且……」哈姆司爵爺一頓，發現門開了。「哈！」他大步進入房間。

他身後是一名嚴肅的女子，金色的頭髮緊緊盤起，是他的女兒史特芮絲，還有一名瓦希黎恩不認得的年輕女子。

「拉德利安爵爺。我認爲您居然讓我等待，實在太失禮。您是在跟誰會面？」

瓦希黎恩嘆口氣。「是我的老——」

「舅舅！」偉恩說道，上前一步，聲音變得沙啞，所有的鄉音褪去。「我是他的舅舅馬克西，今天早上臨時來訪。」

瓦希黎恩看著上前一步的偉恩，忍不住挑了挑眉。他已脫下了帽子跟皮大衣，在嘴唇上方黏了幾可亂眞的假灰白鬍子，皺著臉讓眼睛周圍多幾條皺紋。這是很好的僞裝，讓他看起來比瓦希黎恩大上幾歲，而非年輕十歲。

瓦希黎恩望向他身後。長外套已經疊好，放在一座沙發旁邊，上面是帽子，最上方是一對決鬥杖。瓦希黎恩甚至沒注意到他是什麼時候換裝的，但是偉恩應該是在他的速度圈裡完成。偉恩是滑行（Slider），一名彎管合金鎔金術師，能夠在身邊周遭創造出一圈壓縮過的時間，他經常利用這能力來變裝。

他跟瓦希黎恩一樣，也是雙生師，只是他的藏金術能力是讓傷口快速恢復，在戰鬥以外的用處不大，但是這兩者加起來仍是很強大的組合。

「您是他的舅舅？」哈姆司爵爺問道，跟偉恩握手。

「是母系那邊的！不是拉德利安這邊的，否則這裡就是我在管了，是吧？」他聽起來跟平常的自己一點都不像，但這正是偉恩的特長。他說成功的僞裝有四分之三是靠口音跟嗓音。「我一直想來看看這小子。他之前過的挺顛沛流離的，您知道吧。他需要有人好好管管，免得又誤入歧途。」

「我也常常這樣說！拉德利安爵爺，您會允許我們坐下吧？」哈姆司爵爺說道。

「當然。」瓦希黎恩回答，偷偷瞪了偉恩一眼，你開玩笑吧？我們眞的要這麼幹？

偉恩只是聳聳肩，然後他轉身握住史特芮絲的手，禮貌性地低頭。「這位美麗的小姐又是？」

「我的女兒，史特芮絲。拉德利安爵爺？您沒有告訴您的舅舅我們要來訪？」哈姆司爵爺坐下。

「他的出現讓我大吃一驚，我還來不及說明。」瓦希黎恩說道，握住史特芮絲的手，同樣低頭。

她把瓦希黎恩上下打量了一遍，然後眼睛瞥到角落的長外套跟帽子，嘴唇往下一抿。她一定認爲那是他的。「這是我的表妹，瑪拉席。」史特芮絲說道，朝她身後的女子點點頭。瑪拉席有著褐髮和大眼，鮮紅的嘴唇。瓦希黎恩轉向她時，她矜持地垂下雙眼。「她幾乎一直都住在外城區，個性頗爲膽怯，所以請不要讓她驚慌。」

「當然不會。」瓦希黎恩說道。他等著兩名女子在哈姆司爵爺身邊就座，然後坐在面對他們也面向門口的短沙發上。房間還有另外一個出口，出口前有一塊發出嘎吱聲的木板，正合他意。這麼一來，就不會有人從他背後偷襲。無論他是執法者或貴族，都不想被人從背後放冷槍。

偉恩端正地坐在瓦希黎恩右方的椅子上。眾人面面相覷了好一段時間。偉恩打了個呵欠。

「好吧。也許我應該從問候史特芮絲貴女的健康開始。」瓦希黎恩說道。

「也許應該如此。」史特芮絲回答。

「呃。好。妳的身體好嗎？」

「很好。」

「瓦希黎恩也是。」偉恩補充。所有人都看向他。「他不是一身西裝嗎？很好。呃。那是核桃木嗎？」

「這個？」哈姆司爵爺回答，舉起手杖。「的確是。這是傳家之寶。」

「瓦希黎恩爵爺。」史特芮絲嚴肅地打斷他們的對話，她似乎不喜歡閒聊。「也許我們不需要再這樣空談下去，我們都知道這次會面的目的。」

「我們知道嗎？」偉恩問道。

「是的。」史特芮絲的聲音很冷淡。「瓦希黎恩爵爺，您有著聲名狼藉的處境。您的叔叔，願他與英雄（*Hero*）共同安息，因爲他的不願社交、偶爾肆無忌憚地參與政治，還有張揚的冒險行爲，玷污了拉德利安之名。而您來自於蠻橫區，也因此爲家族帶來不少負面名聲，尤其是您剛開始幾個禮拜時對幾個家族大有冒犯。更重要的是，您的家族即將破產。

「可是，我們的處境也相當艱難。雖然我們的財務狀況極佳，但我們在上流社會中籍籍無名。我的父親沒有男性繼承人可以傳宗接代，因此我們兩家的結合極爲合理。」

「親愛的，妳的邏輯眞好。」偉恩說道，一口上流社會的口音，簡直就像天生如此。

「確實如此。」她說道，繼續盯著瓦希黎恩，然後朝手袋伸手。「您與我父親的書信與交談讓我們相信您是認眞的，在最近這幾個月中，您在公眾場合的表現較以往的野蠻舉止合宜許多。因此，我擅自規劃出一份我想會符合雙方需求的協議。」

「一份……協議？」瓦希黎恩問道。

「我等不及要看了。」偉恩說道。他探入口袋，心不在焉地拿出一樣瓦希黎恩看不出來是什麼的東西。

那份「協議」原來是一份至少有二十頁長的文件。史特芮絲將一份交給瓦希黎恩，一份交給她父親，自己保留一份。哈姆司爵爺咳嗽兩聲。「我建議她應該把她的想法寫下來，而……我女兒做事很仔細。」

「看得出來。」瓦希黎恩說道。

「我建議你不要請她把牛奶遞過來，她說不定會把整頭牛都丟給你，認爲既然做事就要做得徹底。」偉恩壓低了聲音，以只有瓦希黎恩聽得到的音量說道。

「這份文件分爲幾部分。首先是概述我們的交往過程，以明顯卻不急躁的速度朝訂婚進展，時間上只需要讓社交圈意識到我們是一對即可。訂婚時間不可快到令人猜想是否有醜聞，但也不宜太慢。根據我的估計，八個月應該足夠滿足我們的目的。」

「這樣啊。」瓦希黎恩說道，翻著文件。提勞莫端著一盤茶跟蛋糕進來，放在偉恩身邊的準備桌上。

瓦希黎恩搖搖頭，闔上契約。「妳不覺得這有點太……僵硬了嗎？」

「僵硬？」

「我是說，應該要有可以培養浪漫的空間？」

「有。第十三頁。婚禮後，每週的結合次數不得超過三次，不得少於一次，直到產生合適的繼承人。在此之後，保持同樣數字，時間延長爲兩週。」

「嗯，沒錯，第十三頁。」瓦希黎恩說道。他瞥向偉恩。那個人從口袋裡拿出來的是子彈嗎？偉恩正拿著它在手指尖打轉。

「如果這樣不足以滿足您的需求，下一頁描述了合宜的情婦規範。」

「等等。妳的文件裡允許情婦的存在？」瓦希黎恩不再研究偉恩的動作。

「當然。她們是生活的一部分，所以最好先有所準備，而不是刻意忽略。在此文件中，您可以讀到未來情婦人選的必備條件，以及保持低調的方式。」

「這樣啊。」瓦希黎恩說道。

「當然，我也會遵循同樣的守則。」

「貴女，妳也打算養情夫？」偉恩精神爲之一振。

「我同樣可以擁有自己的娛樂。通常是車伕，但是在我產下繼承人之前，當然不會有所行動。血統的純正不容任何懷疑。」她說道。

「當然。」

「這也寫在合約裡。第十五頁。」

「我毫不懷疑。」

哈姆司爵爺再次咳了幾聲。史特芮絲的表妹瑪拉席在整個討論中毫無表情，但是在對話中她一直低頭看著自己的雙腳。爲什麼要帶她來？「女兒，也許我們該把話題轉到比較不那麼私人的主題上。」

「可以。那我想要知道幾件事。您是有信仰的人嗎，拉德利安爵爺？」

「我跟隨道（Path）。」瓦希黎恩說道。

「嗯……」她以手指輕敲手上的合約。「好吧，雖然有點無趣，但是個安全的選擇。我向來不明白爲什麼有人會選擇神禁止信眾崇拜祂的宗教。」

「這很複雜。」

「道徒都這樣說，然後同時會解釋你們的宗教有多簡單。」

「那也很複雜。不過是一種簡單的複雜。我猜妳是倖存者教？」

「是的。」

太好了。好吧，倖存者教的人不是太糟糕，至少有些人不錯。他站起身。偉恩還在把玩他的子彈。「有人想喝點茶嗎？」

「不用了。」史特芮絲揮手說道，翻動她的文件。

「麻煩您，謝謝。」瑪拉席柔聲說道。瓦希黎恩走到茶盤邊。

「這些書櫃眞棒。眞希望我也有這樣的書櫃。眞好，眞好，眞好。然後……我們進來囉。」偉恩說道。

瓦希黎恩轉頭。三名客人正在轉頭看書櫃，他們一轉過頭，偉恩就開始燃燒彎管合金，設起速度圈。

這個圈大概五呎寬，只容納偉恩跟瓦希黎恩。一旦偉恩設起速度圈，他就不能搬動它的位置。多年以來，瓦希黎恩已經學會怎麼辨認圈子的邊界，那是空氣中的淺淺波動。對於在圈子裡的人，時間的流逝速度會快於圈子外的人。

「怎麼樣？」瓦希黎恩問道。

「噢，我覺得安靜的那個還挺可愛的，不過高的那個是瘋子。我手臂上的鏽啊，她眞是瘋子。」偉恩說道，口音再次出現。

瓦希黎恩爲自己倒杯茶。哈姆司跟那兩名女子看起來像是凍結住了，幾乎像是雕像。偉恩正在驟燒他的金屬，盡最大力量創造一些他們可以私下交談的時間。

這些圈子很有用，但是用處跟大部分人以爲的不一樣。首先是不能從裡面開槍，嗯，應該說，雖然可以，但是中間的阻礙會影響經過的東西。如果在速度圈中開槍，子彈一旦進入正常時間就會減慢，然後就會亂跑，所以幾乎不可能從速度圈裡瞄準別人。

「她是很好的對象。這對我們兩人都是合適的狀況。」

「兄弟，你聽我說，就因爲蕾希——」

「這與蕾希無關！」

「欸欸，好好好。不用生氣。」偉恩舉起手。

「我沒——」瓦希黎恩深吸一口氣，放柔了聲音繼續說道。「我沒有生氣。可是這與蕾希無關。這跟我的責任有關。」

*該死的，偉恩，我幾乎讓自己能夠不去想她了。*如果蕾希看到他在做什麼，她會怎麼說？可能會笑他吧。笑這情況有多荒謬，笑他的尷尬。她不是愛嫉妒的人，大概是因爲她從來沒有任何需要嫉妒的理由。有了她那樣的女人，瓦希黎恩爲什麼還會想看別人？

沒有人能達到她的標準，但幸好這不重要。從這個角度看來，史特芮絲的契約其實是件好事，能夠幫助他分割自己。也許能幫他處理一小部分的痛楚。

「現在這就是我的責任。」瓦希黎恩再一次說道。

「你的責任以前是救人，不是娶人。」

瓦希黎恩在偉恩的椅子旁蹲下。「偉恩。我無法回到過去。你晃進來一陣攪和，也改變不了事實。我現在是不同的人了。」

「如果你要變成不同的人，難道不能挑個臉不要那麼難看的？」

「偉恩，我是認眞的。」

偉恩舉起手，子彈在他的手指尖打轉，然後遞給他。「這個也是。」

「那是什麼？」

「子彈。用那東西打人。希望是壞人，至少是欠你一兩條的人。」

「偉恩——」

「他們開始轉回來了。」偉恩將彈殼放在茶盤上。

「可是——」

「該咳嗽了。三、二、一。」

偉恩低聲咒罵，但是仍然將彈殼收起，站起身。速度圈解除，回到正常時間時，他開始大聲咳嗽。對於這三名訪客而言只過了幾秒鐘，在他們的耳朵裡，瓦希黎恩跟偉恩的對話會快到幾乎聽不懂的速度，而咳嗽聲將會掩蓋過其他一切。

三名訪客似乎都沒注意到有哪裡不正常。瓦希黎恩倒茶。今天的茶湯是深深的櫻桃紅，應該是某種甜果茶，然後爲瑪拉席端了一杯。她接過茶，他坐下，一手握住自己的茶杯，另一手掏出口袋中的彈殼，握住。子彈跟中口徑的彈頭外殼看起來像是鋼，但整體而言太輕了些。他皺著眉頭，掂掂重量。

她臉上的血。磚牆上的血。

他顫抖，推開那些回憶。該死的，偉恩。「這茶眞好喝。」瑪拉席柔聲說道。

「謝謝。」

「不客氣。」瓦希黎恩強迫自己把心神拉回對話上。「史特芮絲貴女，我會考慮妳的合約。感謝妳把合約列出，但是我原本希望這次的會面能讓我有進一步了解妳的機會。」

「我在寫我的自傳。也許我會寄一兩章給您看。」

「這作法眞是……與眾不同啊。不過非常感謝。可是，能不能請妳跟我說說妳自己的事？妳的興趣是什麼？」

「通常我喜歡戲劇。」她皺起眉頭。「我喜歡去庫樂瑞廳看戲。」

「有什麼我該知道的嗎？」瓦希黎恩問道。

「庫樂瑞劇院。」偉恩向前傾身說道。「兩晚前，它在表演途中被搶了。」

「您沒聽說嗎？報紙上到處都在寫。」哈姆司爵爺說道。

「有人受傷嗎？」

「事情當下發生沒有，但是搶匪脫逃時擄了一名人質。」哈姆司爵爺說道。

「太可怕了。至今沒人有愛爾瑪的消息。」史特芮絲的臉色看起來很差。

「妳認得她？」偉恩問道，他開始眞正感興趣，口音便略略不見了。

「是親戚。」史特芮絲說道。

「就跟……」瓦希黎恩朝瑪拉席點點頭。

三人以迷惘的眼神看了他一陣後，哈姆司爵爺衝出來接話。「啊，不是。是另一邊的表妹。」

「有意思。而且很大膽。搶了一整座劇院？」瓦希黎恩說道，靠回椅背，早已經忘記手上的茶。

「幾十個人。根據報告，說不定有三十多人。」瑪拉席回答。

「眞不少。那麼光是負責駕車帶他們離開現場的就得有八個人，而且還要有逃脫的交通工具。佩服佩服。」

「是消賊。就是那些也搶了火車車廂的人。」瑪拉席說。

「這件事尙未經過證實。」偉恩指著她回答。

「是沒有，但是鐵道搶劫案的證人有描述幾個人的長相，他們也出現在劇院。」

「等等。鐵道搶劫案有證人？我以爲都是暗中發生的，什麼有車廂鬼魅似地出現在鐵軌上？」瓦希黎恩問道。

「是。鐵路工程師停下來去查看，大概還順便驚慌失措了一陣子，但他們還來不及仔細檢查，車廂就消失了。他們繼續前進，但是到達鐵軌盡頭時，有一節車廂裡面的貨物完全空了。車廂是鎖著的，沒有任何被強行撬開的跡象，可是所有貨品都消失了。」偉恩回答。

「所以沒人看到犯人。」瓦希黎恩說道。

「最近的幾起不一樣。他們也開始搶劫乘客車廂。當火車因為鐵路上突然出現的鬼車廂停下來時，有人會跳入車廂，開始搶劫旅客的珠寶跟皮夾，然後抓住一名女性人質，威脅如果有人去追就要殺了她，之後便離開，運貨的車廂同時也會被洗劫一空。」瑪拉席似乎突然變得有精神起來。

「真奇特。」瓦希黎恩說道。

「是的。」瑪拉席說道。「我認為——」

「親愛的，妳在打擾拉德利安爵爺。」哈姆司爵爺打斷她。

瑪拉席臉色一紅，低下頭。

「不打擾。」瓦希黎恩以手指輕敲茶杯。「這是——」

「您手中那是子彈嗎？」史特芮絲指著那東西問道。瓦希黎恩低頭，發現他的拇指跟食指間正摩挲著空彈殼。他在回憶湧回前便握緊拳頭。

「沒什麼。」他瞪了偉恩一眼。

對方以口型說了些什麼。鋼推。

「您確定您與眾不同的過去，真的已經被您拋諸腦後了嗎，拉德利安爵爺？」史特芮絲問道。

「噢，他很確定。」偉恩苦著臉說道。「妳根本毋需擔心他的與眾不同。他根本是無聊極了！無聊得不可置信、可笑至極、亂七八糟。妳從排隊等著領慈善廚房做的老鼠肉湯的乞丐身上，都能榨出比他更多的刺激。這——」

「謝謝你，舅舅。」瓦希黎恩有點沒好氣說道。「是的，史特芮絲。我的過去就只是過去。如今我全心全意地獻身於身爲拉德利安家族族長的責任。」

「很好。那我們需要一個正式場合，以伴侶的方式進入上流社交界。某種公眾活動。」

「尤門—歐思特林的婚禮晚宴如何？我今天早上收到邀請函。」瓦希黎恩心不在焉地說道。*鋼推。*

「極好的主意。我們也受邀了。」哈姆司爵爺說道。

*鋼推。*瓦希黎恩探入左袖，偷偷地從裡面的一個小布囊掏出一小撮鋼屑，放入茶裡，喝了一口。這點量對他來說是少了些，但也已經足夠。

他燃燒鋼，熟悉的藍線出現在他身體周圍，全部指著附近的金屬來源。除了他手中的那個。*是鋁，*他明白過來。*難怪這麼輕。*鋁跟鋁的其中幾種合金是與鎔金術絕緣的，不能推也不能拉。非常昂貴，甚至比黃金或白金都貴。這子彈是設計來殺死射幣跟扯手的，像瓦希黎恩這種人。他忍不住打了個寒顫，把子彈握得更緊。在過去他願意拿他最好的槍來換幾枚鋁子彈，只是他沒聽說過有任何合金能產生合適的射程。*哪裡？你在哪裡找到的？*

他以口型問偉恩。偉恩只是朝客人點點頭，他們正看著瓦希黎恩。

「拉德利安爵爺，您還好嗎？如果需要一些情緒上的支持，我認識一名很好的心理諮商師。」史特芮絲開口。

「呃……不用了。謝謝。我很好。我認爲這是很有建樹的一次會面。妳同意嗎？」

「這件事尚未定論。」她說道，站起身，顯然認爲這是對方暗示對話已經結束的意思。「我記得婚宴是明天。在那之前，您會細讀過合約吧？」

「一定。」瓦希黎恩同樣起身。

「我認爲這次會面眞是太好了。」偉恩邊站起身邊說道。「史特芮絲貴女，我的外甥就需要妳這樣的人！手段堅定，很好。不像他以前總是亂糟糟的樣子。」

「我同意！」哈姆司爵爺說道。「拉德利安爵爺，也許您的舅舅能參與晚宴——」

「不。」瓦希黎恩搶在偉恩能回答前便開口。「不行，可惜他那天晚上得回他的宅邸。他之前跟我說了，有很貴重的小馬將要誕生，他得親自到場。」

「噢，那好吧。」哈姆司爵爺說道，扶著瑪拉席起身。「一旦我們接受了尤門家的邀請，我們會跟您確認。」

「我也會這麼做。」瓦希黎恩說道，陪同他們來到房間門口。「那麼，到時候見。」提勞莫已經等在那裡，向他們一鞠躬後，領著眾人出門。他們走的時候感覺有點匆忙，但是瓦希黎恩看到他們離開，大大鬆了一口氣。雖然偉恩突然衝進來，但一切其實還是挺順利的。沒人想對他開槍。

「不錯的人啊。我終於懂你在幹麼了。有那樣的妻子跟丈人，你一定會覺得很親切，就像在耐抗鎮裡的監獄跟住戶相處一樣嘛！」

「很好笑。」瓦希黎恩低聲說道，最後一次朝走出宅門的哈姆司一家揮手。「你那子彈從哪來的？」

「它掉在戲院的搶劫案裡，今天早上跟警察換來的。」瓦希黎恩閉上眼。偉恩對於「換」這個字的定義向來不拘小節。「不要這樣啦，我留給他們一塊很好的石板耶。噢，還有，我認爲史特芮絲跟她老爹相信你是個瘋子。」他露出燦爛的笑容。

「不只他們。這麼多年來，光是我跟你交朋友這件事，就已經讓大家都覺得我的腦子不正常了。」

「哈！我還以爲你弄丟你的幽默感了。」偉恩走回房間，從口袋中拿出一根鉛筆，換了一根瓦希黎恩放在桌子上的墨水筆。

「我沒喪失我的幽默感，它只是累壞了。我跟你說的事情是眞的，這顆子彈不會改變我的心意。」

「也許不會。但是我還是要查查看。」偉恩拾起他的帽子、長外套和決鬥杖。

「這不是你的工作。」

「在蠻橫區緝捕罪犯原本也不是你的工作。可是該做的事情還是得做啊，老兄。」偉恩走到瓦希黎恩面前，把帽子遞給他。瓦希黎恩一接過，偉恩便披上外套。

「偉恩……」

「有人被抓走了，瓦。到現在爲止已經有四名人質，卻沒有人回來。偷珠寶是一件事。從鑾横區的鎭上搶食物是一回事。但是綁架人……這其中一定有問題。我會查出來。不管你來不來。」他拿回帽子，戴上。

「我不去。」

「好吧。」他想了想。「可是我需要你的一點幫忙，瓦，幫我想想從哪裡開始找，向來都是你在動腦子的。」

「是啊，要動腦前總得先有腦啊。」

偉恩對他瞇起眼睛，然後懇求地抬起眉毛。「好吧。」瓦希黎恩嘆口氣，拿來他的茶杯。「到目前爲止，已經有幾起搶劫案了？」

「八起。七起鐵路車廂搶劫，最近一次是搶劇院。」

「四名人質？」

「是啊。都發生在最近的三起。有一次同時從火車上擄走兩個，還有一個是從劇院被帶走。四個都是女人。」

「容易制服，而且比較容易讓男人擔心如果去追搶匪的話，他們會殺死那些女人。」瓦希黎恩心不在焉地敲著杯子。

「你需要知道他們偷了什麼嗎？」偉恩朝外套口袋裡掏去。

「我跟一名警察換來了清單……」

「不重要。」瓦希黎恩喝了口茶。「至少大部分不重要。這跟搶劫無關。」

「無關？」

「無關。大群人。資金雄厚——太雄厚。」他掏出子彈，檢視一番。「如果他們眞的想要錢，他們會搶運金車或銀行。搶劫恐怕只是障眼法。要搶人的馬，有時候最好的方法是放走他的豬。他在追豬的時候，就可以騎馬跑走。我敢打賭，這些消賊想搶別的東西，某種大家都想不到的東西。有可能是在被奪走的東西中，很容易被忽略的東西。或者重點是勒索，他們會開始向城裡的人要求保護費。看有沒有人被聯繫。先跟你說，沒人來問過我。

「如果這樣還沒有線索，那就去查人質。其中一人身上說不定帶著搶劫的眞正目的。如果這整件事的目的是想在暗地進行勒索，也只能說是意料之事。」

「可是他們先搶了幾次火車才抓人質。」

「沒錯，而且逃走了。如果他們可以在無人看見跟無人阻擋的情況下搶走貨物，何必要曝露身分去搶乘客。他們是想得到別的東西，偉恩。相信我。」

「好吧。」精瘦的男子揉揉臉頰，最後拔掉了假鬍鬚，塞在口袋裡。「可是，告訴我，你難道不會想知道嗎？你不會心癢嗎？」

「不會。」他的回答並不盡然是事實。

偉恩哼了一聲。「老兄，如果你回答時眼睛不會抽動，我就信你。」他朝子彈點點頭。

「我注意到你沒把那個還我。」

「是沒還。」瓦希黎恩把子彈收進口袋。

「而且你還戴著你的金屬意識。」偉恩望向瓦希黎恩臂上用袖口遮蔽大半的護腕。「更別提你袖子裡還藏著鋼。我還注意到那邊的桌上有本槍枝型錄。」

「人總該有點興趣。」

「你說了算。」偉恩回答，然後上前一步，輕敲瓦希黎恩的胸口。「可是，你知道我是怎麼想的嗎？我認爲你在找不要放棄的藉口。這東西，這就是你，不是豪宅、結婚或頭銜就能改變。」偉恩舉起帽子。「你天生就是要來幫助人的，老兄。你就是這樣的人。」

說完，偉恩轉身離開，長外套的衣襬隨著他離去的步伐拂上門框。

依藍戴

全捌分區最新最快最有價

百四十一年多西爾月四日　　　　版本：

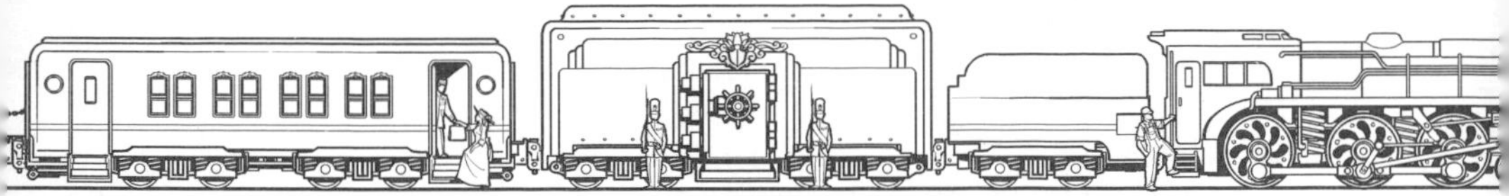

蠻橫區故事新上市！

•

「艾塔尼亞深坑探險記」

•

本社獨家出版，最新集上市！熔金術師賈繼續在遙遠蠻橫區的險之旅。

在這一集中，賈克描他在惡名昭彰的艾塔亞深坑的經歷。艾塔亞深坑屬於克羅司一的統治區，裡面珍稀未知金屬正待人發。全文請見下半折。百分之百真實經，探險家親筆撰寫！

太齊爾家族揭開「防破號」神祕面紗！

瑞雪·太齊爾本日公布其家族設計的新型保險櫃式火車車廂，可運輸保護貴重鐵路貨物，瑞雪·太齊爾聲稱這節車廂將帶來保全與運輸的革命性改變。車廂將於永風火車場展示至十九號。

新型防破號的設計目的是為阻撓由消賊等搶匪於近來日漸頻繁出沒的可怕搶案，它以最精良的鋼鐵製成，擁有現代化的流暢線條外型，並搭配太齊爾家族銀行金庫所專用的重裝門鎖。

最先進的定時系統確保一旦金庫門鎖上，車廂必須於抵達車站許久之後方能開啟。有了防破號，再擔心的高貴紳士都可高枕無憂地安心運輸貨物，直入依藍戴盆地及外圍遠方。最近的攻擊讓在我們美麗的依藍戴周圍搭乘鐵路系統的旅客紛紛惶然不安。消賊貪得無厭，人人自危，高貴的紳士淑女在槍口的威迫之下被劫去貴重財物。雖然尚未造成傷亡，但最近他們的惡行又多了擄人一項，因此流血傷亡事件恐怕終將不遠。

與其等待其他族長緩慢地透過議會進程來保護寶貴的人命財產安危，太齊爾家族決定再次挺身而出，以尖端科技的解決方案主動出擊惡徒。

鬼車！

目擊者現身說法！

在這篇令人髮指的報導中，三名目擊證人描述他們所搭乘的列車被消賊搶劫的當晚情況。其中一人是火車工程師本人，她鉅細靡遺地為我們講述鬼車的詭異之處。歡迎您親自閱讀所有事實，了解為何此鬼車的安靜、明亮、詭異在在顯示，它必定來屬於另一個世界。大學專家將鬼車與史上著名失事火車比對，同時研究死者名單，藉此明白鬼車的靈異要求。獨家報導！詳見背面。

另一
有

兩年
艦鐵被
捲走，
在見不
下，無
水手只
求，同
方折回
地。

和諸
他們終
片奇特
是罕見
到一名
被怪異
後，仍
者。

在他
放棄他
之後，
同這名
他的經
憂、神
下去，
洋民族
的未知
刊於內

工會領袖紛紛捨棄商業聯盟黨成員

商業聯盟黨領袖艾絡·敦瑟德出乎意外地變該黨立場，宣布將除任何對聯合商業成工會與貴族同盟為解雙方長期紛爭，進行反駁。一名在鐵脊大樓工作，自稱為布利爾的鉚釘工人告訴本報記者敦瑟德先生「如果知道好歹，就不要探頭來攪這團混水」。在他能近一步解釋前，他的當地工會代表介入，向本報記者表示，該成員的用語純屬譬喻用法。可是聚集的鉚釘工與鑄伕很

忘卻疼痛！

熔金術師哈蕾克夫人的安撫館全新開幕。在令人放鬆的環境下，讓人忘卻壓力、焦慮、擔憂，帶著輕鬆的心情與飛騰的思緒離開。我們的記者經過實地採訪，為各位詳細報導安撫館的情況。奢華的按摩、甜美的香氣，還有隨時值班的安撫者為客人提

艾塔尼亞深坑探險記

親愛的編輯，以及藉由編輯接觸到的親愛讀者們：

希望各位一切安好，同時願意閱讀我的信函，因為我最近遭遇到的離奇事件將讓各位充

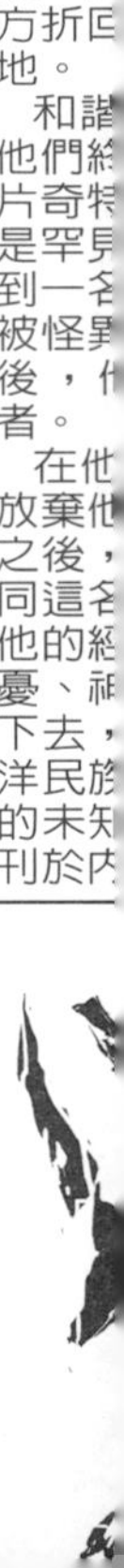

3

八小時後，瓦希黎恩站在宅邸樓上的窗前，看著逝去的一日留下的最後碎片逐漸黯淡、變黑。他等著，盼望著，可是霧沒有來。

*有什麼關係？反正你又不會出去？*可是，他仍然盼望起霧，有霧在外面看守夜晚時，他覺得內心比較平靜。世界會變個模樣，變成他比較了解的樣貌。

他嘆口氣，走過書房來到牆邊，撥動開關，電燈隨即亮起。他仍然覺得很神奇。雖然他知道《創始之書》早已暗示電力的可能，但人類的成就仍然顯得不可思議。

他走到叔叔的書桌。如今是他的書桌。在耐抗鎮中，瓦希黎恩用的是一張粗糙單薄的桌子，如今他有一張堅固、光滑的上漆檜木書桌。他坐了下來，開始看家族帳冊，可是要不了多久，他便開始瞥向堆在躺椅上的一疊傳紙。他請麗米幫忙蒐集了幾張。

他近來傾向忽略傳紙，因爲關於犯罪的報導經常讓他的腦子擅自轉動起來，結果就是無法專心於正事。如今關於消賊的事情已被牢牢釘入他的腦中，他很難做好任何有建樹的事情，直到他至少滿足一部分的心癢難耐。

讀一點點就好。他告訴自己。看看時事。對外界消息靈通點不是壞事，甚至對於他是否能跟別人進行有趣的談話都很重要。

瓦希黎恩把一疊傳紙拿回桌前，很輕易地就在當天的文章中找到關於搶劫的描述。其他的傳紙上還有更多的資訊。他跟麗米提起過消賊的事，所以她蒐集了一些專門給對最近所有消賊消息有興趣的人看的傳紙。這些報導來自於數週，甚至是數月前，附上報導原本的印刷日期。他看得出來這類傳紙很受歡迎，因爲他手上就有三份，分別來自於三家不同的出版社，大家似乎都想追上先前錯過的消息。根據這些重印的報導日期來看，第一次搶劫發生的日期遠比他以爲的還要早——七個月前，就在他回到依藍戴之前。在第一次跟第二次火車貨物消失事件間，有四個月的空窗，而「消賊」這個名字是在第二次事件以後才被人使用。

所有的搶劫過程都很類似，除了在劇院那次。火車因爲鐵軌上的問題而停下，一開始是倒下的樹木，最近的則是鬼魅般的車廂突然從迷霧中出現，直直朝火車前進。工程師們慌亂停下火車，然而前面的鬼車已然消失。

工程師於是重新啓動火車，但到達目的地時，其中一個車廂內的貨物卻早已被搬空。人們開始想像這些搶匪有各式各樣神奇的能力，似乎能輕易穿過牆壁及上鎖的車廂。但什麼貨物被偷走？瓦希黎恩皺眉心想。第一起案件的報導沒寫，不過提到貨物屬於奧古司丁·太齊爾。

太齊爾是城中最富有的家族之一，位於第二捌分區，近期正在第四捌分區的財金區建立新的摩天大樓。瓦希黎恩再次閱讀報導，然後在傳紙裡開始翻閱，尋找在第二起搶劫事件發生前，是否還有別人提起第一次搶劫。

*這是什麼？*他心想，舉起一張傳紙，上面重印了奧古司丁．太齊爾幾個月前寫的公開信。這封信譴責依藍戴警察無法找回或保護太齊爾的物品。傳紙高調地大幅刊載，甚至還起了頭條：「警察無能，太齊爾重批」。

三個月。太齊爾花了三個月才發言。瓦希黎恩將這些彙整的傳紙放到一旁，然後在比較新的傳紙中尋找是否有別的報導。爲數不少。這幾起搶劫事件相當富有戲劇性且很神祕，這兩者都是增加銷售量的特點。

第三跟第四起都是搶劫鋼。這很奇怪。拿這種沉重到不實際的東西，跟搶劫乘客車廂的財物比起來一點效率也沒有。第四起搶劫引起偉恩的注意力：從前往北方蠻橫區的火車上搶了包裝好的食物。第五起是第一次跟乘客有關的事件。第六跟第七起也有，而第七起是消賊第一次帶走兩名而非一名人質。

後來的三起搶劫事件都是從貨車跟乘客身上搶劫。前兩者是金屬，第三起是食物，至少文章上只寫了這麼多。每一起新的犯罪中帶出的細節越發有趣，因爲貨車被鎖得更加牢固，有更複雜的鎖，有隨車的護衛。考慮到被帶走的貨物重量，這些搶劫案發生的速度簡直驚人。

難道他們也使用偉恩那種速度圈嗎？不可能。速度圈一旦設下，就不能進出，而且至少就他所知，還無法製造大到能容納這種規模搶案的速度圈。

瓦希黎恩繼續讀下去。有許多報導裡面都是理論、引述、證人的報導。許多人都提出速度圈的可能，但是社論把這些論點批得一文不值。這幾起案件所需的人力太多，不可能將之全都容納進速度圈裡，他們認爲比較有可能的是能增強體力的藏金術師，可以從車子裡舉高重物並且搬走。

但是搬去哪裡？而且爲什麼要搬？他們又該如何處理鎖跟守衛的問題？瓦希黎恩剪下他覺得有意思的報導。鮮少報導有著實在的資訊。門上的輕敲中斷他將報導鋪在桌上的動作。他抬頭看見提勞莫站在門口，捧著一盤茶，臂彎掛著一個籃子。「喝茶嗎，爵爺？」

「太好了。」

提勞莫上前來，在書桌旁放一個小架子，擺好杯子與白餐巾。「您想喝哪種茶嗎？」提勞莫可以從最基本的茶葉種類調配出幾十種茶來，泡成他認爲最理想的茶湯。

「隨便。」

「爵爺。茶是很重要的。不能只是『隨便』而已。請告訴我，您打算很快要就寢嗎？」

瓦希黎恩看著他的一堆剪報。「絕對不會。」

「好的。您想要能醒腦的嗎？」

「聽起來不錯。」

「甜或不甜？」

「不甜。」

「涼爽或辛辣？」

「涼爽。」

「濃或淡？」

「呃……濃。」

「太好了。」提勞莫說道，從籃子中取出幾個罐子跟幾根銀湯匙，開始將粉末與草藥碎片混入杯子中。「您看起來很專注。」

瓦希黎恩敲敲桌子。「我很煩躁。傳紙的資訊根本不夠讓人研究。我需要知道第一批貨裡面是什麼？」

「第一批貨？」

「盜賊搶的第一車。」

「葛萊姆小姐會說您的老習慣似乎又開始出現了。」

「幸好葛萊姆小姐不在。況且，哈姆司爵爺跟他女兒對於我居然不知道那些搶案，似乎很震驚。我得知道些城裡的時事。」

「這是非常好的理由，爵爺。」

「謝謝。」瓦希黎恩接下杯子。「我都快要說服自己了。」他啜了一口。「存留的翅膀啊！這眞好喝。」

「多謝您。」提勞莫拿了餐巾，用力一抖，從中間對折，放在瓦希黎恩椅子的枕臂上。「我相信第一件被偷的東西就是一批羊毛。這個禮拜在肉店曾聽人談起。」

「羊毛？不合理。」

「這些案件都不合理，爵爺。」

「沒錯，可惜這都是最有意思的案件。」他再喝了一口茶。濃烈的薄荷沁涼感讓他的鼻子跟腦子都清醒許多。「我需要紙。」

「什麼——」

「大張紙。越大越好。」

「我去找找，爵爺。」

瓦希黎恩聽到一聲莫可奈何的低嘆，但是提勞莫仍然離開房間去執行任務。開始研究多久了？他瞥向鐘，訝異居然這麼晚了。好吧，反正都已經開始，除非完成研究，否則一定睡不著。他站起身，開始踱步，手中握著茶杯與盤子。他避開窗戶，身後的燈光會讓他成爲狙擊手的極好標靶。當然，他並非真的以爲外面會有不懷好意的狙擊手，可是……這樣工作讓他覺得比較舒服。

羊毛。他攤開一本帳簿，開始查數字，專注到完全沒有留意時間的流逝，直到提勞莫回來。

「這個可以嗎，爵爺？」他問道，拿入一個畫架，上面夾了一大疊紙。「老拉德利安爵爺為您姊姊留下的。她非常喜歡畫畫。」

瓦希黎恩看著畫架，感覺心頭一陣緊縮。他已經很久沒有想到黛兒欣了。他們大半輩子都隔得很遠，並非像他刻意跟他叔叔保持距離那般——瓦希黎恩跟前任拉德利安族長之間經常產生衝突——他跟黛兒欣間的距離單純是因為懶惰。分隔了二十年，他只有偶爾才會見到他姊姊，讓他們之間並無多少互動的機會。

結果，她就死了，跟他叔叔一起死於同一場意外。他希望那消息令他更為悲痛。應該要令他更為悲痛。可是那時的她已經是個陌生人。

「爵爺？」近侍問道。

「這太合適了。謝謝你。我原本擔心得把紙掛在牆上。」瓦希黎恩說，起身去拿來鉛筆。

「掛起來？」

「是的，我以前會用柏油。」這念頭似乎讓提勞莫非常不安。瓦希黎恩不理他，走到紙邊，開始寫。「這紙不錯。」

「我很高興聽您這麼說，爵爺。」提勞莫回答得有點不知所措。

瓦希黎恩在左上角畫了輛小火車，前面放個鐵軌，下面寫著日期。「第一次搶劫。紋弩亞期十四號。目標：羊毛。據說。」以同樣的方法，他在紙上畫下更多火車、鐵軌、日期、細節。偉恩每次都笑他得把事件用畫的方式記錄下來才能思考，但是這很有效，只是他經常得忍受偉恩在他整齊乾淨的圖片跟筆記旁，加上許多土匪小人或霧魅。

「第二起搶劫發生在很久以後。金屬。第一次搶劫之後，太齊爾爵爺等了好幾個月才開始嚷嚷。」他敲敲紙，然後把羊毛槓掉。「他損失的不是羊毛。那時候是初夏，所以羊毛價格太低，跟運輸費用相比完全不划算。我記得紋弩亞期時，因爲第十八號鐵路線無法運作，所以運費特別高。除非那人的腦子是麵包屑做的，才會花最高價運輸沒有人要又非當季的貨品。」

「所以……」提勞莫接口。

「等等。」他走到書桌旁的櫃子，抽出幾本帳簿。他的叔叔在這裡有一些運費單……沒錯。老拉德利安爵爺把敵對家族在運輸些什麼都記錄得非常清楚。瓦希黎恩掃過清單，檢查是否有奇怪的物品，他花了點時間，最後提出一個假設。

「鋁。太齊爾恐怕是載運鋁，靠著宣稱是別的東西來避稅。這裡寫著他過去兩年申報的鋁運貨量比前幾年要少很多，但是他的礦場還是繼續生產。我敢拿我最好的槍來賭，奧古司丁·太齊爾跟一些鐵道工人正悄悄地進行一樁利潤不小的走私行動，所以他一開始沒把事情鬧大，不想要引來注意。」

瓦希黎恩走過去，在紙上做下注記，將茶杯舉到唇邊，一面點頭自言自語：「這也解釋爲什麼第一跟第二次行動之間隔了那麼久。那些搶匪正在處理那批鋁。他們可能在黑市賣了一些，爲他們的行動提供資金，然後把剩下的製成了鋁子彈。可是，爲什麼他們需要鋁子彈？」

「用來殺鎔金術師？」提勞莫問道。瓦希黎恩讀帳簿時，他便在整理房間。

「對。」瓦希黎恩在三起搶案的上方畫下被綁架的人的臉。

「爵爺？您認爲這些被擄走的人都是鎔金術師？」提勞莫站到他身後問道。

「報紙有釋出那些名字。四名女子全是出身於富有的家族，卻不曾公開表示她們有鎔金術力量。」

提勞莫保持沉默。沒有公開並不代表什麼。許多上流社會的鎔金術師對於自己的力量都很低調，有許多情況下，這些力量都很有用，例如煽動者（Rioter）或安撫者（Smoother），能夠影響別人的情緒，那麼自然格外不想引起別人的懷疑。

在其他情況下，有人會炫耀他們的鎔金術。議會上代表果農的席位競爭者中，就有一位候選人，他唯一的政見就是他是紅銅雲（Coppercloud，煙陣Smoker的另一別稱），所以不會受鋅或黃銅的影響，最後那名候選人以壓倒性勝利當選。大家都不想要一個有可能受到別人暗中操作的領袖。

瓦希黎恩開始把他的推測寫在紙張邊緣。動機、快速搬空車廂的可能方法、作案手法的相似或相異點。他寫著寫著，突然停下來，然後在上面加了兩名土匪的小人畫像，模仿偉恩隨便亂畫的風格。雖然完全沒道理，但是看到那小人讓他安心不少。

「我敢賭那些被抓的人其實都是鎔金術師。那些盜賊有鋁子彈，專門對付射幣、扯手、打手（Thug）。如果我們能抓到那些盜賊，我敢打賭他們的帽子裡面一定有加鋁墊，遮掩他們的情緒，不受推拉影響。」這種作法在城裡的上流人士間也不罕見，只是一般人無法負擔得起。

這些搶案都與錢無關，而是跟那些被抓走的人有關。所以沒有人懸賞，也沒有發現被棄置的遺體。至於那些搶案的意圖是要遮掩綁架的眞正目的，那些受害人都不是表面看起來臨時被挑選的肉票。那些消賊正在蒐集鎔金術師，還有鎔金術金屬。目前被偷的有純鋼、白鑞、鐵、鋅、銅、錫，甚至有一些彎管合金。

「這很危險。非常危險。」瓦希黎恩低聲說道。

「爵爺……您不是要看帳簿嗎？」提勞莫說道。

「對。」瓦希黎恩心不在焉地回答。

「還有鐵脊大樓新辦公室的租約？」

「我今天晚上還是有時間看。」

「爵爺。請問是什麼時候？」

瓦希黎恩想了想，掏出懷錶，再次震驚於不知不覺間已花了這麼多時間。

「爵爺，我跟您提起過前任上主賭馬的時候嗎？」

「愛德溫叔叔是賭徒？」

「確實是。在他成爲上主之後，這變成了族裡的問題。他大多數時間都待在馬場。」

「難怪我們會山窮水盡。」

「事實上，他頗擅長的，爵爺。他通常會贏，而且贏很多。」

「噢。」

「可是他後來還是停手了。」提勞莫說道，收起他的托盤跟瓦希黎恩的空茶杯。「可惜的是，當他在賭場上贏小錢時，家族因爲處理不當的生意與財務決策而損失重大。」他走向門口，最後緩緩轉身，往常嚴肅的臉柔和了起來。「爵爺，我沒有資格說教。一旦成人，便可以也必須自己做決定。可是我希望提出警告。一件好事如果太過火，也會具有毀滅性。

「您的家族需要您。數千個家庭倚靠您。他們需要您的領導跟您的指引。我明白這不是您主動要求的，可是偉人的特質就是知道何時該放下重要的事，去處理必要的事情。」

近侍離開，門在他身後關起。

瓦希黎恩獨自站在穩定得詭異的電燈光線下，看著他的圖。他拋開鉛筆，突然覺得極爲疲累，拿出了懷錶。已經半夜兩點十五分了。他應該要睡了。正常人這時候都睡了。

他關了燈，免得讓自己的身影太清晰，然後走到窗邊。他仍然對於沒看到霧覺得沮喪，雖然他也沒期望霧會出現。*我都忘了進行每日的祈禱，今天太混亂了*，他發現。

晚做總比不做好。手伸入口袋，他拿出他的耳環。這耳環樣式很簡單，耳針的下面垂著十個環，代表著道。他把耳環穿入他爲此而刺的耳洞，然後靠在窗邊，看著深夜的城市。

道徒沒有特定的祈禱姿勢，只需要每天花十五分鐘來冥想與思考。有些人喜歡席地盤腿坐下，閉上眼睛，可是瓦希黎恩總覺得用那姿勢很難思考，會讓他的背痛、脊椎發麻。如果有人繞到身後，從背後開槍怎麼辦？所以，他總是採取站姿，然後思考。*迷霧那裡一切都好嗎？*他從來都不知道該怎麼跟和諧說話。*我想您的日子應該過得挺順心的吧？畢竟您是神啊什麼的？*

他得到的回應是一陣……笑意。他向來判斷不出這感覺到底是不是他自己幻想的。

好吧，既然我不是神，也許祢能用祢的全知全能幫我弄點答案來。我感覺自己像是陷入困境。

這個念頭感覺很突兀。現在跟他以前處的困境不同。他沒有被綁住或即將被人殺掉；他沒有迷失於蠻橫區，沒食物也沒水，要找路回到文明。他站在豪華的宅邸，雖然他的家族有財務危機，卻也不是過不去。他有著奢華的人生，還有議會的席位。

然而爲什麼他覺得過去這六個月是他一生中最艱辛的時刻？無盡的報告、帳簿、晚宴、商業合作。

近侍說得對，許多人都仰賴他。拉德利安家族一開始只是跟隨初代的數千人，結果在過去三百年來成長許多，家族把那些在其下產業或工廠中工作的人都納入保護傘之下。瓦希黎恩所簽下的協議，未來將決定了他們的薪水、特權、生活方式。如果他的家族垮了，他們一定在別處也能找得到工作，但是會被視爲該家族的次級成員，直到一兩代後才會得到完整的權益。我以前也做過困難的事情，這次也可以。如果是對的。這是對的嗎？史特芮絲稱道教是個簡單的宗教。也許很簡單。基本教義只有一條：爲善多於爲惡。除此之外還有其他的，例如相信所有的眞相都是重要的，得到多少就必須付出更多的戒律。在《創始之書》中有超過三百個範例，都是在別的時代、別的世界上可能存在，或者是原本有可能存在的宗教。

道教的信徒就是要研究它們，從它們的道德準則中學習。有幾條規則是中心思想：不要在毫無承諾的情況下尋求欲望。在所有的缺陷中尋找力量。每天祈禱沉思十五分鐘。還有，不要浪費時間拜和諧。做好事就是拜神了。

瓦希黎恩離開依藍戴不久便被勸入道教。他仍然相信在火車上碰到的女子必定就是「無相永生者」之一，他們是和諧的手。他的耳環是她給的。每名道徒在祈禱時都會戴著耳環。

問題是，瓦希黎恩難以覺得自己在做任何有意義的事情。應酬跟帳簿，契約跟協商。他在邏輯上知道這些都是重要的，但是這一切，包括他在議會上的席次，對他來說都是抽象的存在。不像是看到謀殺犯被關起來，或是救回被綁架的小孩。年輕時，他住在城裡——世界的文化、科學、進步中心，住了二十年，但直到他在山後滿是灰塵，寸草不生的蠻荒之地流浪後，才找到自己。

內心似乎有一個聲音對他說，善用你的天賦。你會想清楚的。

他懊惱地笑了。他不知道爲什麼假如和諧眞的在聽，卻沒有給予更明確的答案。通常瓦希黎恩祈禱時得到的回應就只是一陣鼓勵。*繼續。沒有你想得那麼難。不要放棄。*他嘆口氣，閉起眼睛，陷入思緒。其他宗教都有儀式跟集會。道徒沒有。某種程度，道教的簡單讓道教更困難，因爲人必須靠自己的良心去解讀。

在冥想一陣之後，他不由得感覺到和諧是要他同時研究消賊的事情，還有當名優秀的族長。這兩件事是互斥的嗎？提勞莫似乎這麼認爲。

瓦希黎恩看著他身後的傳紙跟畫架上的畫紙。手伸入口袋，掏出偉恩留下的子彈。

然後他腦海中不由自主地浮現蕾希頭往後仰，血濺入空中，沾滿她美麗的黑色秀髮，血在地上、牆上、站在她身後的殺人犯身上。可是射殺她的人不是那個殺人犯。

和諧啊，他心想，一手按著頭，緩緩地靠著牆坐下。這眞的跟她有關，對不對？我辦不到。再也辦不到。

他拋下子彈，摘下耳環，站起身，走到桌子邊，把傳紙收起，蓋上畫紙。如今還沒有人因爲消賊而受到傷害。他們搶人，卻沒害人，甚至沒有證據顯示那些人質身處於危險之中。只要有人願意拿出贖金，人質應該就能回家了。

瓦希黎恩坐下，開始處理帳務，全神投入直至深夜。

4

「和諧的前臂啊，這年頭的小型婚宴就是這樣？在這裡的人比蠻橫區某些城鎮的居民還要多。」瓦希黎恩嘟囔著，踏入宏偉的宴會廳。

瓦希黎恩年輕時曾造訪過尤門宅邸，但那時宴會廳是空的，如今滿滿都是人。一排又一排的桌子，排在巨大室內的硬木地板上，絕對超過一百桌。貴女、貴族、官員，還有富商們在裡面走動著，低聲交談著，每個人都精心打扮。璀璨的珠寶，筆挺的黑色套裝配上多彩的領巾。女子的禮服則是最現代的款式：深色，長及地板的裙襬，厚重的外層有許多皺摺與蕾絲。多數女子的上半身都穿著貼如背心的外套，領口遠比他童年記憶還要低上許多。也有可能是現在他比較會注意到這點。

「你剛說什麼，瓦希黎恩？」史特芮絲說道，轉向一旁，讓他替她脫下外套。她穿著一件高貴的紅色禮服，似乎刻意要表現時尚感而不是大膽。

「我只是在說人很多，親愛的。」瓦希黎恩說道，折起她的大衣，跟他的圓頂帽一起交給等在一旁的侍從。「我回到城市以後參與了許多的宴會，但是沒有這麼盛大的，似乎半個城市的人都被邀來了。」

「今天的場合很特別。這是兩個關係很好的家族聯姻，他們不會想漏掉任何人，除了那些被他們刻意漏掉的人。」

史特芮絲伸出手臂，讓他環住。在來時的馬車上，他聽了一輪非常仔細的說教，很明確地告訴他該如何環住她的手臂。他的手臂壓在上面，輕輕握住她的手，手指繞在她的手掌下，看起來極爲不自然，但是她堅持這個姿勢會傳達他們要傳遞的訊息。果不其然，他們一來到舞池，便吸引了許多人饒富興味的目光。

「妳的意思是這場婚宴的重點並非誰受到邀請，而是誰沒有收到邀請。」

「一點也沒錯。因此，爲了達成這個目的，他們必須邀請所有人。尤門家族非常強大，雖然他們信碎刺教——眞可怕的宗教。居然會崇拜『鐵眼』。無論如何，沒有人會忽視這場婚宴的邀請，所以那些被侮辱的人不僅僅會發現自己無處可去，更無法自行舉辦宴會，因爲任何受邀的人都已經來到這裡，意思是他們只能與其他沒有受邀的人交際，因而強化他們被逐出社交界的地位，或是自己在家待著，反覆思考他們是如何受到侮辱。」

「在我的經驗中，那種不愉快的沉思會讓某人很有可能被射殺。」

她微笑，刻意歡欣地朝某個他們經過的人揮手。「這不是蠻橫區，瓦希黎恩。這裡是城裡。我們不做這種事。」

「是沒錯。對城裡的人而言，拿槍殺人還太好心了點。」

「你還沒見識過最可怕的。」她朝另一人揮手。「你看到那個背對我們的人沒？那個比較壯、頭髮比較長的人？」

「有。」

「那是修爾曼爵爺。惡名昭彰的宴會客人。他沒喝醉時極為無趣，喝醉時蠢到極點，而且大多數時間都是醉醺醺的。他可能是上流社會中最不受歡迎的人，這裡大多數人寧願花一個小時砍斷自己的腳趾，也不願意跟他多聊兩句。」

「那為什麼他會在這裡？」

「為了讓羞辱的效果更加徹底啊，瓦希黎恩。那些被得罪的人一旦發現連修爾曼都來了，他們會更咬牙切齒。請了像他這樣的壞合金——基本上是極不受歡迎而不自知的男女——尤門一族是在表達『我們寧可跟這些人共度夜晚，也不想見你』。非常有效。非常惡劣。」

瓦希黎恩輕哼。「在耐抗鎮上做出這麼無禮的行為，早就被倒吊在屋頂下。如果運氣夠好的話。」

「嗯。是的。」一名僕人上前來，請他們跟隨他的帶領，前往餐桌。史特芮絲放低聲音：「瓦希黎恩，你必須了解，我不會再回應你那『無知的邊境人』的偽裝。」

「偽裝？」

「是的。」她心不在焉地回答。「你是男人。婚姻這件事讓男人很不自在，因此會想抓著自由不放，因此你開始退卻，拋出野蠻的話語想引起我的反應。這是你想證明你是獨立男性個體的直覺反應，在潛意識中，你的誇張行爲是想要破壞這場婚禮。」

「妳認爲這是我的誇張反應，史特芮絲。但也許我就是這樣的人？」瓦希黎恩說道，兩人來到桌邊。

「你是什麼樣的人，是由你選擇的，瓦希黎恩。至於這裡的人，還有尤門家族的選擇，都不是我制定的規矩。我也不贊成這些規矩，有許多不方便，但是這是我們身處的社會。因此，我讓自己成爲能在這個環境下生存的樣子。」

瓦希黎恩皺眉。她放開他的手臂，親暱地與幾名坐在鄰桌的女子親吻臉頰，似乎是她的遠親。他則雙手背在身後，朝前來向史特芮絲還有他打招呼的人友善地微笑與點頭。

他最近幾個月在上流社會中的表現頗爲出色，因此人們對他的態度也比一開始要友善太多。他甚至滿喜歡一些上前來打招呼的人，但是他跟史特芮絲正在進行的行爲，仍然讓他覺得不安，所以他發現自己難以享受與其他人的交談。

況且，一個房間中有這麼多人仍然讓他的背脊發癢。太過混亂的場面，太難注意出口。他喜歡小宴會，或者分散在許多房間的宴會。

新娘新郎入場，眾人站起身鼓掌。約辛爵爺與蜜雪兒貴女。瓦希黎恩不認得他們，倒是在猜想他們爲什麼正與一名看起來像是乞丐、一身黑衣的邋遢男子交談。幸好，史特芮絲似乎沒打算要拖著他，去跟那些打算在第一時間向新人祝賀的人群們一起等待。

很快地，前面幾桌開始有餐點送上，餐具開始敲擊出聲。史特芮絲派僕人去準備他們的桌子，瓦希黎恩則研究屋內結構以打發時間。宴會廳呈長方形，窄邊各有室內高台，上面似乎有用餐的空間，卻沒有擺設桌子，取而代之的是一群豎琴手。

富麗的水晶燈懸吊在天花板，共有六盞掛在房間的中線上，上頭垂著數千顆閃閃發光的水晶，兩旁則是十二盞較小的水晶燈。他注意到都是電燈。在有電力之前，要點亮這些燈一定是件痛苦得不得了的事情。

這樣一場宴會的花費讓他腦子發脹。一個晚上的費用可以餵飽耐抗鎮所有人一整年。他的叔叔幾年前賣了拉德利安宴會廳，它是獨立的建築物，跟宅邸不同區。瓦希黎恩對此感到相當高興。根據他的記憶，那地方跟這裡一樣大。如果他們還擁有那樣的地方，人們會期待他也會舉辦如此奢華的宴會。

「怎麼樣？」史特芮絲問道，再次朝他伸出手臂，跟著僕人前往餐桌。他可以看到哈姆司爵爺跟史特芮絲的表妹瑪拉席已坐在桌邊。

「我想起來我爲什麼要離開城裡。這裡的生活太辛苦了。」瓦希黎恩誠實地說道。

「許多人也會這麼形容蠻橫區。」

「他們之中鮮少有人兩邊都住過。住在這裡是不一樣的辛苦，但仍然辛苦。瑪拉席這次也要跟我們一起用餐？」

「沒錯。」

「史特芮絲，她是怎麼一回事？」

「她來自於外城區，十分想在城裡念大學。她的父母無法供給她，我父親可憐她，因此允許她在求學期間跟我們住在一起。」

這是個合理的解釋，但史特芮絲似乎說得太快了些。這是她已經演練多次的藉口，還是瓦希黎恩想太多？他來不及多問，哈姆司爵爺已經站起身迎接他的女兒。

瓦希黎恩跟哈姆司爵爺握手，握住瑪拉席的手，鞠躬，然後坐下。史特芮絲開始跟她父親說起她注意到前來或缺席的人，瓦希黎恩兩手肘撐在桌子上，心不在焉地聽著他們的對話。

這個房間很難防守。高台上如果有槍手的話還有可能，但是每邊都需要幾人，以確保沒有人溜到高台下方，而且如果有人的槍枝火力夠大，或是有合適的鎔金術力量，可以從下方打死槍手，不過高台下面的柱子也是很好的遮蔽所。

當寡不敵眾時，有越多掩蔽情況就越好。當然，以寡敵眾的情況是很不理想的，但他參與的戰鬥中鮮少不是如此，所以他會找掩蔽。在空地時，人數跟火力是致勝的關鍵，但是一旦能躲，那技巧跟經驗就可以平衡兩邊差距。也許這裡不失爲打鬥的好地點。他——

他打了自己一下。*他在幹什麼？他已經做出決定了。難道他每隔幾天就得重新決定一次？*

他強迫自己要跟別人交談。「瑪拉席，妳的表姊告訴我，妳上大學念書？」

「我已經念到最後一年。」

他等著她繼續往下說，卻沒有進一步的下文。「那妳讀得順利嗎？」

「順利。」她說道，低下頭，握著餐巾。

他嘆口氣心想，這對話還眞有意義。幸好僕人來了，開始爲他們倒酒。「等一下湯就會上來。」他帶著淡淡的泰瑞司口音說道，有著高亢的母音，還有些微的鼻音。

但這聲音讓瓦希黎恩一僵。

「今天的湯是調味鮮美的海蝦濃湯，配上淡淡的胡椒香。我想各位會相當喜歡。」侍者朝瓦希黎恩瞥去，眼中閃爍著好笑的光芒。雖然他戴著假鼻子跟假髮，那對眼睛仍然是偉恩的。

瓦希黎恩輕輕呻吟。「爵爺不喜歡蝦？」偉恩驚恐地問道。

「濃湯很不錯。我之前在尤門家舉辦的宴會上喝過。」哈姆司爵爺說道。

「不是湯，是我突然想起一件忘了做的事情。」跟要掐死某人有關。

「我一會兒就會將湯送來，爵爺、貴女。」偉恩承諾。他耳朵上甚至有一排假泰瑞司耳環。當然，偉恩有泰瑞司血統，跟瓦希黎恩一樣，所以他們才有藏金術的能力。這在一般人身上很少見。初代裡將近五分之一是泰瑞司人，他們鮮少與其他種族通婚。

「那個侍從似乎有點眼熟？」瑪拉席問道，轉頭看著他離開。

「一定是上次我們來的時候，也是他伺候我們。」哈姆司爵爺說道。

「可是上次我沒跟您——」

「哈姆司爵爺，有您的親戚的消息嗎？就是被消賊綁架的那一位？」瓦希黎恩連忙插話。

「沒有。」他喝了一口酒。「滅了那些盜賊吧。這種事情完全無法接受。他們應該把這種行爲限制在蠻橫區就好！」

「是的。當這種事情發生時，對於警察的尊敬的確會減低，而且這次搶案居然發生在城裡！太可怕了。」

瑪拉席突然開口：「那裡是怎麼樣的？拉德利安爵爺，住在毫無法律的地方是如何呢？」她似乎是眞的很好奇，但她的話引來哈姆司爵爺的一瞪，大概是因爲她提起了瓦希黎恩的過去。

「有時候是很困難。」瓦希黎恩承認。「在那裡的人相信他們要什麼就去搶。所以當有人阻止他們時，他們其實是很訝異的，彷彿我在打亂他們的秩序，是唯一不了解他們遊戲規則的人。」

「遊戲？」哈姆司爵爺皺眉問道。

「只是譬喻而已，哈姆司爵爺。因爲他們都認爲，如果你有能力或有充足的武器，想要什麼就可以去搶。我兩者都有，但是沒搶，而是阻止他們。他們對此覺得非常匪夷所思。」

「您那麼做很勇敢。」瑪拉席說道。

他聳聳肩。「也不是勇敢。我只是碰巧而已。」

「就算是阻止準頭幫也是？」

「他們是特例。我——」他突然一僵。「妳怎麼知道的？」

「還是會有報導的。」瑪拉席臉色一紅。「蠻橫區的報導。大多數衝突都有人會記錄下來，在大學或在特定的書店裡都找得到。」

「噢。」他感到一陣尷尬，於是舉起杯子，喝了口酒，結果有東西跑入他嘴裡。他嚇得差點把整口酒都吐了出來，很勉強才克制住自己。*偉恩，我眞的要掐死你。*他藉著咳嗽把那東西吐入手掌。

「希望警察能夠儘快處置那些混混，讓我們回歸和平與秩序。」

「我認爲，這是不太可能的。」瑪拉席說道。

「孩子，夠了。」哈姆司爵爺嚴厲地說道。

「我想聽聽她想說什麼，反正都是交流嘛。」瓦希黎恩說道。

「這……我想……好吧。」哈姆司爵爺回道。

「這只是我的一個理論。」瑪拉席滿臉通紅。「拉德利安爵爺，當您是耐抗鎮的執法者時，城裡有多少人？」

他摸摸手中的東西。一個子彈的空殼，上面附著一點蠟。「最近幾年才開始成長快速，但大多數時間，我猜是一千五百人左右。」

「附近區域呢？就是您會巡邏、但沒有自己的執法者的地方？」

「大概總共三千人，看情況。蠻橫區有許多來往的人，像是尋找礦場或是想開闢農莊的人，還有來往各處的工人。」

「就算三千人好了。那幫助你維持法律的人，總共有幾人呢？」

「大概五六人，看情況。偉恩跟我，巴爾大多數時間也在，還有幾個人偶爾會是。」

還有蕾希，他心想。

「就說是每三千人有六人好了。這樣好算。相當於每五百人就有一名執法者。」

「這有什麼意義？」哈姆司爵爺不耐煩地問道。

「我們這個捌分區的總人口大概是六十萬人。根據拉德利安爵爺描述的比例，應該要有約一千兩百名警察，但是我們並沒有。上一次我查的時候，僅有將近六百人。所以，拉德利安爵爺，你口中『野蠻』的蠻荒地區，負責的執法者其實是我們這裡的兩倍。」

「嗯。」他應聲。上流社會的年輕女子有這種資訊挺奇怪的。

「我不是想要貶低您的成就。」她連忙說道。「那裡的罪犯人數應該也比較多，因爲蠻橫區的名聲會引來那種人，但我認爲這只是認知的問題。正如您說的，出了城，人們認爲犯罪是可以被允許的。

「而在這裡，他們比較謹慎，許多犯罪都比較小型。不是銀行被搶，而是十幾個人晚上回家時被搶。城市環境的特質就是如果將犯罪行爲限制在某種程度的能見度之下，那麼隱藏犯罪便容易許多。因此，不論人們怎麼想，我不認爲城裡的生活眞的比較安全。

「我敢打賭，根據人口比例，在這裡被殺害的人數一定比在蠻橫區要多，可是城裡的事件太多，所以人們比較不注意。

「相較之下，當有人在小鎮裡被殺害時，就會造成極大的震撼，即使是多年來唯一的一起凶殺案。

「除此之外，更重要的是，全世界的財富多聚集於城裡的幾個地方。財富會引來尋求可乘之機的人。有許多原因顯示爲什麼城市比蠻橫區更危險，只是我們假裝並非如此。」

瓦希黎恩雙手疊在桌上。有意思。她一開始講話，似乎就不害羞了。

「您看，爵爺，這就是爲什麼我試圖要她安靜。」哈姆司說道。

「那就太可惜了，因爲我認爲這是我回到依藍戴以來，聽到過最有趣的話。」

瑪拉席微笑，史特芮絲只是翻翻白眼。偉恩端著湯回來了。可惜他們周圍太擁擠，偉恩不能只在他跟瓦希黎恩身邊製造出速度圈。一定會有別人被包進去，任何被容納的人也會有同樣時間加速的效果。他不能選擇圈子的形狀，或是影響的個體。

其他人被湯引去注意力時，瓦希黎恩把空彈殼上的封蠟除下，發現裡面有一小團紙。他瞥向偉恩，攤開。

你說對了。

「我通常是對的。」他趁偉恩在他面前放湯時低聲說道。「你長到哪去了，偉恩？」

「五呎六，謝謝。我有練舉重跟吃牛排。」偉恩壓低聲音回答。

瓦希黎恩狠狠瞪了他一眼，但是偉恩毫不理會，逕自帶著些微的泰瑞司口音表示他會爲他們拿來更多麵包跟酒。

眾人開始用餐時，史特芮絲說道：「拉德利安爵爺，我建議我們開始建立一張跟其他人共處時可以討論的話題清單，主題應該避開政治或宗教，卻要讓人印象深刻，並傳達我們有趣迷人的形象。您知道什麼特別機敏的俗語或是故事，可以做爲起點的嗎？」

「我曾經一不小心射斷了一條狗的尾巴。這個故事挺有趣的。」瓦希黎恩懶洋洋地說道。

「射狗算不上是合宜的晚餐話題。」

「我知道。尤其是因爲我當時正瞄準牠的兩顆蛋。」

瑪拉席差點把湯都噴在桌上。

「拉德利安爵爺！」史特芮絲驚呼，但她的父親似乎覺得挺好笑的。

「我以爲妳說我無法再讓妳震驚了。我只是在測試妳的假設而已，親愛的。」

「說眞的，您早晚會克服這鄉下養成的無禮習慣吧？」

他攪動湯，確保偉恩沒有在裡面藏東西。*希望他至少有把彈殼洗過。*「我猜想確實有一天，會克服的。」他回答，喝了一口湯。味道不錯，就是太冷了。「有趣的是，當我在蠻橫區時，我被視爲極有教養，甚至被他們認爲太高傲的人。」

哈姆司爵爺舉起手指開口：「以蠻橫區的標準說一個人有『教養』，就像以建築材料的標準說磚頭偏『軟』，然後再用磚頭砸上別人的臉。」

「父親！」史特芮絲說道，瞪了瓦希黎恩一眼，彷彿這都是他引起的。

「這個譬喻絕對適切。」哈姆司爵爺說道。

「我們不准再談拿磚頭砸人或開槍，無論目標是什麼！」

「好吧，表姊。」瑪拉席說道。「拉德利安爵爺，我聽說有一次您拔出對方的匕首，然後用匕首射穿了對方的眼球，是眞的嗎？」

「其實是偉恩的匕首。」瓦希黎恩說道。他想了想，又開口：「而且那也是意外。我那次也是在瞄準他的兩顆蛋。」

「拉德利安爵爺!!」史特芮絲幾乎要氣瘋了。

「我知道那離目標很遠。我丟匕首的準頭眞的很差。」

史特芮絲看著他們，發現她父親也在偷偷地笑，只是試圖拿餐巾遮住，但臉色越發赤紅。瑪拉席一臉無辜地對上她的視線。「沒提磚頭，也沒提槍。我是按照妳的要求在進行對話。」

史特芮絲站起來。「我要去化妝室打理一下自己，等各位恢復之後再回來。」

她氣呼呼地離去，瓦希黎恩感覺到一陣罪惡感。史特芮絲是很古板，但她似乎是個認眞且誠實的人，不應該被取笑的。只是要他忍住不去捉弄她，眞的很難。

哈姆司爵爺清清喉嚨。「孩子，妳不應該那樣。」他對瑪拉席說道。「妳不要讓我後悔答應帶妳來參加這些宴會。」

「不要怪她，爵爺。我才是主犯。等史特芮絲貴女回來後，我會好好地向她道歉，同時整晚都會謹言愼行。我不應該讓自己這麼過分。」

哈姆司嘆口氣，點點頭。「我承認自己有幾次也忍不住想要如此。她跟她的母親很像。」他同情地看了瓦希黎恩一眼。

「原來如此。」

「這就是我們的命運啊，孩子。」哈姆司爵爺站起身說道。「要成爲一族之長是要付出些代價的。兩位請容我先離開片刻，我看到亞勒納斯爵爺在吧台邊。我想在吃主菜前，跟他先喝點比較猛烈的東西。如果不趁史特芮絲回來前先去，她會強迫我不准去的。我隨後就回。」他朝兩人點點頭，晃晃悠悠地走向吧台旁的高桌。

瓦希黎恩看著他離開，心不在焉地在手指間捲著偉恩的紙條。先前他以爲史特芮絲變成那樣是哈姆司爵爺逼的，但顯然他才是那個受盡管束的人。另一件奇特的事，他心想。

「謝謝您爲我說話，拉德利安爵爺。您發言保護女性的速度似乎跟拔槍的速度一樣快。」

「我只是實話實說而已，貴女。」

「跟我說，您打斷那條狗的尾巴時是眞的在瞄準牠的……呃……」

「對。」瓦希黎恩苦著臉說道。「但是我的藉口是，那該死的東西當時正在攻擊我。牠的主人是一個被我逮捕的人，那隻狗會這麼凶惡也不是牠的錯，那可憐的東西看起來好幾天沒吃飯了，我只是想要射中不太致命的地方，把牠嚇走就好。可是射中眼睛的事是杜撰的。我當時並沒有要瞄準哪裡——只是希望會射中而已。」

她微笑。「我能問個問題嗎？」

「請說。」

「我剛才提起執法者比例時，您似乎很沮喪。我無意冒犯，也不是要打壓您的英勇行爲。」

「沒關係。」

「可是？」

他搖搖頭。「我不確定該怎麼解釋。當我去到蠻橫區，開始把罪犯逮捕歸案時，有種……以爲找到一個需要我的地方。我以爲我做到了沒有別人會做的事情。」

「您辦到了。」

「但是，似乎一直以來，我離開的地方可能更需要我。我從來沒注意到。」他說道，攪動著湯。

「您在那裡做了重要的事，拉德利安爵爺。必要的事。況且就我所知，在您去之前，沒有別人維護那裡的法律。」

「有奧比坦。」他微笑，想起那老人。「當然還有在遠多瑞斯特的執法者。」

「遠方的城市救不了近火，而且只有一名有能力的執法者，服務許多人民。『死手指』約恩有他自己的問題。在您建立起制度之後，耐抗鎮受到的保護比城市還好，但是一開始也不是這樣。」

他點點頭，但再次覺得好奇，她到底知道多少。城裡的人眞的都在流傳他跟偉恩的故事嗎？之前爲什麼沒聽說過？

她的數據確實讓他在意。他沒想過城裡也是個危險的地方。通常需要被拯救的是無人管束的蠻橫區，城市是和諧所創造來庇佑人類的豐饒土地。在這裡，果樹結實纍纍，農田不需灌溉就有水。土地永遠豐饒，似乎取之不竭。

這片大地應該要是不一樣的。是受到保護的。他收起槍的一部分原因是他說服自己，這裡的警察不需要人幫忙就可以做好工作。可是消賊的肆虐不也證明了事實並非如此？

偉恩拿著麵包跟一瓶酒回來，然後停下腳步，看著兩張空椅子。「哎呀，你們等得不耐煩到把同伴給吃了嗎？」

瑪拉席瞥向他，然後微笑。瓦希黎恩這才發現，她知道。她認出他來了。「貴女，請容我說一句，我們首次見面時，妳極爲不起眼。」瓦希黎恩說道，引回她的注意力。

她瑟縮了一下。「我不擅長害羞，對不對？」

「我不知道這是需要練習的。」

「我一直很努力嘗試。」偉恩說道，坐在椅子上，從籃子裡取出麵包，大大咬了一口。「沒有人欣賞我這點。一定是因爲大家都誤解我，我告訴你們。」他的泰瑞司口音也消失了。

瑪拉席一臉迷惘。「我應該假裝對他的行爲表示震驚嗎？」她壓低了聲音問瓦希黎恩。

「他看出來被妳識破了，所以他現在會開始生悶氣。」

「生悶氣？」偉恩開始喝史特芮絲的湯。「你這樣講就太壞心了，瓦。嗯，這東西比我跟你們說的還要難喝。抱歉啊。」

「我的小費會讓你知道的。」瓦希黎恩挖苦他。「瑪拉席貴女，我是認眞地想了解。坦白說，妳似乎刻意要表現出很膽怯的樣子。」

「一說完話就低頭。問問題時刻意把音調揚得高了點。」偉恩補充。

「不像是會自己要求念大學的人。」瓦希黎恩總結。「爲什麼妳要僞裝呢？」

「我不想談。」

「妳不想談，還是哈姆司爵爺跟他的女兒不想要妳談？」

她臉色一紅。「是後者，但是我眞的想要轉移話題。」

「瓦，你總是這樣迷人。看到沒？你差點把貴女逼哭了。」偉恩說道，又咬了一大口麵包。

「我沒有——」瑪拉席開口。

「不要理他。相信我。他就像疹子一樣，越抓越煩。」

「眞傷我的心啊。」偉恩說道，滿臉都是笑容。

「你不擔心嗎？你穿著侍者的制服。如果他們看到你坐在桌邊吃東西……」瑪拉席輕聲問偉恩。

「有道理。」偉恩推開椅子。他身後的人早已離開，而哈姆司爵爺也不在，所以偉恩有足夠的空間可以……果然，他再次把椅子往前拉時，衣服已換回長外套，下面穿著一件寬鬆的襯衫，還有一條厚重的蠻橫區款式長褲，帽子在指頭上轉動。耳環也消失了。

瑪拉席一驚。「速度圈。我以為我從外面可以看得出來的！」她低語，似乎敬佩不已。

「仔細看是可以的。不過會是一片模糊。妳可以看看隔壁的桌子，被他拋進去的侍者外套，袖子還露在外面。他的帽子可以折疊，即使兩邊是硬的，也能壓在雙手間。我還在想你把長外套藏在哪裡。」

「你們的桌子下。」偉恩說道，聽起來很得意。

「當然。他得先知道我們是哪張桌子，才能被指派為我們的侍者。」瓦希黎恩說道。我下次坐下時，眞應該先檢查一下桌底。但這樣會不會顯得太疑神疑鬼？他不覺得自己是疑神疑鬼。畢竟他又不是晚上睡不著覺，擔心被人射殺，或是想像有什麼樣的陰謀正在醞釀要摧毀自己的人。他只是喜歡做事小心點而已。

瑪拉席仍然在看著偉恩，似乎一臉不解。

「我們跟妳讀的報導得到的印象不一樣？」瓦希黎恩問道。

她坦承：「是不一樣。那些報導通常會略過個性這類的事情。」

「有講到我們的新聞報導？」偉恩問道。

「有。很多。」

「嘖。我們有版權稅這類的嗎？如果有的話，我要拿瓦的那一份，因為大家說他做的事，其實都是我做的，況且他已經很有錢了。」

「都是新聞類的報導。這些不會給報導對象版權的。」瑪拉席說道。

「那些卑鄙的騙子。」偉恩想了想。「不知道在這裡是否有其他高貴的女士，聽說過我英勇而充滿男人味的事跡……」

「瑪拉席貴女是大學生，我想她讀過的報導都蒐集在那裡，一般人應該不熟悉。」瓦希黎恩說道。

「是的。」她回答。

「噢。」偉恩似乎很失望。「那也許瑪拉席貴女會想聽聽更多我勇敢的——」

「偉恩？」

「在。」

「夠了。」

「好嘛。」

「我得代替他向妳致歉。」瓦希黎恩說道，轉向瑪拉席。她的臉上仍有不解之色。

「他經常這樣。道歉。我覺得這是他最大的缺點之一。我很努力要變得幾乎完美來幫他改正這個缺點，但是目前爲止，光是這樣不夠。」偉恩說道。

「沒關係。我只是在想，我是不是應該寫份報告給教授，描述跟兩位的會面有多麼的……獨特。」

「妳在大學確切是主修什麼？」瓦希黎恩問道。

她遲疑了，面色通紅。

「妳看！害羞就是要裝成這樣。妳進步很多噢！太棒了。」

「只是……」她舉起手，擋住眼睛，尷尬的低下頭。「只是……好吧，跟你們說就是了。我在讀法律系統與犯罪行爲學。」

「這是一件妳會覺得可恥的事？」瓦希黎恩說道，跟偉恩交換不解的眼光。

「人家都說，這不像女孩子該學的，可是除此之外……嗯，我跟兩位正坐在一起……而且……這，你們知道……你們是世界上最有名的兩位執法者，所以……」

「相信我。我們並沒有妳以爲知道的那麼多。」瓦希黎恩說道。

「如果妳在念的是愚蠢與白癡行爲，那我們就是這方面的專家。」偉恩補充。

「那是兩方面。」

「我不管。」偉恩繼續吃麵包。「所以另外那兩人呢？我想你們沒眞把他們吃掉。瓦只在週末才吃人。」

「偉恩，他們兩個應該快回來了。所以如果你來是有什麼目的，最好趕快說。除非這只是你在普通例行性虐待我。」

「我這就跟你說。你沒把我的紙條給吃掉吧？」

「沒有。上面沒寫什麼。」

「那樣就夠了。」偉恩靠近他。「瓦，你叫我去查人質。你說得對。」

「她們都是鎔金術師。」瓦希黎恩猜測。

「不只這樣。她們都是親戚。」

「偉恩，我們離初代也不過就是三百年。我們也是親戚。」

「意思是你會爲我負責嗎？」

「不會。」

偉恩輕笑，從外套口袋掏出一張紙。「瓦，不只這樣。你看。每名被擄走的女子都是同一個血脈的人。我做了些研究。眞的，認眞的東西。」他想了想。「如果我只找了一次，爲什麼要叫『研究（注）』？」

「因爲我打賭你得查不只一次。」瓦希黎恩說道，拿過紙張開始細讀。上面的字體很歪斜，但他讀得懂，描述了每名被抓走的女子的簡單族譜。

幾件事引起他的注意。每名都可以追溯到迷霧之子大人身上。因此，大多數的祖先們也都有極強的鎔金術能力。他們都是近親，有些是第一層的表親，有些是三四層的表親。

瓦希黎恩抬起頭，看到瑪拉席露出大大的笑容，看著他跟偉恩。「怎麼了？」瓦希黎恩問道。

「我就知道！我就知道你們來是爲了調查消賊。第一起犯罪案發生後一個月，您就成爲族長。你們要抓他們，對不對？」

「所以妳才堅持要哈姆司爵爺帶妳一起參加這些聚會？」

「也許是吧。」

瓦希黎恩嘆口氣。「瑪拉席，妳下錯結論了。難道妳認為我家族中的親人喪命，因而讓我成為族長這件事，也是謊言嗎？」

「當然不是，但是我很訝異您會接下這頭銜，直到我明白您大概認為這是調查搶劫案的好機會。您必須承認，這幾起案件是很罕見。」

「偉恩也很罕見。但我不會為了研究他這個人就把我自己連根拔起，改變我的生活型態，接受整個家族的責任。」

「瓦，聽我說。」偉恩打斷他們，沒有理會瓦希黎恩方才對他的調侃。這很不尋常。「請告訴我你有帶一把槍來。」

「什麼？我沒帶。你問這個幹什麼？」瓦希黎恩折起紙張，遞給他。

偉恩把他手中的紙搶走，靠上前來。「你沒發現嗎？這些盜賊在找他們可以搶劫依藍戴富有上層階級的地方。在這些有錢的上流社會中，他們可以找到他們的目標，有適當血統的人——那些有錢人已經不搭火車了。」

瓦希黎恩點點頭。「是的，如果他們真正的目標是那些女子，那麼這些明目張膽的搶劫案

注：研究的英文是research，偉恩的讀法是 re-search。search是尋找的意思，而re冠在英文動詞前有重複的意思，所以才有此句。

會讓可能的未來目標減少旅行。這是合理的。所以盜賊才因此攻擊劇院。」

「那……有合適血統的富人會聚集在哪裡？一個大家會配戴最珍貴的珠寶，方便他們搶奪以掩人耳目的地方？一個可以找到合適的人質，帶走真正的戰利品的地方？」

瓦希黎恩的嘴巴突然一乾。「大型的婚宴。」

宴會廳兩端的門此時砰然打開。

5

這些搶匪看起來跟瓦希黎恩習慣的那種不同。他們沒拿手帕遮住臉，沒穿長外套或戴寬沿蠻橫帽。大多數穿著背心跟圓頂帽，暗色的長褲，袖口捲至手肘的寬鬆襯衫。他們的衣著其實也沒比較好，只是不一樣而已。

他們的武器配備很齊全。許多人的肩上都扛著來福槍，其他人手中握著手槍。宴會廳裡的所有人立刻注意到他們，餐具發出撞擊聲，四處傳來咒罵聲。至少有兩打，甚至三打搶匪。瓦希黎恩很不滿意地看到更多人從廚房的門口進來，這表示他們還留了人看守廚房，免得有人去求救。

「你居然挑這種時候不帶槍。」偉恩說道。他從椅子上滑下來，蹲到桌邊，將他的硬木決鬥杖從桌下抽出。

「放下。」瓦希黎恩低聲說道，一面數著人。他可以看到三十五人，大多數都聚集在長方形宴會廳的兩端，在瓦希黎恩正前與正後方。他幾乎站在房間中央。

「什麼？」偉恩銳聲問道。

「放下木杖，偉恩。」

「你不會要——」

「你看看這裡！這裡有多少無辜的人民？三百，四百？如果我們引發槍戰怎麼辦？」瓦希黎恩壓低聲音喊道。

「你可以保護他們。把他們鋼推到一旁。」

「也許。但還是很冒險。目前爲止，這些搶劫案都沒有引發暴力。我不會讓你把這裡變成血洗的現場。」瓦希黎恩說道。

「我不用聽你的。你已經管不了我了，瓦。」偉恩不高興地說道。

瓦希黎恩與他四目對望，聽著房間裡充斥驚慌與擔憂的呼喊聲。終於，偉恩不情願地坐下。他沒有放下決鬥杖，但是把手藏在桌巾下。

瑪拉席轉身，看著盜賊四處走動，眼睛睜大，玫瑰色的嘴唇張開。「天啊。」她再轉回，以顫抖的手指掏出包包裡的筆記本跟鉛筆。

「妳在做什麼？」瓦希黎恩問道。

她的雙手顫抖。「寫下他們的特徵。根據數據，兩名證人中只有一名可以正確描述攻擊他們的歹徒長相，更嚴重的是，十個人中有七個人在辨識歹徒時，如果看到外表類似但卻更具威脅性的人，會挑選錯的人。在當下，比較有可能會高估歹徒的身高，而且描述的長相常會類似最近聽說過的故事中的壞人。因此如果目擊犯罪現場，最重要的是特別留意相關人士的特徵。我現在正在胡言亂語對不對？」

她看起來嚇壞了，但仍然繼續寫著，抄下每名歹徒的特徵。

「我們從來不需要做這種事。」偉恩說道，看著搶匪們拿槍指著眾人，要他們安靜。「我們如果目擊犯罪，最後那些人大概都死了。」

他瞪了瓦希黎恩一眼。幾名搶匪開始強迫廚師跟侍者走出廚房，跟賓客們聚在一起。

「各位！坐下！冷靜！還有安靜。」一名搶匪大喊，舉起手中的霰彈槍。他有淡淡的蠻橫區口音，還有結實卻不高的身形，糾結隆起的前臂，灰白的膚色彷彿他的臉是大理石做的。

*克羅司血統，很危險。*瓦希黎恩心想。

人們安靜了下來，只有那些太慌亂的人仍然偶爾發出嗚噎聲。新娘的母親似乎已經昏倒，兩家人也都乖乖地縮成一團，新郎滿臉怒氣，雙手保護地環抱著他的新婚妻子。

第二名消賊走上前來，這個人跟其他人不同，戴著遮住臉的布罩，頭上頂著蠻橫帽。「這樣好多了。」他以堅定、自制的聲音說道，聲音引起瓦希黎恩的留意。

「如果你們能夠識時務，我們一下子就會結束。」戴著面罩的消賊平靜地說道，走在餐桌間，另外十幾名搶匪開始在房間中散開，打開大袋子。「我們只要你們的珠寶。不需要有人受傷。這麼好的宴會，如果被流血事件破壞就太可惜了。各位的珠寶沒有性命重要。」

瓦希黎恩瞥向仍坐在吧台邊的哈姆司爵爺，他開始以手帕抹臉。拿著布袋的人很快便來到房間四周，停在每張桌子旁，蒐集項鍊、戒指、耳環、皮夾、手錶，有時東西很迅速地被拋入袋子，有時不太情願。

「瓦……」偉恩的聲音很緊繃。瑪拉席繼續在腿上的筆記本寫字。

「我們需要活著離開，而且不能有人受傷，然後我們能向警察報告。」瓦希黎恩低聲說道。

「可是——」

「我不要造成這裡有人傷亡，偉恩。」瓦希黎恩怒叱，聲音遠比他以為的要大聲。

磚頭上的血。皮大衣中的身體，軟倒在地。笑著的臉，因為額頭的彈孔而死去。就在她死去的同時，他仍然勝利了。

再也不要。再也不要。瓦希黎恩緊閉著眼。

再也不要！

「你好大的膽子！」一個聲音突然大喊。瓦希黎恩瞥向一旁。鄰近桌邊的男子站起身，甩開身旁一名壯碩女子的手。他有著濃密的灰鬍子，穿著一套舊式剪裁的燕尾服，尾端長及腳踝。「我不會安靜，瑪心！我是第八警衛隊的警察！」

這句聲明引來盜賊首領的注意力。戴著面罩的男子緩緩走向開口說話的人，霰彈槍輕鬆地扛在肩膀上。「啊。是佩特魯斯大人。」他朝兩名搶匪揮揮手，他們衝上前來，武器對準佩特魯斯。「第八警衛隊的退休隊長。我們需要你繳出槍械。」

「你居然敢在婚宴上搶劫。這太可惡了！你應該對自己感到可恥！」佩特魯斯說道。

「可恥？」搶匪首領說道，看著他的手下在佩特魯斯肩膀下的槍套中，搜出一柄葛藍吉28型，外加特製後握把手槍。「可恥？搶你們？你們這麼多年來是怎麼對待蠻橫區的？這不可恥。這個，是復仇。」

瓦希黎恩敲著桌子心想，這聲音到底是哪裡聽起來很耳熟。安靜點，佩特魯斯，不要激怒他！

「以律法之名，我會負責逮捕你們，把你們吊死！」佩特魯斯大喊。

首領朝佩特魯斯臉上揮了一巴掌，把他打倒在地。盜賊首領低聲咆哮：「你們這些人對律法懂什麼？還有，居然在你想要處決的人面前大聲嚷嚷，警告他們，這讓他們更不需要自我克制。鐵鏽滅絕啊，你們這些人眞讓我覺得噁心。」

他揮手要手下繼續蒐集貴重物品。新娘的母親醒了過來，啜泣著看她全家人的財物被洗劫一空，連新娘的結婚項鍊都不放過。

「這些盜賊對錢是眞的有興趣。看到沒有？他們強迫桌上每個人都要說話，去找藏在嘴巴裡的珠寶，還有讓每個人站起來，快速檢查他們的口袋跟椅子周圍。」瓦希黎恩低聲說道。

「他們當然對錢有興趣。畢竟大家都以爲這是搶劫的目的。」瑪拉席低聲回答。

「不過我確定這還是跟人質有關。」之前他以爲搶劫只是掩護盜賊的眞實目的，但是如果是如此，他們不會這麼徹底地搶錢。「把筆記本拿來。」

她瞥向他。

「快點。」他說道，在酒裡灑了鋼粉，然後朝桌下伸手。她遲疑地遞過筆記本，看到有搶匪朝他們的桌子走來，是粗脖子的灰皮膚男。

「偉恩，蝙蝠貼牆。」偉恩立刻點頭，把他的決鬥杖遞過來。瓦希黎恩喝下酒，把活頁筆記本跟決鬥杖貼到他這半邊的方桌。他從袖子裡抽出一小段金屬棒，貼在決鬥杖旁邊，然後驟燒鋼。

他周圍出現了線條。一根指向決鬥杖，另一根指向筆記本的金屬線圈。他輕輕地鋼推他們，然後放開，讓決鬥杖跟筆記本緊貼著桌邊，被桌布遮住。他得小心不能推得太用力，免得連桌子都移動。

搶匪來到他們的桌邊，伸出袋子。瑪拉席被迫要把她身上唯一配戴的珠寶，一條小珍珠項鍊解下，同時以顫抖的雙手在她的皮夾中尋找紙鈔，但是搶匪直接搶過整個皮夾，丟入袋子裡。

「拜託你，拜託你，不要傷害我們！」瓦希黎恩說道，刻意讓聲音顫抖。他拿出他的懷錶，彷彿急急忙忙地拋在桌上，同時拔出懷錶鍊，也丟入袋子裡，最後拿出皮夾，丟了進去，刻意以顫抖的雙手反轉出兩邊口袋，顯示他沒有別的東西，然後開始拍他的外套口袋。

「夠了，老兄。」克羅司血統的人咧嘴笑著說道。

「不要傷害我！」

「坐回去，你這生鏽的蠢蛋。」搶匪說道，轉頭看瑪拉席。他露出淫邪的笑容，然後搜過她的身，強迫她說話好檢查嘴巴。她滿臉通紅地忍耐，搜身的過程中被狠狠地摸了好幾把。

瓦希黎恩感覺到眼皮開始抽動。

「沒別的了。爲什麼我都碰到這種窮桌？你呢？」搶匪悶哼一聲，看著偉恩。他們身後的另一群搶匪在桌子下找到了偉恩的侍者外套，不解地提了起來。

「我看起來像是身上有什麼值錢東西嗎，老兄？」偉恩問道，穿著他的長外套跟蠻橫式的長褲，同時刻意強調他的蠻橫口音。「我是意外來這裡的。在廚房求點東西吃，結果就聽到你們這群傢伙進來。」

搶匪哼了哼，但還是檢查過偉恩的口袋，什麼都沒找到，然後看看桌子下，要他們全部都站起來，最後罵他們「太窮了」之後，把偉恩的帽子一把抓走，丟開了自己的帽子，露出另一頂毛線帽，帽縫間隱約可以看到鋁，然後離開他們這一桌，把偉恩的帽子戴在毛線帽上。

他們重新坐下。「瓦，他把我的幸運帽拿走了！」偉恩咆哮。

「鎮定點。」瓦希黎恩說道，把筆記本遞還給瑪拉席，讓她繼續偷偷做筆記。

「你爲什麼沒有像藏筆記本那樣藏你的皮夾？」她低聲問道。

「裡面有些紙鈔有特別注記。」瓦希黎恩心不在焉地說道，專注於戴面罩的首領。

他正在看手中的東西，像是兩張皺巴巴的紙。

「這麼一來，如果他們花了那些錢，警察就可以查得到。」

「有注記！所以你的確知道我們會被搶！」瑪拉席說道。

「什麼？我當然不知道。」

「可是——」

「瓦身上向來帶著有注記的紙鈔，以防萬一。」偉恩瞇著眼睛研究首領的動作。

「噢。眞是……非常罕見。」

「瓦疑神疑鬼的程度是很特別的，小姐。那傢伙是不是在做我認爲他在做的事？」

「沒錯。」

「什麼？」瑪拉席問道。

「跟他手中的畫像在對照臉。」瓦希黎恩說道。「他在找合適的對象做爲人質，你看他在桌子邊徘徊，檢查每名女子的臉。他也叫別人做同樣的事。」

首領經過他們時，他們安靜下來，他身邊有一名長相頗英俊，卻擺出凶狠表情的男子。

「我跟你說，小子們都開始很緊張。不能把這些都給他們，卻從來不讓他們開槍。」第二人說道。

帶著面具的首領沉默，端詳瓦桌上每個人的臉，遲疑了片刻，接著離開。

「老闆，你早晚得讓小子們紓解一下。我覺得……」那人的聲音隨著他們走遠而越來越小，直到瓦希黎恩再也聽不清楚。

不遠處，前任警察佩特魯斯終於坐回位子上，他的妻子正以餐巾按著他流血的額頭。

這是最好的方法。我看到了他們的臉。當他們花錢時，我會能追查得出他們是誰。我會找到他們，在我有利時再跟他們一決勝負。

我會……可是他不會。他會讓警察負責這部分，對不對？他不是一直這樣告訴自己嗎？

房間另一端的喧鬧引起他的注意。幾名搶匪帶了兩名慌亂的女子進入大廳，其中一人是史特芮絲。看起來像是他們終於想到要去搜查女士化妝間。其他搶匪蒐集財物的速度也挺快的，雖然賓客很多，但搶匪人也不少。

「好了，抓個人質吧。」首領大喊。

太大聲了，瓦希黎恩心想。

「抓誰？」其中一名搶匪回喊。他們在刻意表演。

「我不管。」首領說道。

他要讓我們以爲他是隨便選人的。

「誰都可以。」首領繼續說道。「就……那個吧。」他朝史特芮絲揮手。

史特芮絲。前一名被挾持的人是她的表親。當然她有同樣的血統。瓦希黎恩眼皮抽搐得更厲害。「事實上，這次我們要帶兩個人走。」首領說道。他派出了他的克羅司血統手下朝餐桌跑來。「你們誰都不准跟上，否則她們會受傷。記得，不值得爲幾枚珠寶送命。一旦我們確定沒人跟蹤我們，就會放掉人質。」

瓦希黎恩心想，謊言。你要她們做什麼？爲什麼——

搶走偉恩帽子的克羅司血統男子走到瓦的桌邊，抓住瑪拉席的肩膀。「就是妳了。漂亮小妞，妳跟我們來一趟吧。」他說道。

她被他碰到時一驚，筆記本落地。

「我來看看，這是什麼？」另一個搶匪撿起筆記本，翻了翻。「塔森，裡面全是字。」

「白癡。」那個有克羅司血統的人塔森說道。「你不識字吧？」他探過頭。「我看看。這是講我嘛，不是嗎？」

「我……我只是想記得……因爲我寫日記……」瑪拉席囁嚅道。

「當然。」塔森將筆記本塞回口袋，手中掏出手槍，指向她的頭。

瑪拉席滿臉蒼白。

瓦希黎恩起身，鋼在腹部燃燒。另一名搶匪的手槍一秒後便瞄準了他的頭。

「老傢伙，你的貴女跟我們在一起會好得很的。」塔森灰色的嘴唇帶著一抹笑。「起來吧。」他把瑪拉席拉起身，推著她朝北方出口走。

瓦希黎恩盯著對方槍筒。他只要鋼推一次，就可以把槍重重撞上持槍搶匪的臉，也許能打斷他的鼻子。

搶匪看起來想要扣扳機，他看起來很期待，對於搶劫的刺激感到興奮。瓦希黎恩遇過這種人。很危險。

搶匪遲疑了，轉頭看看他的朋友們，終於放下槍，轉身跑向出口。另一人正推著史特芮絲走向門口。

「瓦！」偉恩低聲喊道。

有榮譽心的人怎麼能看著這種事情發生？瓦希黎恩全身每一寸的正義感都在叫囂著，要他有所行動。去戰鬥。

「瓦。意外會發生。蕾希不是你的錯。」偉恩低聲說道。

「我……」

偉恩抓起他的決鬥杖。「至少我要動手。」

「不值得犧牲別人的性命啊，偉恩。」瓦希黎恩終於開始清醒過來。

「這不只是跟我有關。是真的，偉恩。我們——」

「你們好大的膽子！」一個熟悉的聲音大吼。佩特魯斯大人，前任警察。年邁的老人推開他額頭上的餐巾，歪歪倒倒地站起。「懦夫！你們要人質就抓我好了。」

搶匪們不理他，大多數都朝門口跑，揮舞著槍，享受讓晚宴客人紛紛害怕躲避的滋味。

「懦夫！」佩特魯斯大喊。「你們每個都是狗。我會讓你們被吊死！拿我去換那女孩，否則我以倖存者發誓，我一定會讓你們被吊死！」他跌跌撞撞地跟在撤退的首領身後，經過貴族、貴女、富商——大多數都已經跪倒在地，躲在桌子下。

那是這裡唯一有勇氣的人。他跟偉恩。瓦希黎恩心想，突然感覺到一陣強烈的羞慚。

史特芮絲快被拉到門口了，瑪拉席跟抓住她的人也正趕上首領。

我不能讓這件事發生。我——

「懦夫！」

帶著面罩的首領突然轉身，一伸手，槍聲響徹空中，迴蕩在房間裡，在一下的心跳中便結束。年邁的佩特魯斯倒在地上，搶匪首領的手槍上煙霧環繞。

「噢，你剛剛犯下了一個很嚴重的錯誤，老兄。非常嚴重的錯誤。」偉恩輕聲說道。

首領轉身背對屍體，收起槍枝。「好。」他大喊，走向門口。「小子們，就讓你們玩玩。發洩完了以後就出來等我。我們——」

一切凍結住。人們僵在原地。煙霧毫無動靜地懸掛在空中。說話的聲音安靜下來。嗚噎聲暫停。在瓦希黎恩的桌子周圍，空氣隱約地波動。

偉恩站起身，拿起他的決鬥杖，檢視房間。瓦希黎恩知道他正在判斷每名搶匪的位置，判斷距離，做好準備。

「我把圈子一解除，這地方就會像是火山裡的彈藥店一樣爆炸。」偉恩說道。

瓦希黎恩平靜地朝外套內伸手，從裡面掏出一把隱藏的手槍，放在桌上。他的抽搐消失了。

「怎麼樣？」偉恩問。

「這個譬喻爛透了。是要怎麼在火山裡開彈藥店？」

「我不知道。你到底是打不打啊？」

「我試過要等。我給了他們機會離開。我嘗試要戒掉。」

「你裝得很好，瓦。」他的臉上閃過痛楚的神色。「裝得太好了。」

瓦希黎恩手按在手槍上，然後拿起。「那就這樣吧。」另一隻手，他把一整囊的鋼粉倒入酒杯，喝下。

偉恩露出大大的笑容。「你居然說謊，你欠我一杯。」

「說謊？」

「你說你沒帶槍。」

「我是沒帶一把槍。」瓦希黎恩朝背後探去，又抽出一把手槍。「你應該很瞭解我的，偉恩。我怎麼會只帶一把就出門。你身上有多少彎管合金？」

「沒我需要的多。那東西在這裡買起來眞是他媽的貴。我身上的量大概只夠五分鐘的額外時間。不過我的金屬意識是挺滿的。你離開以後，我在床上病了整整兩個禮拜。」這表示如果偉恩被射中，他能夠加快恢復。

瓦希黎恩深吸一口氣。身上的寒氣消失，變成一簇火焰。他燃燒著鋼，瞄準房間中每個金屬來源。

如果他又僵住……

我不會。我不能。「我去把女孩子們帶回來。你替我擋住南邊的搶匪。重點是讓這些圍觀的人活著。」

「樂意至極。」

「偉恩，這裡有三十七名持槍搶匪。房間裡到處都是無辜民眾。不容易。專心點。開始時我會想辦法騰點空間出來，你可以順道跟我一起來。」

「存留般的完美啊。」偉恩轉身背向瓦希黎恩。「你想知道我幹麼來找你嗎？」

「爲什麼。」

「我以爲你高高興興地躺在軟軟的床上，整天在休息放鬆，一輩子只要喝茶看報紙，等人把食物端給你，還有女僕幫你揉腳趾啊什麼的。」

「然後呢？」

「所以我怎麼能讓你受困於那種命運啊。」偉恩抖了一下。「我這麼有義氣的朋友，怎麼會讓我的好搭檔死在這麼可怕的情況下。」

「舒服的情況。」

「不是。無聊的情況。」他再次抖動。

瓦希黎恩微笑，舉起拇指扣下擊鎚，子彈待發。他年輕時前往蠻橫區，結果到了一個需要他的地方。也許，現在是舊事重演。

「上！」他大喊，瞄準標靶。

6

偉恩撤下速度圈。瓦希黎恩一面瞄準，一面想著：第一步，引起他們的注意力。他開始輕輕地以自己爲中心往外鋼推，創造出鋼圈的力量好阻撓子彈的行進，雖然無法完全保護他，但仍有用處，除非他們以鋁子彈攻擊。

最好小心點。最好能先發制人。

搶匪們正興奮地舉起槍。他能看見他們眼中對毀滅的渴望。每個人全身都是武器，但是到目前爲止，他們的搶劫行動尚未開過任何一槍。

也許其中大多數人只是想開幾槍，破壞這裡，不是眞的想殺很多人，但是這種情況很容易就會變得比預期的還要暴力。如果不阻止他們，消賊留下的將不只是碎玻璃與破桌子。

瓦希黎恩立刻挑了一名手持霰彈槍的搶匪，瞄準他的腦袋，一槍斃命，接著是第二個。這些霰彈槍對瓦希黎恩來說最不具有危險，但對那些躲避的無辜民眾而言，絕對致命。

他的槍聲在巨大的房間中迴蕩，賓客們紛紛尖叫，有人趁機跑向房間邊緣，大多數則蹲在桌邊。

混亂中，搶匪一開始還沒發現瓦希黎恩。

他射中另一人的肩膀，對方倒地。這時候，聰明的作法是蹲在桌子旁邊，繼續開槍，會讓搶匪要花更多一點時間，在這麼大又擠的房間內找到誰在攻擊他們。

可惜的是，他身後的人跟著開槍，興奮地歡呼。他們沒注意到他在做什麼，只有在他面前的那些人注意到同伴倒地，因此開始尋找掩蔽。要不了多久，整個房間便滿是鉛粉與煙霧瀰漫。

瓦希黎恩深吸一口氣，驟燒鋼，使用他的鐵金屬意識。塡滿鐵金屬意識會讓他的身體變得輕盈，但是使用則會讓他變重，非常重。他把自己的體重增加百倍。他猜測在此同時他也把自己的力氣以同樣倍數增加，因爲他沒有被自己增加的體重壓垮。

他將槍舉過頭，免得受到鋼推影響，接著以自己爲中心，朝外推出。他一開始先是小心翼翼，接著逐漸增加力量。鋼推時，是自己的體重與物體相抗衡，因此現在他影響的對象是桌子跟椅子中的金屬卡榫與螺絲。它們全部從他身邊被推開。

他成爲力量的震央，桌子翻倒，椅子在地上發出磨擦聲，人們驚訝地尖叫，有些人被家具絆住，一起被推開，他希望力道沒有大到會令他們受傷，但是寧可他們多幾道瘀青，也不要在接下來的槍戰中停留在房間中央。

他瞥到方才小心翼翼朝房間後方移動的偉恩已跳上翻倒的桌子，握住邊緣，露出大大的微笑，朝後方的搶匪直直衝去。

瓦希黎恩減輕鋼推的力量。如今，他獨自站在大廳的中央，周圍是翻倒的紅酒、食物、盤子。

槍戰開始。前方的搶匪一陣槍林彈雨朝他襲來，他以另一道強勁的鋼推迎接，飛來的子彈全部被擋在空中，然後往後飛。子彈速度太快，他只有在已經有預做準備的情況下，才能用這種方式擋子彈。

他讓子彈飛回開槍的人，卻沒有推得太用力，免得擊中無辜的人，但也足以讓搶匪紛紛躲避，大喊房間裡有射幣。

如今他才眞正陷入危險。瓦希黎恩在眨眼之間從使用金屬意識變成塡充金屬意識，讓自己變得輕盈許多。他將手槍往地下一指，朝身後的地面開了一槍，反推入空中。翻身飛過方才造成的一片家具混亂，風在耳邊呼嘯而過，看到裡面還躲著一些客人。幸好，大多數人已發覺房間周圍會安全許多，因此紛紛朝那些方向躲避。

瓦希黎恩開始落下在桌子與椅子間尋找掩護的搶匪群之中。在眾人的咒罵聲裡，他舉起雙臂，分別朝不同的方向開槍，轉身，一波子彈射出，四人倒地。

有些搶匪對他開槍，但一開始就沒打準，還被他的鋼圈推開。「鋁子彈！把你們該死的鋁子彈拿出來！」其中一名土匪正在大喊。

瓦希黎恩轉身，朝那人胸口開了兩槍，然後跳到一旁，翻身躲進沒被鋼推波及到的桌子，快速一推上面的釘子，桌子便翻倒，掩護他躲過搶匪們的攻擊。他看到有些子彈有藍線，速度快到他來不及推走。

其他土匪正重新將槍上膛。他運氣好。從那些搶匪頭子的咒罵聲聽起來，所有人原本應該已經把鋁子彈上膛，至少該有一些人是隨時都使用鋁子彈。可是射鋁子彈就如同射金子一樣，許多搶匪寧可把子彈放在口袋，不放入彈匣中，免得一不小心用掉了。

一名搶匪繞過他的桌子，手槍對準他。瓦希黎恩反射性地鋼推槍，撞入對方的臉，接著一槍射中對方胸口。

他暗自計算開槍的次數，心想，空了。另一柄槍裡還剩兩發子彈。他從他的掩蔽物旁邊探出頭去，記住兩名躲在翻倒桌子後、正在補充子彈的搶匪位置，快速瞄準，增加體重，然後開槍，同時用力鋼推射出的子彈。

子彈在空中發出爆裂聲，穿過桌子，擊中另一邊的搶匪。瓦希黎恩故技重施，打倒另一名看到普通子彈打穿厚橡木桌而驚呆的搶匪。然後瓦希黎恩翻過自己的桌子，繞過傷患，朝向他攻擊的人。

子彈撞上他的桌面，但桌子撐住了。這次的子彈沒有發出藍線。鋁。他深吸一口氣，拋下手槍，拿出他捆在小腿內側的太林谷27型手槍。不是口徑最大的，但是長槍筒讓彈道更爲準確。

他瞥了一眼偉恩的方向，看到又有四名消賊倒下。他的朋友正興奮地從桌子上跳下，撲向一名有霰彈槍的人。兩人變成一團模糊，消失在偉恩啓動的速度圈裡，瞬間他便到了另外一個地方，子彈紛紛落在他原先的位置，可是他人已經躲在一張翻倒的桌子後，握著霰彈槍的搶匪一動也不動倒在地上。

偉恩最喜歡的戰法是貼身戰，然後把一人困入速度圈，跟他們單打獨鬥。因爲速度圈開始後，他便無法移動，但是他可以在裡面動。所以當他結束跟選中的敵人一對一搏鬥後，他已站在不同的位置，讓敵人總覺得他極難追蹤瞄準。

可是在延長戰時，他們遲早會學到可以等著偉恩把速度圈解除後才開槍。在解除跟啓動速度圈之間需要兩秒，那是偉恩最脆弱的時候。當然，就算有速度圈，偉恩也並非完全安全。瓦每次想到朋友獨自被關在一個會使時間加速的圈裡奮戰便心驚膽戰，如果偉恩在裡面時碰到麻煩，瓦希黎恩幫不了他。在速度圈解除前，偉恩就會被射中，流著血倒地了。

只是瓦希黎恩如今自己也有麻煩。在鋁子彈的攻擊下，他的保護圈毫無用處，所以被他撤掉。更多子彈射中他的桌子跟周圍的地面，槍聲在大廳中迴響。幸好他還是可以看到藍線指向搶匪的普通鋼造槍枝，包括那群想要包抄他的人。

沒時間處理他們了。首領已經派人將史特芮絲送走，自己卻等在門邊。他似乎對於遭遇抵抗完全不感到訝異。他站在那邊的姿勢，高傲又自制……他的眼睛，唯一從頭罩中露出的部分，找到瓦，鎖定他……他的聲音……

邁爾斯？他震驚地心想。尖叫聲。瑪拉席的尖叫聲。瓦不再看搶匪首領，感覺到一陣不熟悉的驚慌。史特芮絲需要他，但瑪拉席也需要他，而她比較近。名叫塔森的克羅司混血人抓住了她，一手勒著她的脖子，邊咒罵邊將她往外拖。他的兩名同伴焦急地環顧四周，彷彿警察隨時就會趕到。瑪拉席放軟了身子，塔森不斷大吼，將槍塞入她耳朵，但她緊閉著眼睛，拒絕做出反應。她知道自己不是單純的人質，他們就是要抓她，因此不會對她開槍。

好女孩。聽著這些消賊大喊，感覺槍筒抵著她的太陽穴，絕對不是容易承受的事情。幾名客人躲在旁邊，一對衣著華麗的男女手摀著耳朵，不斷嗚噎。槍聲響亮，混亂，只是他早已不太注意這種事。可是他還是應該把耳塞戴上的。反正現在已來不及了。

瓦希黎恩鑽到一旁，朝木頭地板開了兩槍，讓那些想包抄他的人躲避找掩護。太林谷手槍裡面裝著空頭子彈，專門設計來嵌入木頭，在他需要時能做為適當的錨點，同時也會埋入皮肉，減低子彈射穿人體後誤傷周遭人士的危險，正合他的心意。

他彎著腰向前衝去，跳上一個大托盤，一腳採著托盤邊緣，一面鋼推後方的子彈，讓他滑過光滑的木頭地板，他突破桌子堆，在通往房間出口的樓梯前煞車，一腳踢開托盤，同時增加重量，穩穩踩上地面。

盤子在他面前飛出，驚訝的搶匪紛紛開槍。有些子彈擊中盤子，發出金屬敲擊聲。瓦希黎恩反擊，快速兩槍便打倒塔森兩旁的人，然後驟燒鋼，朝塔森的槍鋼推，想要把他的槍從瑪拉席身上移開。

此時瓦希黎恩才發現，他的槍沒有藍線。塔森灰白的臉在偉恩的帽子下笑了，然後轉身，把自己抵在瑪拉席身後，一手捏著她的脖子，另一手握著槍，穩穩地抵住她的頭。

沒有藍線。鐵鏽滅絕啊……整把槍都是鋁做的？

瓦希黎恩跟塔森兩人都停止動靜。他身後的搶匪沒注意到瓦希黎恩搭著盤子脫逃的行徑，正想要包圍他原本在的位置。首領仍然站在門口，看著瓦希黎恩。瓦對他身分的猜測一定是錯的。人有時長得像、聲音像，這不代表……

瑪拉席嗚噎出聲。瓦希黎恩發現自己動彈不得，無法舉手開槍。他想要救蕾希而開的那一槍在他腦海不斷重現。

我可以開那樣一槍。他憤怒地告訴自己。我開了十幾次了。我只失手過一次。他動不了。想不了。他不斷地看到她死去。空中的血，微笑的臉。塔森顯然意識到瓦希黎恩不會開槍，所以他把槍從瑪拉席的頭邊移開，指向瓦希黎恩。

瑪拉席全身一僵。她繃緊了雙腿，頭用力朝消賊的下巴一頂。塔森的子彈亂飛，他跌跌撞撞地往後倒，摀著嘴巴。

瑪拉席的人幾乎已經避開，瓦希黎恩的腦子也隨之清醒，發現自己又能移動。他射中塔森，但是瑪拉席仍在附近，所以他無法對準塔森的胸口，只能射手臂。瑪拉席驚恐地以手掩口，看著他倒地。

「他在那裡！」後面傳來聲音。三名之前與他對戰的搶匪。一枚鋁子彈射中他身邊。

「抓緊了。」瓦希黎恩對瑪拉席說道，向前一躍，抓住她的腰。他舉起槍，朝門口射出最後一發子彈，打中戴著面具的消賊首領。

那人軟成一團倒地。

猜測推翻了，瓦希黎恩心想。*邁爾斯不會單被一顆子彈擊倒。他是一種特別危險的雙生師。*

塔森正抱著手臂在地上翻滾。沒時間。槍空了。瓦希黎恩拋下槍，一面緊抓著瑪拉席，一面鋼推，讓兩人飛入空中，一片子彈射中他們原先在的位置，可惜沒打中在地上翻滾的塔森。

瑪拉席大喊，緊抓著他。兩人朝燦爛的水晶吊燈飛去。瓦希黎恩反推其中一盞，讓它來回晃動，同時讓他跟瑪拉席落在附近的高台上，上面只有一群彎腰躲避的樂師。

瓦希黎恩重重落在陽台上。他因為抱著瑪拉席而重心不穩，也沒有時間準確計算鋼推。兩人倒在一團紅白布料間打滾，終於停下來時，瑪拉席緊抓著他，大力喘氣。

他坐起身，緊抱住她片刻。

「謝謝。謝謝。」她低聲說道。

「不客氣。妳剛才那樣阻止搶匪的行為很勇敢。」

「十次擄人中，有七次會因為人質的適當反抗而失敗。」她連珠炮似地說完，再次用力閉起眼睛。「抱歉。只是剛才非常、非常讓人不安。」

「我——」他猛然僵住。

「怎麼了？」她睜開眼睛。

瓦希黎恩沒回答。他滾到一旁，脫離她的抓握，注意到有一批藍線從左方往上移動。有人正從樓梯爬上高台。瓦希黎恩在一架大豎琴邊起身，看到高台門被撞開，兩名搶匪出現，一人握著來福槍，一人握著兩把手槍。瓦希黎恩使用金屬意識，增加他的體重，焦急地驟燒鋼，用力推著豎琴的鋼架、釘子、鋼弦。樂器重重撞上木門，把兩人壓在牆邊，軟倒在地，被壞掉的豎琴撞回樓梯間。

瓦希黎恩跑上前去查看他們的傷勢，認定他們好長一段時間不會帶來危險，他抓起手槍，衝回高台邊緣，檢視下方。他鋼推開家具，在舞池中形成一個出奇完美的圓圈。客人大批湧向廚房。他想找偉恩，但只在原本的位置看到倒地的消賊。

「史特芮絲呢？」瑪拉席在他身邊站起。

「我現在去追她。有人把她拖出去，但他們一定來不及……」他注意到門那邊有一團東西。它停了下來，偉恩突然出現，倒在地上，滿地鮮血。一名搶匪站著俯視他，一臉得色，握著冒煙的手槍。

該死的！瓦希黎恩感到一陣害怕。如果偉恩被擊中頭部……史特芮絲還是偉恩？她會是安全的。他們抓她是爲了某個目的，他們需要她。

「糟糕！」瑪拉席指著偉恩。「拉德利安爵爺，那是不是——」

「我能趕過去的話，他就沒事。」瓦希黎恩連忙把手槍塞入瑪拉席的手中。「妳會用嗎？」

「我——」

「如果有人威脅妳就開槍，我會趕來的。」他跳上高台的欄杆。前方的道路幾乎被水晶燈擋住，他不能直線撲向偉恩。他得往下跳，再跳上，然後跳到——

沒時間了。偉恩要死了。上！瓦希黎恩從高台往下跳，雙腳一離地，他便使用金屬意識，盡量增加體重。他沒有因此被拖到地面。無論任何重量，所有東西下墜的速度都是一樣的，唯一會造成差別的是空氣阻力。

可是，鋼推時，重量卻很有影響，而現在瓦希黎恩正以全力鋼推燈。水晶燈從中間裂開，裡面的金屬扭曲，水晶朝外炸裂，讓他有許多空間可以一躍便來到偉恩身旁。

瞬間，瓦希黎恩停止使用金屬意識，轉而開始填充，將體重減少到將近爲零，一面鋼推身後壞掉的豎琴，同時鋼推地板上的鐵釘好維持高度。

結果就是他以優雅的弧線躍過大廳，經過原本是大水晶燈的位置，閃閃發光的小水晶燈繼續在他的兩旁散發光芒，一陣水晶雨落下，將光線折射成無數色彩。他的外套飛揚，手中的手槍順著落下的同時，指向站在偉恩前方的搶匪。

瓦希黎恩朝搶匪開了六槍。他不能冒險。

他落地時，手槍一片濕滑，他同時鋼推地上的地板免得折斷腿。搶匪倒在牆邊，死了。

瓦希黎恩來到偉恩身邊時，速度圈啓動。瓦希黎恩鬆了一口氣，看到偉恩開始有動作，他跪在朋友身邊，將偉恩的臉轉向上方。偉恩的襯衫沾滿了血，肚子上很明顯有個子彈孔。在瓦希黎恩的注視下，彈孔緩緩閉合，自行療傷。

「該死的，肚子上的傷最痛了。」偉恩呻吟道。

當搶匪還活著時，偉恩不能維持速度圈，這麼一來搶匪會知道偉恩還活著。亡命之徒跟執法人員同樣都很熟悉金屬之子（有金屬血統的人）。如果圈子還在，那搶匪會立刻朝偉恩的頭開槍。

所以偉恩被迫要撤下速度圈來裝死，幸好強盜沒有把他翻過來檢查生命跡象，或是注意到傷口已經開始癒合。偉恩是製血者（Bloodmaker），可以像瓦希黎恩儲存體重那樣儲存健康的藏金術師。如果偉恩能度過一段生病虛弱的時間，讓身體的復原時間比平常慢上許多，那他就可以在金屬意識中儲存恢復力與健康，使用時則可極快復原身體。

「你的金屬意識還剩多少？」瓦希黎恩問道。

「這是我今天第二次的槍傷。我可能可以再癒合一次。」偉恩說著，被瓦希黎恩拉起。

「我那女孩？」

「花了我兩個禮拜躺在床上才累積那麼多的。希望你那女孩值得。」

「拜託，老兄。你別以爲晚餐時我沒注意到你看她的樣子。你向來喜歡聰明的。」他咧嘴笑了。

「偉恩。蕾希離開還不滿一年。」

「你早晚得要繼續前進的。」

「我不跟你講這些了。」瓦希黎恩檢視周圍的桌子。到處都是消賊的屍體，骨頭被偉恩的決鬥杖打斷。瓦希黎恩注意到有幾個活人還躲在桌子後，彷彿他們沒發現偉恩沒帶槍。

「還剩下五個？」瓦希黎恩問道。

「六個。」偉恩開始轉動他的決鬥杖。「那邊影子裡還有一個。我撂倒了七個。你呢？」

「我想是十六個。沒仔細算。」瓦希黎恩心不在焉地回答。

「十六個？該死的，瓦，我以爲你生疏了，想說這次說不定可以趕上你。」

瓦希黎恩微笑。「這又不是比賽。」他想了想。「雖然還是我贏了。有幾個抓著史特芮絲逃了。我射了那個拿走你帽子的人，可是他還活著，現在大概已經跑了。」

「你沒把我的帽子拿回來？」偉恩聽起來很不高興。

「我那時有點忙，一直被人開槍打。」

「忙？唉呦，老兄，被人開槍打又不費什麼力氣。我覺得那是藉口，你嫉妒我有幸運帽。」

「你說得完全沒錯。」瓦希黎恩在口袋中摸著。「你還剩多少時間？」

「不多。彎管合金快用完了。大概剩二十秒。」

瓦希黎恩深吸一口氣。「我去處理左邊那三個。你去右邊。準備跳。」

「好。」

「上！」

偉恩跑上前，跳上前方的桌子。跳起的同時，他便撤下了速度圈，瓦希黎恩則增加體重，然後鋼推偉恩的金屬意識，讓他以弧線飛向搶匪。偉恩一飛上天空，瓦希黎恩便從使用轉回塡充他的金屬意識，然後鋼推一些釘子，以不同的方向讓自己飛入空中。

偉恩先落地，大概摔得重到必須一邊爲自己療傷，一邊翻身滾過兩名躲藏的搶匪中間。他站起身，將決鬥杖擊中一名搶匪的手臂，同時轉身，擊中另一名搶匪的脖子。

瓦希黎恩在落地時，同時抛出槍，用力朝驚訝的搶匪臉上鋼推。他落地時，朝第二人抛去偉恩先前用來塞紙條給他的空彈殼，然後鋼推，將彈殼變成臨時的子彈，擊中對方的額頭，射穿頭顱。瓦希黎恩鋼推的力量大到足以讓那人倒在一旁。他以肩膀撞上被他用槍擊中臉龐的搶匪胸口，那人往後退了幾步，瓦希黎恩趁機以戴著金屬意識護腕的前臂敲上那人的腦袋，讓他倒地。

*還剩一個。在我的右後方。時間很急迫。*瓦希黎恩踢起他抛下的槍，打算要鋼推向最後一名搶匪。

槍聲響起。

瓦希黎恩一僵，準備迎接被子彈射中的疼痛。什麼都沒發生。他轉身看到最後一名搶匪倒在桌上，流血，槍從他手指間落下。

倖存者的疤，是什麼……？

他抬頭。瑪拉席跪在他留下她的高台上。她從被他壓扁的搶匪那裡拿來了來福槍，顯然很會使用。在他的注視下，她再次開槍，打倒偉恩先前說躲在陰影裡的搶匪。

偉恩解決了他的兩名對手，站起身，一臉迷惑，直到瓦希黎恩指著瑪拉席。

「哇！我越來越喜歡她了。如果我是你，兩人中絕對選她。」偉恩來到瓦希黎恩的身邊。

兩人中。史特芮絲！瓦希黎恩咒罵，往前一跳，以鋼推讓自己衝向另一邊的出口。他落地，繼續奔跑，擔心地發現被他打倒的首領屍體不在原處。門口有血跡。他們把他拖走了？

除非……也許他的理論並沒有錯。可是該死的，他不可能是邁爾斯。邁爾斯是執法者。最優秀的其中之一。

瓦希黎恩衝入黑夜。這個出口直直通往大街。有些馬被綁在柵欄邊，一群看起來像是馬伕的人被捆手堵嘴，倒在地上。

史特芮絲跟將她抓走的搶匪不見了，接著一大群警察騎著馬來到中庭。

「各位，你們的時機算得眞好啊。」瓦希黎恩坐在台階上，精疲力竭。

「我不在乎你是誰或你有多少錢。你造成了這一片混亂，先生。」布列廷警官說道。

瓦希黎恩坐在他的板凳上，僅放半副注意力在對方身上，整個人靠著牆休息。他明天一定會全身痠痛。他已經好幾個月沒有這樣將自己逼到極限了，幸好沒有扭傷或拉傷肌肉。

「這裡不是蠻橫區。你以爲你可以爲所欲爲？你以爲你可以拿起槍，就以爲自己代表法律？」布列廷繼續說道。

他們坐在尤門宅邸的廚房中，被警官圍起當作談話的區域。槍戰剛剛結束，但麻煩才要開始。

雖然他的耳朵仍因適才的槍聲耳鳴不停，但瓦希黎恩還是可以聽到被照顧的賓客們正發出呻吟與喊叫。他可以聽到外頭有馬蹄聲，偶爾還有汽車嘈雜聲，是城裡的上流貴族一經獲准離開便紛紛逃離中庭的聲音。警察正與每個人說話，確保他們安好並核對賓客名單。

「怎麼樣？」布列廷質問。他是警察總隊長，他們這個捌分區中的警察廳負責人。他大概正因爲他的管區中出現了搶案而備受威脅。瓦希黎恩可以想像他的處境有多艱難，每天都被不滿意的上級砲轟。

瓦希黎恩平靜地開口：「抱歉，警官。積習爲強鋼。我也許該克制自己，但是易地而處，你不會做出同樣的事情嗎？你會眼睁睁地看著女子被擄走，卻毫無行動？」

「我有法律的權力跟責任，你卻沒有。」

「我有道德的權力跟責任，警官。」

布列廷哼了一聲，但瓦希黎恩平靜的話語讓他平和些許。他瞥向一旁，看到穿著褐色警裝，戴著圓帽子的警察進入，行禮。

「怎麼樣？消息如何，瑞迪？」布列廷問道。

「二十五名死者，總隊長。」

布列廷呻吟。「看看你做了什麼好事，拉德利安？如果你像別人一樣不要出頭，那這些可憐的人都還會活著。滅絕啊！這簡直是一團亂。我會因此被吊死——」

「總隊長。」瑞迪打斷他，上前低聲說道。「抱歉，長官。可是那是搶匪的死傷數字。二十五名搶匪死了，六名活逮。」

「噢……那死了幾個人民？」

「只有一名，長官。佩特魯斯大人。他在拉德利安爵爺開始反擊前被射殺。」

瑞迪以混合崇拜與尊敬的眼神看著瓦希黎恩。布列廷瞥向瓦希黎恩，然後抓住他的手下，把他拖到一小段距離之外。瓦希黎恩閉上眼睛，輕輕呼吸，聽到部分對話。

「你是說……這兩個人……總共殺了三十一人？」

「是的，長官。」

「……其他傷者……？」

「……骨折……不太嚴重……瘀青跟擦傷……可以準備開火……」

靜默。瓦希黎恩睜開眼睛，看到警察總隊長盯著他。布列廷揮手要瑞迪離開，走了回來。

「怎麼樣？」瓦希黎恩問道。

「你似乎運氣很好。」

「我的朋友跟我吸引了他們的注意力。大多數賓客在開槍時都已經蹲下了。」

「你的鎔金術特技還是造成了骨折等傷害，有一堆受傷的自尊跟憤怒的貴族，他們抱怨時會來找我。」

瓦希黎恩沒說話。

布列廷蹲在瓦希黎恩面前，貼近。「我知道你的事。我知道早晚我得跟你有這番對話。所以我說清楚了：這是我的城市，權責在我。」

「是這樣嗎？」瓦希黎恩感覺相當疲累。

「是的。」

「那今天晚上搶匪開始射人腦袋時，你在哪裡？」

布列廷的臉開始漲紅，但瓦希黎恩不讓他把眼睛移開。

「我不受你威脅。」布列廷說道。

「很好。我也還沒開始威脅你。」

布列廷嘶聲吐了一口氣，然後以手指著瓦希黎恩的胸口。「你嘴巴給我放禮貌點。我就差那麼一半決定把你在監牢裡關一晚。」

「你關啊。也許早上時你就能找到另外半個你，然後我們就可以進行合理的對話。」

布列廷的臉更紅，但他跟瓦希黎恩都知道，他不敢在沒有重大理由的情況下把一族之長給關起來。布列廷終於退開，朝瓦希黎恩揮揮手，氣沖沖地出了廚房。

瓦希黎恩嘆口氣，站起身，把他放在櫃子上的圓頂禮帽拿起。*和諧啊，保佑我們不受那些*

腦子太小、權力太大的人荼毒。他戴上帽子，走出宴會廳。

房裡的客人多半已離開，婚禮的雙方家人被尤門大人的馬車載去他們可以恢復精神的地方。宴會廳裡的警察跟醫師數量幾乎一樣多。傷患坐在出口前方高起的木頭地板，似乎有二三十個人。瓦希黎恩注意到哈姆司爵爺坐在一旁的桌邊，陰鬱地低頭看地板，瑪拉席試圖安慰他。偉恩也在那張桌子邊，一臉無聊。

瓦希黎恩走向他們，脫下帽子，坐下。他發現不知道該對哈姆司爵爺說什麼。

「嘿。拿著。」偉恩在桌子下遞了東西給瓦希黎恩。一把手槍。瓦希黎恩不解地看著他。這不是他的。「我覺得你會想要一把這個。」

「鋁的？」

偉恩眼中閃爍精光，笑了。「從警察蒐集的那一堆中拿來的。據說有十把。你可以賣了。我跟那些白癡打，花了我很多彎管合金，要補充存量得花不少錢，可是不要擔心，我拿槍時有留下一幅很好的槍枝素描。是我畫的。還有，」他又遞過些東西。一把子彈。「我也拿了這些。」

「偉恩，你知道這是來福槍子彈吧？」瓦希黎恩摸著細長的彈殼說道。

「那又怎麼樣？」

「所以它們無法放入手槍裡。」

「放不進去？為什麼？」

「就是這樣。」

「這種做子彈的方法太傻了吧？」他似乎很不解。當然，大部分跟槍枝有關的事情都讓偉恩很不解，他比較擅長的是拿槍丟人而非開槍打人。

瓦希黎恩好笑地搖搖頭，但沒拒絕拿槍。他是想要一把。他把槍塞入肩膀下的槍套，轉向哈姆司爵爺。

「爵爺，我讓您失望了。」瓦希黎恩說道。

哈姆司以手帕擦臉，滿臉蒼白。「他們爲什麼會抓她？他們會放她走對不對？他們說會的。」

瓦希黎恩沉默。

哈姆司爵爺抬起頭。「他們不會放人。他們沒有放別人走，對不對？」

「對。」

「您要把她帶回來。」哈姆司握住瓦希黎恩的手。「我不在乎他們拿走的錢或珠寶，那都是可以取代的，反正大多數都有保險，但是多少錢我都願意，只要能把史特芮絲帶回來。拜託您。她會是您的未婚妻啊！您一定要找到她！」

瓦希黎恩看著老人的雙眼，看到恐懼。無論這個人在先前的會面中裝得有多勇敢，都是虛僞的。

眞好笑。當一個人需要你幫忙時，瞬間就不會再說你是誤入歧途的浪蕩子弟。可是如果有什麼是他無法拒絕的，那就是對方眞心的求助。

「我會找到她。我向您承諾，哈姆司爵爺。」瓦希黎恩說道。

哈姆司點點頭，然後他緩緩站起。

「爵爺，我扶您上馬車。」瑪拉席說道。

「不了。」哈姆司揮手要她坐下。「不了。讓我……讓我去那邊自己坐一下。我不會拋下妳離去，但給我一段時間獨處。」他離開，留下雙手交握在身前的瑪拉席。

她坐回原位，滿臉難過。「他希望你救的是她，不是我。」她柔聲說道。

「對了，瓦，你說那個拿走我帽子的傢伙呢？」偉恩插話。

「我跟你說過，我開槍打他以後，他就跑了。」

「我原本希望他會把我的帽子丟下的。被槍打中的人常常會把東西丟下。」

瓦希黎恩嘆口氣。「恐怕他離開時還戴著那帽子。」

瑪拉席開口：「偉恩，那只是頂帽子。」

「只是頂帽子？」他氣急敗壞地反問。

「偉恩有點喜歡那頂帽子。他覺得那是幸運帽。」瓦希黎恩說道。

「是幸運啊。我戴著那頂帽子時，從來沒死過。」

瑪拉席皺眉。「我……我不確定該如何回答。」

「通常大家對偉恩的行徑都是跟妳一樣的反應。對了，我要謝謝妳那時及時伸出援手。請容我冒昧問一下，妳是在哪裡學會開槍的？」

「大學的女子射靶俱樂部。我們跟城裡其他俱樂部比賽時，名次都很不錯。」她苦著臉。「被我擊中的那兩個人……活下來了嗎？」

「沒。妳有夠準的。靠近我的那個，腦子灑了整扇門呢！」

「糟了。我沒想到……」瑪拉席臉色發白。

「開槍打人就是這樣。通常那人在妳費了這麼大番功夫對他們開槍前，早就該死了。除非妳沒打中要害。那個拿我帽子的傢伙是怎麼著？」

「我打中他的手臂。可是效果應該不只這樣。他絕對有克羅司血統，說不定還是個白鑞臂（Pewterarm，打手的另一別稱）。」

這句話讓偉恩安靜下來。他大概跟瓦希黎恩在想同樣的事——這樣一群人，有這麼多的人數跟這麼高級的武器，的確很有可能至少有一兩名鎔金術師或藏金術師。

瓦希黎恩突然想到，「瑪拉席，史特芮絲是鎔金術師嗎？」

「什麼？她不是。」

「妳確定？她有可能藏匿她的能力。」

「她不是鎔金術師，也不是藏金術師。我可以保證。」

「好吧，那個推論鏽掉了。」偉恩說道。

「我得花時間想想。」瓦希黎恩以指甲敲著桌面。「這些消賊有太多事情不合理。」他搖搖頭。「可是現在我得向兩位說晚安。我累癱了，請恕我突兀說一句，妳看起來也是。」

「當然。」瑪拉席說道。

一桌人站起來，走向出口。警察沒有阻止他們，但有些人的確朝瓦希黎恩投以充滿敵意的目光，其他人則是不可置信，有幾人似乎滿臉崇拜。

這晚跟前四晚一樣，沒有任何霧。瓦希黎恩跟偉恩陪著瑪拉席來到哈姆司的馬車旁。哈姆司爵爺坐在裡面，眼睛直視前方。他們來到馬車邊時，瑪拉席握住瓦希黎恩的手臂。「您眞的應該先去追史特芮絲的。」她低聲說道。

「妳比較近。邏輯上我該先救妳。」

她的聲音更低，「好吧，無論是爲何原因，謝謝您。我只是……謝謝您。」她望著他的雙眼，似乎想說些更多，然後踮起腳尖，吻了他的臉頰。他還來不及反應，她便轉身上了馬車。

偉恩來到他身邊，兩人看著馬車消失在黑暗的街頭，馬蹄在石板上敲擊。

「怎麼樣，你要娶她表姊？」偉恩問道。

「計畫是這樣的。」

「尷尬啊。」

「她是個衝動的年輕女子，只有我一半的年紀。」瓦希黎恩說道。顯然聰明、美麗、令人好奇的年輕女子，同時又是極佳的射手。曾經，這樣的組合會讓他神魂顚倒。如今，他甚至不會去想。

他轉頭不看馬車。「你住哪裡？」

「不確定。我找到一間屋子，住裡面的人不在，但我想他們今晚就會回來。我給他們留下一些麵包做爲謝禮。」偉恩回道。

瓦希黎恩嘆口氣。*我早該料到。*「你如果答應我不要偷太多東西，我就給你一間房間。」

「什麼？老兄，我從來不偷東西。偷東西是不好的。」偉恩一手耙過頭髮，笑了。「不過在我拿回我另一頂帽子前，恐怕得先跟你換頂帽子戴。你需要麵包嗎？」

瓦希黎恩只是搖搖頭，揮手讓他的馬車帶他們回到拉德利安宅邸。

7

婚宴後翌日，瑪拉席站在拉德利安廣場十六號的宏偉宅邸前，雙手握著手袋。她緊張時喜歡緊握東西。壞習慣。摩迪卡教授就說過：「執法相關人士必須持續地避免展露任何明顯的小動作，以免讓罪犯看出他的情緒狀態。」

回想教授們的名言是她另一個緊張時的習慣。她繼續站在鋪著石頭的路邊，無法做出決定。她前來此處，瓦希黎恩爵爺會覺得奇怪或覺得她太擾人嗎？他會認爲她是個有著傻興趣的傻女孩，居然覺得自己能幫助他這麼有經驗的執法人員，實在是蠢不可耐？

她應該上前去敲門，可是面對瓦希黎恩．拉德利安這樣的男子，難道她沒有緊張的權利？傳說中的人物，她崇拜的對象之一？一名年輕紳士經過她身後的街道，溜著一條活潑的小狗。他朝她舉帽行禮，但仍然對拉德利安豪宅不信任地瞥了一眼。

這座建築物似乎不該受到這樣的注視。古老的宅邸是以爬滿籐蔓的莊重石塊砌成，有大窗戶跟老鐵柵門。三棵成熟的蘋果樹在前花園開枝散葉，一名園丁正懶洋洋地鋸斷幾根枯死的樹枝。迷霧之子大人親口頒布的城市法規定，就連裝飾性的樹木都必須生產食物。

不知道樹木長得又乾又矮的蠻橫區是長什麼樣的？那裡一定是很奇特又引人入勝的地方吧。依藍戴盆地中的植物就算不需要特意照顧或栽培都能長得很好，是倖存者對這片大地的祝福，他送給人類最後的禮物。

*不要慌慌張張的。要堅定。控制自己的環境。上禮拜亞拉敏教授才這樣說過，而且——可惡！*她大步上前，走過大開的柵門，走上台階，來到門口，舉著門環敲了三下。

一名長臉的男近侍開門。他以不帶感情的眼神上下打量他。「科姆斯貴女。」

「我想見拉德利安大人，可否？」

近侍挑起一邊眉毛，將門打開。他什麼都沒有說，但她從小到大身邊都有像他這樣，按照古老的泰瑞司理想標準所訓練出來的僕人，因此她很清楚他動作隱含的意義。他不認爲她應該前來拜訪瓦希黎恩，尤其是不該隻身前來。

「貴女，客廳目前無人使用。」近侍說道，硬邦邦地舉手，手掌朝上往一旁的小廳示意，然後大踏步地走上台階，行動中帶有某種……不可撼動的意志，就像是古老的樹木在風中輕擺。

她慢慢地走入房間，強迫自己把手袋提在身側。拉德利安宅邸的裝潢是古典樣式，地毯上有深色的繁複花紋，雕工富麗的畫框塗上金漆。眞奇怪爲什麼很多人都喜歡喧賓奪主的畫框。

宅邸中懸掛的藝術品是不是少了些？牆上有幾個位置很明顯是空的。在客廳裡，她抬頭看著一幅稻穗的長幅油畫，雙手背在身後。很好。她正在克制自己的緊張。完全沒有必要嘛。沒錯，她是讀過無數關於瓦希黎恩·拉德利安的報告。是的，她會開始研習法律，其中一部分原因是受到他的英勇事跡感召。

可是，他遠比她想像得和藹。她一直以爲他是沉默寡言、態度強悍的人。可是她訝異地發現他說話的方式就像是紳士。當然，還有他跟偉恩間輕鬆卻針鋒相對的互動。她從少女時開始，多年來一直將他們的形象視爲安靜自持的執法者與其熱切專注的副手，結果在跟他們相處五分鐘後徹底幻滅。

之後，攻擊事件發生。槍戰。尖叫。而瓦希黎恩·拉德利安，就像是在黑暗混亂的暴風中出現的一道燦爛奪目閃電。他救了她。她年少時花了多少時間幻想會有這種事情發生？

「科姆斯貴女？」近侍來到房間門口。「很抱歉，主人說他不能浪費時間下來與您交談。」

「噢。」她立刻感覺到胃部一陣下沉。果然還是做了傻事。

「是的，貴女。」近侍的嘴角越發下彎。「因此，請您陪同我一起前往他的書房，他將於該處與您交談。」

啊。她完全沒想到會這樣。

「這邊請。」近侍說道。他轉身，大步跨上台階，她跟在身後。在頂樓時，兩人繞過幾條走廊，經過一些負責清掃的僕人，家僕們紛紛向她屈膝行禮，直到他們來到占據整個宅邸最西端的房間，近侍示意她進入。

門後的房間遠比她預計的還要凌亂。窗戶關起，百葉窗拉上，靠著牆邊的大書桌上滿是試管、燒瓶，還有其他科學器具。

瓦希黎恩站在旁邊，以鉗子舉著不知道是什麼東西，正專心地看著。他戴著一副深色護目鏡，穿著一件白色襯衫，袖子捲到手肘。西裝外套掛在房間一旁的椅子手把上，其上是他的圓頂禮帽，除此之外，他身上還穿著一件斜格紋灰黑背心。房間聞起來滿是煙味，甚至還有硫磺味。

「爵爺？」近侍開口。

瓦希黎恩戴著護目鏡的臉轉過來。「啊！瑪拉席貴女是妳啊。請進請進。提勞莫，你可以退下了。」

「是的，爵爺。」近侍的口氣充滿無奈。

瑪拉席進入房間，看到一旁的地上有一大張紙折成一半，上面滿是細小的字體。瓦希黎恩轉了一個鈕，書桌上的一個小鐵管立刻吐出一道細細的炙熱火舌。他將鉗子伸入火中片刻，抽回，將夾著的東西放入一個小陶杯，看了看，然後從桌上的架子拿下一根玻璃管，再晃了晃。

「妳看。」他舉給她細看，裡面有透明的液體。「妳覺得這看起來是藍色的嗎？」

「呃……不像？它應該是藍色的嗎？」

「顯然不是。」他再次晃晃細管。「嗯。」他把管子放到一旁。

她靜靜地站著，很難不想起他是如何突破重圍，手中握著槍，俐落地擊倒兩名想要將她拖入黑夜裡的人；或是他飛過空中，下方響起無數槍響，水晶燈炸裂，飛散的水晶碎片在他身後折射出無盡光芒，那時他從空中開槍，落地，救了他朋友。

她正在跟一名傳奇人物說話，而他臉上戴著一副看起來相當愚蠢的護目鏡。

瓦希黎恩將護目鏡推到額頭上。「我正在嘗試找出他們在這些槍中使用了什麼合金。」

「是那些鋁槍嗎？」她好奇地問道。

「對，但那不是純鋁，比鋁要硬，而且紋路也不對。我從來沒有見過這種合金，那些子彈一定也是另一種新合金。我等一下得測試那些。順道一提，不曉得妳是否了解住在城裡有多少好處？」

「嗯，我覺得我挺了解這裡的許多好處吧。」

他露出大大的笑容。奇怪，他今天看起來比先前幾次會面都要年輕。「妳大概是吧。不過我說的是在城裡購物眞是輕鬆。」

「購物？」

「是啊，就是購物！方便極了。在耐抗鎮時，如果我想要弄到一座能夠燒出測試合金所需要高熱的瓦斯爐，我得先特別訂購，然後等合適的火車班次把它運來，而且還得希望這器材能夠在沒有受傷或破損的情況下抵達。

「可是在這裡我只需要寫張清單，交給幾個跑腿的小傢伙，就能擁有整間實驗室。」他搖搖頭。「我覺得自己被寵壞了。妳似乎對什麼頗有顧忌。是硫磺嗎？那是因為我得測試子彈裡的火藥……嗯，也許我該開扇窗。」

我拒絕一看到他就緊張。「不是這樣的，拉德利安爵爺。」

「請稱呼我『瓦』或『瓦希黎恩』。」他走到窗戶旁邊。她注意到他開窗時是從側面開窗，絕對不讓站在外面的人有機會以直線距離看到他的位置。這種謹慎的行為對他而言似乎是自然而然的，他甚至沒有意識到自己正這麼做。「妳不需要跟我這麼客套。我有條規則——如果救了我的命，就可以直接喊我的名字。」

「我想應該是您先救了我一命。」

「是的，但我原先就已欠妳人情了。」

「因為？」

「因為妳給了我開槍的絕佳理由。」他抬頭朝她微笑。「那麼妳遲疑什麼？」

「我們應該在房間中獨處嗎，瓦希黎恩爵爺？」

「為什麼不行？」他聽起來是眞的不解。「衣櫃裡藏著我沒發現的殺人犯嗎？」

「我指的是儀節的問題，爵爺。」

他坐在椅子上想了想，然後一拍額頭。「眞抱歉，請原諒我是個土包子。我已經很久都不需要……沒關係。如果妳覺得不自在，我去叫提勞莫回來。」他起身，走過她身邊。

「瓦希黎恩爵爺！我不是不自在，請相信我這點。我只是不想讓您處於尷尬的處境。」

「尷尬？」

「對。」現在她覺得自己眞是蠢到家了。「拜託。我無意麻煩您。」

「好吧。不過我必須坦承，我眞的忘記了這類事情。妳也知道這基本上是毫無道理的。」

「儀節是毫無道理的？」

「上流社會有太多行爲是圍繞著要確保一個人不相信任何人的概念。契約、詳細的運作報告、不可被人看到與單身異性獨處等等。如果兩人的關係間少了信任的基礎，那這個關係的意義是什麼？」

說這個話的人同時想要娶史特芮絲，目的就是利用她的財富？她想完就覺得自己很不應該。可是有時候，她很難心中毫無怨懟。

她連忙轉移話題。「所以……合金是？」

「對，合金。這不應該是我沉迷的行爲，只是一個讓我重新挖出舊嗜好的藉口。因爲我知道鋁是從哪裡來的，也就是第一次的搶案，我在想也許他們使用的合金，可能包括我可以追蹤的元素。」他走回書桌邊，拿起偉恩前晚給他的手槍。她看著他從握把外緣削下了一些金屬碎屑。

「妳對金屬學有研究嗎，瑪拉席貴女？」

「恐怕沒有。也許我該多研究點。」

「沒關係，不用這樣想。我說了，這只是我的一個嗜好。城中有許多金屬學家，我把碎屑寄給他們，可以獲得更快更準確的報告。」他嘆口氣，重新在椅子上坐下。「我只是習慣自己動手。」

「在蠻橫區裡，經常別無選擇。」

「是沒錯。」他拿槍敲敲桌子。「瑪拉席貴女，合金是很神奇的東西。妳知道會受磁力影響的金屬，能夠創造出完全不受磁力影響的合金嗎？等量混入另一種金屬，得到的並非是磁性減半的合金，而是完全沒有磁性的合金。合金並非是混合兩種金屬，而是創造另一種新的金屬。

「這是鎔金術的基礎。鋼只是鐵加上一撮碳，但就產生了徹底的變化。這種鋁合金也有某種東西，占不到百分之一。我猜是鈧，這純粹只是我個人的猜測而已。就是一點點。奇特的是，人也是這樣。只要一點點的改變就可以創造徹底不一樣的人。我們多像金屬啊……」他搖頭，然後揮手要她在牆邊的椅子上坐下。「可是妳不是來聽我嘮叨的。來吧，告訴我，我能為妳做什麼？」

「其實是我能為您做什麼。」她坐下來說道。「我跟哈姆司爵爺說過了。我想因為您的……因為拉德利安家族目前缺少資金，所以我猜也許您欠缺尋找史特芮絲貴女的工具。哈姆司爵爺同意，無論您需要什麼才能帶她回來，他都願意贊助。」

瓦希黎恩顯得很訝異。「太好了。謝謝。」他想了想，瞥一眼身旁的書桌。「妳覺得他會介意出資買這些……？」

「一點都不會。」她快速地回答。

「眞讓人鬆了一口氣。提勞莫看到我花的錢時差點昏倒，我想那老傢伙擔心如果我一直這樣花下去，我們很快就會沒茶喝了。眞神奇，我僱用了兩萬人，擁有城市將近百分之二到百分之三的土地，現金卻這麼短缺。商業世界眞是奇怪啊。」瓦希黎恩向前傾身，雙手交握，滿臉深思。在窗戶洞開的光線下，她可以看出他眼下浮現的眼袋。

「爵爺？您自綁架案發生後有好好休息嗎？」

他沒回答。

「瓦希黎恩爵爺，您不可以忽略健康。讓自己累垮對任何人都沒好處。」

「史特芮絲貴女是在我的保護下被帶走的，瑪拉席。」他低聲說道。「我沒有抬起半根手指阻止，最後是因爲對方的挑釁才出手。」他搖頭，彷彿想要甩脫不好的想法。「不過妳不必擔心，反正我也睡不著，所以乾脆做點有建樹的事情。」

「您有結論了嗎？」她好奇地問道。

「太多了。問題往往不是找出答案，而是判斷哪些有眞正發生，哪些只是想像。例如，這些人不是專業的。」他頓了頓。「抱歉，我這樣講妳大概聽不懂。」

「不，我懂。他們一直想要開槍把屋子打爛，還有首領被激怒後射殺佩特魯斯……」

「沒錯。他們的確有搶匪的經驗，卻不是很專精。」

「判斷罪犯種類最簡單的方法，就是根據他們何時殺了怎麼樣的人。」瑪拉席引述她一本教科書上的講述。「謀殺意謂著吊刑，光是搶劫的話還可以逃過一死。如果這些人眞的知道自己該做什麼，那他們一定會很快離開，慶幸自己不需要開槍。」

「所以他們是街頭混混，普通的罪犯。」瓦希黎恩說道。

「但又有著非常昂貴的武器——意謂著有外來的資助，對不對？」瑪拉席皺眉。

「是的。」瓦希黎恩開始興奮起來，向前傾身。「一開始我很不解。我以爲重點是綁架，搶劫只是障眼法，但是昨天那群人對於他們搶到的東西是眞的有興趣。以鋁的價格，還有他們花在鑄造這些槍枝的錢來判斷，他們花了一大筆錢，好從昨晚的搶案取得更多的錢。這不合理。」

「除非是兩組人馬的合作。」瑪拉席突然明白過來。「一定是有人給了搶匪錢，讓他們得以搶劫，不過資助的那一方同時又要求他們必須綁架某些人，並且讓事件看起來像是臨時起意的綁架。」

「沒錯！無論那個贊助人是誰，他想要得到的是那些被綁架的女人，而消賊可以留下他們搶到的東西，或是留下一部分。目的確實是用搶案做爲僞裝，而那些搶匪本身可能並不了解他們正在被利用。」

瑪拉席皺眉，咬著下唇。「可是這表示……」

「什麼？」

「我本來希望這整件事已經快要結束。您一開始算搶匪人數大概不到四十人，而您跟偉恩殺死或制服了三十幾人。」

「三十一人。」他心不在焉地說道。

「我以爲那些剩下的人會決定放棄，選擇逃跑。我以爲殺死四分之三的人應該足以讓他們解散。」

「我的經驗中是如此。」

「可是這次不一樣。那搶匪首領有外來的資助人，提供財富跟武器。」她皺眉。「我記得首領說要『報復』。他有可能是首領兼資助人嗎？」

「有可能，但我不覺得。一部分的原因就是——主謀通常會讓別人替你做危險的工作。」

「同意。可是那首領似乎有他自己的想法。也許就是因爲這樣才被選中。罪犯經常利用簡單的合理化來爲自己的行爲開脫，而這是可以被利用的，如果加上承諾對方會發財，還有開槍作樂的機會，他會是理想的『中間經理人』。」

瓦希黎恩露出大大的微笑。

「怎麼了？」

「妳知道我花了一整個晚上才推論出這些嗎？妳只花了……十分鐘？」

她輕哼一聲。「您幫了我一點小忙。」

「也可以說我幫了自己一點小忙。」

「爵爺，因爲睡眠不足導致的幻聽不算。」

他的笑意越發明顯，然後站起身。「來，告訴我妳的想法吧。」

她好奇地跟他走到房間的前面，那裡堆了一疊她進來時便注意到的紙。

他把紙拉平，露出一張大概有五呎長的紙張。瓦希黎恩跪在地上，但是她穿著裙子不方便，因此只是彎下腰，從他肩膀後面往下看。

「族譜？」她訝異地問道。他似乎把每名被綁架的女子追溯到初代，從紙張的左方開始寫下他們的名字，然後一路往過去追溯。上面沒有寫出每名親戚，但有包括直系祖先，還有每一代中的著名人士。

「怎麼樣？」他問道。

「我開始懷疑您是個奇怪的人了，爵爺。您花了一整晚寫這個？」

「我是花了不少時間，但偉恩的那張紙給了我很好的起頭。幸好我叔叔的書藏有不少族譜的資料，這是他的興趣。但是妳覺得呢？」

「我覺得幸好您快要訂婚了，一名好妻子會保證您獲得充足的休息，而不是徹夜在燭光下抄寫。那對眼睛很不好。」

「我們有電燈。」他朝天花板揮揮手。「況且，我不認爲史特芮絲會干涉我的睡眠習慣。契約裡面沒寫啊。」他的語氣中帶有一絲挖苦。很淡，卻明顯。

她方才那麼說，只是爲了給自己多點時間來閱讀那些名字。「鎔金術師。您分析族譜的目的，是想知道他們血統中的鎔金術力量。他們全部都是從迷霧之子大人一系出來的。偉恩是不是有提過這件事？」

「是的。我相信背後的主使者是在尋找鎔金術師。他在建立軍隊。被綁架的人選都是些他們懷疑是未公開的鎔金術師。他們沒有公開自己身分這點，反而讓眞實目的更不易顯露。」

「可是史特芮絲不是鎔金術師。我可以保證。」

「我是有點擔心，但這不是大問題。我覺得他在挑選他認爲有可能是鎔金術師的人，但總會失誤幾次。」瓦希黎恩敲敲紙張。「這讓我更擔心她的安危。一旦主使者發現她不是他要的，她的處境會更危險。」

所以你才徹夜不眠。你覺得時間不夠了，她這才明白過來。這一切都是爲了他顯然不愛的女人。要不嫉妒很難。

什麼？難道妳希望被抓走的是自己？傻女孩。不過她注意到自己的名字也在上面。「您有我的族譜？」她訝異地問道。

「得派人去找。讓一些半夜被吵醒的教士極爲憤怒。妳很特別。」

「什麼意思？」

「噢。呃，我的意思是在名單上。妳看到沒？妳跟史特芮絲是隔兩系的表親。」

「所以呢？」

「所以，意思是……這解釋起來很尷尬。基本上，妳是離這邊主系六代的表親。所有其他人，包括史特芮絲的血緣都比較密切，妳父親那邊有些血脈讓妳的血緣被稀釋，所以相較於其他人，以妳爲目標就很奇特。我在想他們挑妳的原因，是否是因爲想要隨機挑個人，好打破原來的規律。」

她仔細地想過後才回答：「有可能。畢竟他們不知道史特芮絲跟我們坐在一起。」

「很有道理。可是……接下來的討論就全部是我們的臆測。妳懂嗎？我可以想出很多爲什麼挑中史特芮絲的原因。鎔金術師的歷史並非唯一的關連。因爲上流社會關係相當錯綜複雜，所以還有其他很多種關連性。

「事實上，在我看來，鎔金術的因素顯得比較薄弱。如果是要訓練戰士，爲什麼只抓女人？既然已經有資金，也有辦法偷到這麼多的鋁，爲什麼一開始要動鎔金術師的腦筋？他們可以在當時就停手，瞬間致富，而且我也無法確定其他被抓走的女子就是鎔金術師。」

瑪拉席看著長長的名單，全部都可追溯回迷霧之子大人，她心想，*他們只抓女人*。迷霧之子大人是世上最強大的鎔金術師，幾乎是神話般的人物，同時擁有十六種鎔金術力量。他會有多強大？

突然，一切合理了。「鐵鏽滅絕啊……」她低聲喊道。

瓦希黎恩抬頭看她。如果他不是逼著自己徹夜思考，也許也已經看出來了。

「鎔金術是遺傳的。」

「是的，所以在這些血脈中才一直出現。」

「遺傳。只抓女人。瓦希黎恩爵爺，您還沒看出來嗎？他們不是想建立一個鎔金術師的軍隊。他們是想生產一個，靠抓走與迷霧之子有最直接鎔金術血統關連的女人。」

瓦希黎恩看著他那張大紙，眨眼。「倖存者的矛啊……意思是史特芮絲不會有立即的危險。就算她不是鎔金術師，對他而言，她仍然很有價值。」

「是的。如果我說得對，她會陷入另一種危險。」瑪拉席感覺反胃。

「的確是。」瓦希黎恩嚴肅地說道。「我應該要發現的。被偉恩知道我沒想出來的話，他一定永遠不會停止拿這件事來取笑我。」

「偉恩。」她這才發現她沒問候他的下落。「他去哪裡了？」

瓦希黎恩看看懷錶。「應該快回來了。我派他去小小惡作劇一番。」

戴日報

區最新最快最有價值的報導！

版本：

！

，可運輸保
輸的革命性

亘！

身說法！

人髮指的報
目擊證人描
乘的列車被
當晚情況。
火車工程師
細靡遺地為
直的詭異之
親自閱讀所
解為何此鬼
明亮、詭異
它必定來屬
界。大學專
史上著名失
，同時研究
藉此明白鬼
求。獨家報
面。

海洋 另一邊是否有生命？

兩年前，海岸探險船艦鐵視號被可怕的暴風捲走，帶入海洋深處。在見不到陸地的情況下，無法導航，勇敢的水手只能紛紛向上天祈求，同時按照原路朝東方折回，希望能返回陸地。

和諧眷顧他們，因此他們終於找到陸地，一片奇特的大陸，上面滿是罕見的動物，同時找到一名難民，他的船隻被怪異的航海民族劫持後，他是唯一的倖存者。

在他們的家人早已經放棄他們生還希望許久之後，這些水手終於偕同這名難名返回家鄉。他的經歷充滿恐懼、擔憂、神奇。請繼續閱讀下去，跟隨我們揭露海洋民族，以及他們神祕的未知金屬真相。全文刊於內頁。

鐵眼現身事件激增！

本城出現多起報告：鐵眼現身。死神親臨依藍戴，你安全嗎？以下十六條小祕訣，能讓鐵眼遠離你的家，同時提供護身符，讓他會忽略熟睡中的你，在最糟情況下，如果與他本人面對面，並能將他嚇走。背面第四欄專題報導。不要成為少數缺乏保護的人！盡速閱讀，否則後果自負！

無相永生者救我一命！

第五捌分區的一名女子，日前住宅失火，歷經慘劇。她與她的孩子被一名據稱與她過世丈夫長相一樣的影般人物所救。是無相永生者現身了嗎？幻象？想像？由你決定。全文刊於背面第五欄。

為熱情投
為自由投
為費特利投

——費特利運河工人

汽車比馬

交通促進協會
資進行公正與科
鑑研究，顯示電
比常見的馬拉型
更多優點。汽車
時間維持高速運
略慢於火車的高
遠不會厭倦漫
途。大家再也不
前往遠地時坐騎
猛獸或霸佔的威
也不用替不知感
畜餵食兼料理殘
要成為馬伕的奴

今天開 駕馭未

交通促進協會為大盆地汽
部，本篇所有責任歸屬均該

尼亞 坑 記

輯，以及藉
到的親愛讀

一切安好，
讀我的信
最近遭遇到
將讓各位充

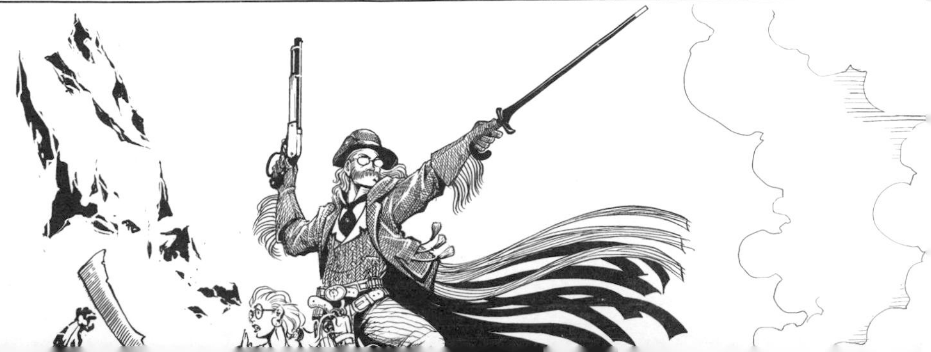

8

偉恩大步跨上通往第四捌分區警察廳的台階，耳朵感覺極燙。這些條子爲什麼會戴這麼不舒服的帽子？也許他們就是因爲這樣脾氣才變得這麼差，一天到晚在城裡晃來晃去，欺負善良的老百姓。就算偉恩只來了依藍戴幾個禮拜，也能知道警察基本上就只會做這個。

爛帽子。爛帽子會讓人心情不好，這話一點也沒錯。

他重重推開大門。裡面的房間看起來就像一個大籠子，一道木頭欄杆擋在前面，把一般人跟條子隔了開來，後面有辦公桌，用來吃東西或休閒聊天。他進屋的方式讓幾名穿著褐色制服的條子全身一緔，有些人還朝腰邊的手槍摸了上去。

「這裡是誰負責的！」偉恩大吼。

驚嚇的條子盯著他，然後齊齊站起身，急急忙忙拉挺衣服，戴上帽子。他也穿著制服。是他跟第七捌分區的一名警察換來的。他可是拿了件好襯衫替代，沒有比這更公道的交易了——

那件襯衫可是絲製的。

「長官！您可以找布列廷總隊長，長官！」一名條子說道。

「那人他媽的哪裡去了？」偉恩大吼。他從聽幾個條子說話就學到了他們的口音。很多人對於「口音」這個詞都有誤解，他們以爲別人才有口音，但事實完全不是這樣：每個人都有自己的口音，混合他住過的地方、他的工作和他的朋友。

大家都以爲偉恩會模仿口音。他沒有。他是直接用偷的。這是他唯一可以偷的東西，因爲他已經決定要改過自新，當個好人什麼的。

幾名條子被他的出現唬得一愣一愣的，紛紛指向房間一側的門。其他人行禮，好像除了這個他們別的什麼都不會。偉恩從他濃密下垂的假鬍子中發出哼聲，走到門口。

他裝出一副原本要把門用力推開，然後想一想，改成敲門的樣子。

布列廷勉強比他高階一點。*眞不幸。我都當警察二十五年了，還是三條槓而已*。身上這人早就該升遷了。

他再次舉手要敲門，結果門猛地被拉開，露出布列廷一張煩躁至極的瘦臉。「外面在吵什麼——」他看到偉恩時，猛地僵住。「你是誰？」

「古封．特倫長總隊長。第七捌分區。」偉恩說道。

布列廷的眼睛瞥過偉恩的階徽，然後是他的臉，一陣迷惘。偉恩看得出來，布列廷的眼中浮現慌亂之色，他正很努力地在回想自己到底應不應該記得古封總隊長是誰。城很大，而且根據偉恩聽來的說法，布列廷經常把人的名字弄混。

「我……當然，總隊長。呃，我們……見過面嗎？」

偉恩哼口氣，翹鬍子隨風飄揚。「我們去年春天在總裁的晚宴上同桌吃飯啊！」他對於這個口音感覺頗有信心，混合了一名貴族第七子與鐵工廠領班，加上一點運河船長，像是嘴巴下半部含滿了棉花，同時學一條發怒的狗般在說話。

他在城裡住了這幾個禮拜，在不同捌分區的酒館中聽別人說話，造訪火車站，在公園裡跟人閒聊，所以蒐集了不少口音，加入他原本就已經偷來的那些。就算在他還住在耐抗鎮的時候，他也會特意前來城裡蒐集口音，因為這裡能找到最好用的。

「我……噢，當然。對。特倫長。對，我現在想起來了。我們好一陣子沒見了。」

偉恩氣呼呼地開口：「不重要。聽說你牢裡正關了消賊是怎麼一回事？你這好鋼樣的啊！我們還得從傳紙上才得到這消息！」

「這是我們的管轄範圍之內，因為事件發生在——」布列廷停頓片刻，看著滿滿一房間的好奇警官，每個人都很努力地假裝自己沒偷聽。「進來吧。」

偉恩打量那些偷看他們的人。沒有人質疑他的身分。裝出自己很重要的樣子，裝出自己在發怒的樣子，人們就會只想躲得越遠越好。這可是人的基本心理。「好吧。」他說道。

布列廷關上門，自信且快速地說道：「他們是在我們這裡被抓到的，他們犯的罪也是在這裡。我們絕對有管轄權。我發了公文給所有人。」

「發公文？你鐵鏽滅絕的！你知道我們一天要收多少公文嗎？」

「那你也許該僱個人專門幫你看公文。我後來就是這麼做。」布列廷沒好氣地回答。

偉恩吹鬍子，瞪著眼。「你也可以派人來通知我們啊。」他放軟了口氣說道。

「下次再說吧。」布列廷回答，聽起來對於贏得辯論、同時壓倒生氣的對手感到滿意。

「我們忙著處理犯人的事。」

「好，那你們什麼時候要把他們轉去我們那裡？」

「什麼？」

「我們有先例權！你是有第一輪偵查的管轄權，但我們有起訴權。第一次的搶案是發生在我們的捌分區。」這是瓦寫給他的。那傢伙有時還挺管用的。

「你要以書面提出請求啊！」

「我們發了公文。」

布列廷遲疑了。

「今天早上。你沒收到？」

「呃……我們收到很多公文……」

「我以爲你說你僱了人幫忙。」

「這個，我先派他去買司康餅了……」

「噢。好吧。」偉恩想了想。「能給我一個嗎？」

「司康餅還是犯人？」

偉恩靠向他。「布列廷，這件事我們就鎔開了說吧。我們都知道你可以拖上好幾個月不動那些犯人，等著正式的移交公文完成。但這對我們兩邊都沒好處。你麻煩也多，我們也失去任何能快速逮回其餘那些傢伙的機會。我們得動作快。」

「所以？」布列廷懷疑地問道。

「我想要審問幾個犯人。長官特別派我來的。你讓我進去，給我幾分鐘，我們停止所有的移交申請。你可以起訴，而我們可以繼續找他們的首腦。」兩人四目相對。根據瓦的說法，起訴消賊對於升遷有好處，大大的好處，但是最大的戰利品——消賊集團的老大——仍然逍遙法外。抓住他意謂著光榮、升遷，甚至可以受邀參加上流社會的活動。過世的佩特魯斯大人在抓到紅銅勒人魔之後，就是如此。

讓對手警方審問犯人很冒險，但是完全失去犯人，一如布列廷目前的處境，更是冒險。

「要問多久？」

「每人十五分鐘。」

布列廷的眼睛微微瞇起。「兩人各十分鐘。」

「成交。快點吧。」

居然花這麼久才解決這點事情，警察什麼都喜歡慢慢來，除非發生火燒屋或當街殺人案，而那也得是跟有錢人有關，他們才會用跑的。

終於，他們替偉恩安排好了房間，把一名搶匪拉進去。

偉恩認得他。這傢伙想朝他開槍，所以偉恩用決鬥杖打斷了他的手臂。居然想開槍打人，眞是太沒禮貌了。有人掏出決鬥杖時，自己就該掏決鬥杖，好歹也該掏匕首，想拿槍打偉恩就像是玩撲克牌時居然帶骰子來。這世界都成什麼樣了？

「他說了什麼嗎？」偉恩問了布列廷跟他幾名手下。此時所有人都站在門外，看著裡面身材圓滾、頭髮邋遢的搶匪，他的手臂以骯髒的繃帶高高吊起。

「沒說什麼。」布列廷開口。「事實上，他們沒有人跟我們吐露什麼情報。每個人似乎都很……」

「害怕。」一名警察接口說道。「他們不知道在怕什麼，至少怕開口的程度要超過怕我們。」

「哼。對他們就是要硬點！不能對他們太好。」

「我們沒有——」警察開口，卻被布列廷舉手攔下。「你的時間正在消失呢，總隊長。」

偉恩哼了一聲，大搖大擺地進入房間。裡面很狹窄，跟個櫃子差不多大，只有一扇門。布列廷跟其他人把門打開。搶匪坐在椅子上，雙手銬起，連著腿上的腳銬，全都鎖在地上。兩人中間隔著一張桌子。

搶匪反感地看著偉恩。他似乎認不出來。一定是因爲帽子的緣故。

「孩子，你的麻煩大了。」偉恩說道。

搶匪沒回答。

「我可以幫你開脫。如果你願意放聰明些，可以不用被吊死。」

搶匪朝他啐了一口。

偉恩靠向他，雙手撐著桌子。「夠了噢。」他放低了聲音，轉變成搶匪們先前使用的自然流暢口音。放一點運河工人作爲身分確認的基礎，加上些許的酒保口吻以提高信任感，剩下則用北六區的口音，聽起來他們大多數人都是從那裡來的。「你用這種口氣跟幹掉條子搶他制服來救你出去的人說話，對嗎？」

搶匪的眼睛睜大。

「不要那樣。你看起來太興奮了。他們會懷疑。該死的，你又得吐我一口口水。」偉恩低聲說道。

對方遲疑。

「快點！」

他吐了一口口水。

「我他滅絕的！」偉恩大吼，變回警察的口音，用力一敲桌子。「小子，你再這麼做，我會撕掉你的耳朵。」

搶匪看著他。「呃……還要吐嗎？」

嗯，很好。選對捌分區了。「吐個頭啊。你再吐我眞的把你的耳朵給撕掉。」偉恩惡狠狠地說道，壓低了聲音，不讓外面的人聽見他是以街頭混混的口音在說話。「條子說你沒開口。做得好。老大會高興的。」

「你會把我弄出去？」

「你想呢？又不能放你在這裡當爆料鬼。不是把你弄出去，就是看著你去跟鐵眼握手。」

「我不會說的。不用殺我，我不會說的。」男人急忙說道。

「其他人呢？」

對方遲疑。「我想他們也不會說，除了……也許……辛德。他是新來的。」

很好。「辛德。金髮有疤的那個？」

「不是。是矮的那個，有大耳朵。」

搶匪瞇著眼睛看偉恩。「為什麼我不認得你？」

「你覺得呢？」偉恩站直身體，重新以警官的聲音大吼：「好了，不准抱怨！你們的基地在哪裡？從哪裡下手的？快給我回答！」他再次靠上前。「你不認識我是因為我的身分很寶貴，所以一般小嘍囉不能見我，以免洩漏我的身分。我跟你的頭兒，塔森，合作。」

「塔森？他才不是什麼頭子。他只負責砸東西。」

這也不錯。「我是說他的頭兒。」

搶匪皺眉。他開始起疑心了。「老兄，你這種態度會害你被吊死噢。」偉恩低聲說道。

「誰招募你的？我想要……跟他談談。」

「誰……向來都是夾子在招募人。你知道的。」他的眼神變得充滿敵意。

太好了。「結束！」他轉身說道。「這傢伙不會說的。嘴巴閉得老緊的傻蛋。」他走出房間，回到布列廷跟其他人身邊。

「你為什麼一直在說悄悄話？你說我們可以旁聽的。」布列廷質問。

「我說你們可以旁聽，但沒說你們會聽得到我的話，跟這種人講話得放低聲音威脅。他們有給你們名字了嗎？」

「都是假名。」布列廷怒道。

「有叫辛德的嗎？」

布列廷看著他的手下。所有人都搖頭。

很好。「我要看看其他人。我來挑下一個要審問誰。」

「我們原先說好的不是這樣。」

「我現在還是可以回去準備申請移交犯人……」

布列廷氣呼呼地想了一陣，還是領著偉恩去了牢房。辛德很好認。那大耳朵的傢伙看起來很年輕，發現條子正查看他的牢房時，眼睛睜得老大。「就是他。快點。」

他們把他抓到一間審問室。辛德被銬起後，布列廷跟他的手下們留在房間裡。

「拜託你們留點空間給我呼吸吧。」偉恩瞪著所有人說道。

「好吧。但是你不准再說悄悄話，我要聽你問他什麼。他還是我們的囚犯。」

偉恩瞪著他們，直到所有人都走了出去，卻沒把門關起。布列廷雙手環抱胸前，站在外面，看著偉恩。

好吧。他轉向囚犯，靠近。「你好啊，辛德。」

那男孩居然嚇得跳起來。「你怎麼——」

「夾子派我來的。」偉恩以街頭混混的口音低聲說道。「我在想辦法要把你弄出去。現在開始，不要動。」

「可是……」

「安靜。不要動。」

「不准說悄悄話！」布列廷大喊。「如果你說——」

偉恩發動速度圈。他維持不了多久，因爲弄不到多少彎管合金，但也只能盡力了。偉恩盡量保持身體不動。「我是鎔金術師。我替我們加快時間。如果你動，他們會注意到一陣模糊，我們就會被發現。你聽懂了沒？不要點頭。用說的。」

「呃……懂。」

「很好。我說了，是夾子派我來的。我要把你們弄出去。老大似乎擔心你們會亂說話。」

「我才不會！」年輕人說道，聲音又高又尖，很努力地想要維持身體不動。

「我知道你不會。」偉恩說道，靈巧地改變口音，變成這年輕人出身的內七區口音，還加入了一點紡織廠工人，這是他從男孩的方言裡聽出來的。有可能是他父親。「你說了，塔森會打斷你幾根骨頭。你知道他喜歡這麼搞吧？」

男孩想點頭，卻忍住了。「我知道。」

「但我們會把你們弄出去。不用擔心。我不認識你。你新來的？」

「對。」

「夾子招募你的？」

「兩個禮拜前。」

「你的基地是哪一個？」

「哪一個？」男孩皺眉問道。

「我們有幾個基地，但你不知道吧？老大只給新人知道一個，免得他們被抓走，總不好一不小心就給人發現了，是吧？」

「那就太糟糕了。」辛德同意。他瞥向門，保持不動。「他把我安置在龍岡的老鋼鐵廠裡。我以爲只有我們！」

「就是要你們這樣想。不能讓小錯誤阻撓我們復仇的計畫。」

「呃，對。」

「你其實不信對不對？沒關係。我想老大有點走火入魔了。」

「是啊，我是說，我們大部分人只是想弄到錢，你懂吧？復仇是好，但是……」

「……錢更好。」

「對啊。老大總說如果他來管，世界會多好多好，城背叛他什麼的。可是城背叛每個人。人生就是這樣。」年輕人再次瞥向門外的警察。

「別擔心。他們以爲我跟他們是一夥的。」

「你怎麼辦到的？」男孩低聲問。

「學他們說話就行了，孩子。眞奇怪，怎麼會有那麼多人連這麼簡單的道理都弄不明白。你確定他們沒跟你說過別的基地嗎？我得確認哪裡有曝光的危險。」

「沒有。我只有去過鋼鐵廠。除了行動的時候，幾乎一直都住在那裡。」

「孩子，我能給你個建議嗎？」

「請說。」

「你別搶人了。你不適合。出去以後，回紡織廠吧。」

男孩皺眉。

「要當個好罪犯是需要很特殊的個性。你不是那種人。你看，我們剛剛這麼一聊，我就騙得出招募你的人是誰，還有基地的位置。」

男孩臉色一白。「可是……」

「別擔心。我是站在你這邊的，記得嗎？算你運氣好。」

「是啊。」

「好了。」偉恩放低聲音，保持不動。「我不知道我是否能強行把你們搶出去。你認清事實吧，小子，你們不值得我這麼大費周章，可是我可以幫你。我要你跟那些警察說實話。」

「說什麼？」

「等我到晚上。我會回基地把那邊清空，之後你可以跟那些條子爆料，把你知道的都說出來。不用擔心，你知道的不夠多，我們不會有問題。我們的計畫會保護我們。我會跟老大說是我叫你說的，你不會有事。

「但是先要讓他們保證會放你出去才說。叫他們派個律師來。找一個叫亞林多的，據說他是個誠實的律師。」至少街上的人是這樣跟偉恩說的。「等亞林多進來以後，讓條子答應放你出去，然後把你知道的都告訴他們。

「出去後，趕快離開城裡。幫裡有些人也許不會相信是我叫你說的，所以你可能會很危險。去鑾橫區，當個紡織工人。那裡不會有人管。無論如何，小子，你別犯罪了。你只會害死人而已，說不定就是害死你自己。」

「我……」男孩看起來像是鬆了一口氣。「謝謝你。」

偉恩一聳肩。「現在，開始假裝抵抗我問的每件事。」他大聲咳嗽並且撤下速度圈。

「——我聽不到，我就要你現在給我停下來。」布列廷叫道。

「好啦！小子，告訴我你替誰工作。」偉恩大喊。

「我才不會跟你說呢，死條子！」

「你不說我就剁你的腳趾頭！」偉恩大吼。

男孩裝得很認眞，偉恩則在警察面前表演了足足五分鐘的激烈爭吵，才用力一揮手，大踏步離開。

「我跟你說過了。」布列廷說道。

「唉，是啊。」偉恩裝得一副很沮喪的樣子。「看來你得繼續問了。」

「不會成的。要那些人說話，說不定等到我入土了都還等不到。」

「有這麼幸運就好了。」偉恩說道。

「你剛說什麼？」

「沒事。」偉恩嗅了嗅空氣。「我想司康餅來了。太好了！起碼這趟沒完全白跑。」

9

「所以我們並不確定發生了什麼事。」瓦希黎恩坐在地上，身旁是寫滿族譜調查結果的長紙。「《創始之書》裡面提到有另外兩種金屬跟合金，可是古人相信只有十六種金屬，而十六法則在自然界中的存在極爲強大，難以被忽略。所以要不是和諧改變了鎔金術的本質，再不然就是我們一直以來從沒眞正了解過鎔金術。」

瑪拉席側坐在地板上。「嗯，我從沒想過會從您口中聽到這樣的話，瓦希黎恩爵爺。我原本就預期您會是執法者，也有可能是金屬學家，但是哲學家？」

「哲學家跟執法者之間是有關連的。」瓦希黎恩露出懶洋洋的微笑。「執法跟哲學都與詢問有關。我之所以會被法律吸引，就是因爲想要找出別人不知道的答案，逮捕每個人都認爲抓不到的人。哲學很類似。難題、祕密、謎團。人類的思考與宇宙的本質，在任何時代中都是兩大不解之謎。」

她若有所思地點點頭。

「妳呢？鮮少遇到有家世背景的年輕女孩會想研習法律。」

「我的家世背景其實……沒有表面上那麼顯赫。沒有舅舅的資助，我什麼也不是。」

「即便如此，」她露出惆悵的微笑。「那些故事。關於善惡之爭的故事。大多數我碰到的人，兩者皆不是。」

瓦希黎恩皺眉。「我不太同意。大多數人應該都是好的。」

「好吧，也許從某種定義上來說，是的，但我覺得無論是善亦或惡，都必須是經過實際的行動才有意義。現在的人……他們的善惡似乎都是出於被動，而非自發性選擇。他們的行為完全符合環境的期待。

「就像是……像是這世界到處都有同樣微薄的光芒照耀。所有地方，無論裡外，都被同樣且無法改變的光照著。如果在這個光線均勻的世界中，突然有人創造出格外亮眼的光，那才特別。同理，如果有人創造出陰暗的房間，那也會是同樣的狀況。某種程度來說，不論一開始的光有多強，故事同樣不變。」

「但是對社會而言好人的價值，不會因爲有許多相同的好人而減少。」

「是這樣沒錯。」她滿臉通紅。「我的意思不是說我希望大家不要那麼好。而是……那些燦爛的光源跟陰暗的地方讓我忍不住要探究，瓦希黎恩爵爺，尤其是差異極端的時候。例如，爲什麼一個人出生於基本上算是和樂的家庭，跟良善的朋友來往，也有著不錯的工作，以及令人滿意的財富，卻會突然開始拿紅銅鐵絲勒死女子，然後將她們的屍體棄置在運河內？

「而相對的，大多數人去蠻橫區後會適應那邊的冷酷無情，但有些人，幾名出色的人，卻做出要帶來文明秩序的決定。一百個人會被『因爲大家都這麼做』的社會文化說服，犯下最廉價可恥的罪行，但是有一個人卻說，『不』。」

「其實沒那麼英勇。」瓦希黎恩說道。

「我相信您是不這麼覺得。」

「妳聽過我是怎麼抓到第一個人的嗎？」

她臉紅。「我……有。就說我有聽過。黑手派瑞特，強暴犯，也是鎔金術師。我記得他是白鑞臂。傳聞您走進執法站，看了看布告欄，把他的圖片撕下拿走。三天後把他掛在馬鞍上，帶了回來。在板上所有的人中，您挑了最困難、最危險的罪犯。」

「因爲他値最多錢。」瑪拉席聞言皺眉。

「我看看那布告欄，然後心想：『嗯，這些傢伙每個都很有可能會把我殺了，所以乾脆挑最値錢的那個。』我需要錢。那時候我已經三天沒吃過肉乾跟幾顆豆子以外的東西。然後還有塔拉克。」

「當代的大搶匪之一。」

「那是因爲我覺得可以弄到幾雙新靴子。他幾天前才搶了一名鞋匠，所以我想如果把那人逮住，也許可以弄到一雙新靴子。」

「我以爲您挑他是因爲一個禮拜前他殺了法拉達那的一名執法者。」

瓦希黎恩搖搖頭。「我把他送警後才聽說這件事。」

「噢。」沒想到她居然更興奮地微笑。「那哈瑞瑟・哈德呢？」

「那是跟偉恩之間的打賭。妳看起來不像很失望的樣子。」

「因爲這聽起來更眞實呢，瓦希黎恩爵爺。」她的眼神如同逮到獵物般興奮得閃閃發光。「我需要把這些都寫下來。」她在提袋裡掏了一陣，拿出紙筆。

「所以這是妳的動機？」瓦希黎恩趁她寫筆記時問道。「妳念法律是因爲想成爲故事中的英雄？」

「不是不是，我只是想研究他們。」

「妳確定嗎？妳可以成爲執法者，去蠻橫區，過著跟故事一般的生活。不要以爲妳是女人就不可以，這個社會也許會讓妳這麼以爲，但翻過山之後，那一點也不重要。在那裡，妳不需要穿著滿是蕾絲的洋裝或聞起來像鮮花，妳可以繫上幾把手槍，定下自己的規矩。不要忘記，昇華戰士也是女人。」

她向前傾身。「我能向您坦白一件事嗎，瓦希黎恩爵爺？」

「得要是醜聞，或是私人、丟臉的事。」

她微笑。「我喜歡穿蕾絲的洋裝和聞起來像鮮花。我喜歡住在城市，現代生活的方便唾手可得。您知道我在晚上任何時候都能訂得到泰瑞司菜、送來我家嗎？」

「不可思議。」他是認眞的。他還眞不知道能這樣。

「雖然我喜歡閱讀關於蠻橫區的事，也許我也會想造訪，但我不認爲自己會適應那裡。我跟泥土、骯髒，或是缺乏個人清潔條件的環境處不來。」她靠得更近。「而且，說實話，我一點也不介意讓您這樣的人負責繫手槍，開槍殺人。這樣，我算不算是背叛了我的性別？」

「我不覺得。但妳的確滿擅長開槍的。」

「開槍沒關係，但是對人開槍？」她顫抖。「我知道昇華戰士是女性自我實現的榜樣。和諧啊，我們在大學裡的課程甚至研究她，而她的歷程也都寫入了法律，但是我並不想穿上長褲，變成她。有時候承認這點讓我覺得自己是懦夫。」

「沒關係的。妳就是妳自己。但是這仍然不能解釋爲什麼妳會研讀法律。」

「我想要改變的是城市。」她越發激動。「只是我覺得追捕每一名罪犯，然後以高速的金屬打穿他們，是極爲浪費時間資源的作法。」

「但是很有趣啊。」

「我給您看這個。」她在提包裡又翻找了一陣，拿出幾張折疊起來的紙。「我剛剛說到一般人都會按照環境的期待而行事。還記得我們之前關於蠻橫區的討論，說那裡的執法者比例比這裡還高？即使如此，犯案仍舊頻繁。那就是環境所造成的結果。看這個。」

她將紙張遞了過來。「這是一份我目前在寫的報告，有關於犯罪與環境間的交互影響。這一段是在討論什麼樣的作法於城中的某些區域會大大降低犯罪率，包括僱用更多警察，吊死更多罪犯等等。這是中等效率。」

「那下面呢？」

「改建。」她露出深深的微笑。「這個案例是名有錢人，約辛爵爺，他在名聲不好的幾個區買了地，然後開始改建、整理，結果犯罪率便直直下降。人沒有變，然而環境變了。如今那裡變成城市中以安全整齊聞名的區域。

「這種現象我們稱之爲『破窗理論』。如果某人看到建築物裡有破掉的窗戶，他會比較容易去搶劫或犯罪，因爲他覺得沒人會在乎。如果所有的窗戶都善加維護，街道整齊乾淨，建築物都有人清洗，那犯罪率就會下降，就像熱天氣讓人脾氣不好，破舊的區域會讓普通人成爲罪犯。」

「有意思。」

「當然，這不是唯一的解答。一定會有人對於環境無動於衷。我先前說過，他們讓我很好奇。總之我向來擅長處理數字，在看到這樣的現象後就想，把幾條街整理乾淨其實比僱用更多警察來得便宜，但是對於降低犯罪率卻更有效。」

瓦希黎恩讀著報告，然後看看瑪拉席。她興奮地漲紅了臉。這女孩確實有吸引人之處。他們在這裡多久了？他想了想，掏出懷錶。

「噢。」她瞥了一眼懷錶。「我們不能這樣只顧著聊天。他們還抓著可憐的史特芮絲啊。」

「不過我們得等偉恩回來。他也應該要回來了。」

「他回來啦。」偉恩的聲音從走廊響起。

瑪拉席一驚，低低喊了一聲。瓦希黎恩嘆口氣。「你站在那裡多久了？」

偉恩帶著警察帽的頭探了進來。「噢，一下子而已。你們似乎在進行什麼『聰明人』的對話，所以我不想打擾。」

「很睿智的決定。你的弱智可能會傳染給我們。」

「孩子，跟我說話時，不要用那麼多艱澀的字眼啊。」偉恩晃進房間，除了警察帽以外，他穿著一般的長外套跟長褲，決鬥杖繫在腰間。

「成功了沒？」瓦希黎恩站起身，然後伸手扶起瑪拉席。

偉恩露出大大的笑容。「有啊，我弄到些司康餅噢。那骯髒的條子居然還出錢了。」

「偉恩？」

「怎麼？」

「我們就是骯髒的條子。」

偉恩得意地回答：「現在不是了。我們是獨立的市民，想要善盡市民義務，還有吃掉骯髒條子的司康餅。」

瑪拉席皺眉。「被這樣一講，讓人完全沒了胃口。」

「很好吃的耶。」偉恩朝外套口袋伸手。

「我還幫妳拿了一些來，不過放在口袋裡被壓扁了。」

「眞的不用了。」她臉色一白。

偉恩笑了一下，拿出一張紙朝瓦希黎恩揮舞。「消賊在城裡的藏身處。還有他們招募人的名字。」

「眞的？」瑪拉席興奮地衝上前，拿過紙張。「你是怎麼辦到的？」

「威士忌跟魔法。」偉恩回答。

「意思是，偉恩是用套話的方式套出來的。做得好。」瓦希黎恩站在瑪拉席身後看著紙。

瑪拉席緊張地開口：「我們得快點去！去那裡，把史特芮絲帶出來，然後——」

瓦希黎恩拿過紙。「他們已經不在那裡了。同夥被抓走後，他們一定早已離開。偉恩，你套話的時候，其他警察有聽到嗎？」

偉恩一臉大受侮辱的樣子。「你覺得呢？」

瓦希黎恩點點頭，揉著下巴。「我們得快點動身。趁線索還沒斷之前去追查。」

「不過……警察……」瑪拉席開口。

「等我看過那裡之後，會用匿名線報的方式透漏給他們。」瓦希黎恩回答。

「不必。我設好了火種啦。」偉恩說道。

「什麼時候？」

「日落以後。」

「太好了。」

「你可以用一大塊罕見的昂貴金屬來表達你的謝意。」

「在桌上。」瓦希黎恩把紙疊起，收回背心口袋。

偉恩走到桌前，看著桌上的設備。「老兄，我覺得這些我還是不要碰得好。我對我的手指有很深厚的感情。」

「不會爆炸的，偉恩。」他沒好氣地說道。

「你上次就——」

「也只不過發生一次而已。」

「你知道要等手指長回來多討厭嗎，瓦？」

「如果跟你抱怨的方式一樣，那眞是討厭得驚人。」

「你不信就算了。」偉恩打量了滿桌的東西，直到找到一瓶彎管合金屑。

他把瓶子一把抓起，然後警戒地退開。「你身邊看起來最無辜的東西都有可能會爆炸。做人還是小心點好。」他晃晃瓶子。「這沒多少。」

「你少給我裝任性。如果我們在蠻橫區裡，這麼短時間內我還弄不到這麼多給你。把帽子放下。我們去查查你這裡寫的鐵工廠。」

「不介意的話可以用我的馬車。」瑪拉席說道。

提勞莫此時走入房間，一手提著籃子，另一手端著茶。他把籃子放在門邊，把盤子放在桌上，開始倒茶。

瓦希黎恩打量瑪拉席。「妳要去？我以為妳要把開槍這種事留給我這樣的人。」

「您說他們不會在那裡，所以沒有危險。」

偉恩開口：「他們還是想抓妳。晚宴時他們差點把妳帶走。這對妳來說會很危險。」

「而他們看到你們任何一個人，都會毫不遲疑地開槍。所以為什麼對你們來說，就比較不危險？」

「似乎有道理。」偉恩承認。

提勞莫走過來，捧著小盤子，為瓦希黎恩端來一杯茶。偉恩咧嘴一笑，把杯子搶走，提勞莫想把盤子抽回卻失敗了。

偉恩舉著茶杯。「多方便啊。瓦，你在耐抗鎮時怎麼沒弄來一個這種傢伙給我？」近侍瞪了他一眼，快步走回桌子再去倒一杯。

瓦希黎恩看著瑪拉席。他有件事情沒弄清楚。一件重要的事情。跟偉恩說的話有關……

「為什麼他們要抓妳？宴會上有更好的目標，更靠近他們要的血脈。」瓦希黎恩問瑪拉席。

「你不是說她可能是要誤導我們的假餌。」偉恩在茶杯裡加了一些彎管合金，一口喝光。

「對。」瓦希黎恩望入她的雙眼，看出些什麼。他別過頭。「但若是如此，那他們會想抓一個跟同血脈完全無關的人，不會抓近親。」他抿起嘴唇，突然靈光一現。「啊。妳是私生女。跟史特芮絲同樣是哈姆司爵爺所出，同父異母的半姊妹。」

她滿臉通紅。「……對。」

偉恩吹口哨。「你表現得眞好啊，瓦。通常我會等到第二次約會才叫對方野種的。」他打量瑪拉席。「如果她長得夠漂亮，我會等到第三次。」

「我……」偉恩突然察覺失言了。「我的意思不是……」

「沒關係。」她柔聲說道。這是最合理的解釋。瑪拉席跟哈姆司爵爺聽到史特芮絲提起情婦時，兩個人都露出坐立不安的樣子，而且契約中還特地列出關於情婦的規範，史特芮絲又表現出早已習慣貴族男子出軌的行爲，這同樣解釋了爲什麼哈姆司會爲史特芮絲的「表妹」付教育與住宿費。

「瑪拉席貴女。」瓦希黎恩握起她的手。「也許我在蠻橫區度過的時間對我影響過深而我不自知，以往我開口前會再三考慮的。請原諒我。」

「這就是我，瓦希黎恩爵爺。我也已經習慣了。」

「我這麼說仍然太失禮了。」

「您不需如此愧疚。」

偉恩若有所思地開口：「嗯。茶被下了毒。」

說完，他摔倒在地上。瑪拉席驚呼，立刻來到他身側。

瓦希黎恩轉身去看提勞莫，正好看到近侍原本裝作在泡茶的身影已一轉身，用手槍指著瓦希黎恩。他來不及思考，但他養成只要認爲身處危險，便隨時在體內儲鋼的習慣，於是此刻立刻燃燒起鋼，鋼推自己背心上的第三顆釦子。他向來都在同樣的位置上使用鋼鈕釦，可以用來補充體內的鋼存量，或是做爲武器使用。

鈕釦從背心扯開，飛過房間，在提勞莫扣下扳機的同時擊中他的胸口，子彈也因此射偏。瓦希黎恩的鎔金術並未察覺到子彈或手槍，因此這兩者必定是鋁製的。

提勞莫倒在一旁，拋下槍，撐著書櫃想要逃跑，拖出一道血痕，最後癱在門口。

瓦希黎恩在偉恩身邊跪下。瑪拉席被槍聲嚇得跳起，呆呆看著喘氣不止的近侍。

「偉恩？」瓦希黎恩抬起他朋友的頭。

偉恩的眼睛緩緩睜開。「毒。我痛恨中毒。跟你說，這比手指斷掉還慘。」

「瓦希黎恩爵爺！」瑪拉席驚呼。

「偉恩不會有事。只要他能說話，有藏金存量，大概怎麼樣都死不了。」瓦希黎恩安下心，直起身子。

「我不是說他，那個近侍！」

瓦希黎恩立刻抬起頭，發現垂死的提勞莫正在擺弄他拿進來的籃子，以沾滿鮮血的手伸入籃子中，拉著什麼。

「偉恩！圈子！現在！」瓦希黎恩大喊。

提勞莫往後倒。籃子瞬間炸成一團火球，然後凍結。

偉恩翻過身，看著眼前的爆炸。「噢，該死的。我就說嘛，你身邊老是有爆炸。」

「我拒絕爲這次負責。」

「他是你的近侍。」偉恩邊咳邊跪起。「咳咳咳！要毒我也不用好茶。」

「變大了！」瑪拉席驚慌地指著爆炸。

偉恩啓動圈子前，火焰已經吞沒了籃子，如今逐漸往外擴大，燃燒地毯，摧毀門框還有書櫃，近侍已經被火焰吞沒。

「該死的。還眞大啊。」偉恩說道。

「大概是想僞裝成我的金屬研究發生意外。」瓦希黎恩說。

「把我們的屍體也燒掉，湮滅犯罪證據。」

「那我們該從窗子逃命嗎？」

「要跑得比爆炸快有點難。」瓦希黎恩陷入思考。

「你可以。只要推得夠大力就可以了。」

「推什麼，偉恩？我看不到那裡有什麼好錨點。況且，如果我用這麼快的速度讓我們往後飛，在穿出窗戶的那一瞬間就會被切得四分五裂。」

「兩位，又變大了。」瑪拉席的聲音越發驚慌。

「偉恩無法停止時間，只能讓時間大幅度減慢，而且他一旦啓動圈子之後，就不能移動圈子。」

「你就把牆炸了嘛，鋼推窗框上的釘子，把整面牆給炸開，然後就可以把我們射出去，不會撞到任何東西。」偉恩說道。

「你眞的知道自己在說什麼嗎？」瓦希黎恩雙手叉腰，瞪著他朋友。「那是磚頭跟岩石。我推得太用力的話，只會把自己彈回爆炸裡。」

「眞的非常，非常近了。」瑪拉席說道。

「那你就把自己變重嘛。」

「重到把一面非常堅固、非常沉重的牆推倒，我也不會動的那麼重？」

「對啊。」

「地板一定撐不住，會碎掉然後……」他沒說完。

兩人齊齊看著地板。

瓦希黎恩立刻抓起瑪拉席，她驚叫一聲，被他拉過來。他背躺在地上，緊緊抓著她。爆炸如今已經吞沒了大部分房間，占據他們絕大部分的視線範圍，越來越逼近、散發憤怒的黃光像是一個不斷冒泡的麵包，要從巨大烤箱中膨脹出來。

「我們在做——」瑪拉席問。

「抓好了！」瓦希黎恩說道。他加重重量。藏金術跟鎔金術不一樣。雖然這兩種力量經常被歸類在一起，運作的方式卻是完全相反。在鎔金術中，力量來自於金屬本身，因此能使用的量是有限的。偉恩壓縮時間有一定的極限，瓦希黎恩對金屬的鋼推力道同樣有限。

藏金術的力量卻是自給自足，吞食了部分的自己，挪為日後使用，讓自己的體重減少一半，維持十天，就能在幾乎同樣長的時間讓自己重一倍半。或者在一半時間中，讓自己變得兩倍重。或是在四分之一時間中，讓自己變成四倍重。

或是在很短的時間內，變得極端重。

瓦希黎恩從他的金屬意識中，取出他花了好多天以四分之三體重行動時存入的所有體重。他變得跟岩石一樣重，然後跟建築物一樣重，然後更重。所有的力量都集中在一小塊地板上。

木頭碎裂，爆炸，往下噴發。瓦希黎恩從偉恩的速度圈中掉出，回到真實時間，突如其來的改變讓他全身一震，接下來的瞬間在一陣模糊中消失。他聽到上方的巨大爆炸聲響，帶著威猛的力道席捲而來。他釋放金屬意識，鋼推下方的釘子，試圖減緩他跟瑪拉席下墜的速度。

他沒有足夠的時間做得很好。他們摔到下一層樓的地板上，有個沉重的東西落到他們的身上，讓瓦希黎恩一時喘不過氣。頭頂上有極明亮的光芒，還有一陣火熱。

然後，結束了。

瓦希黎恩暈眩地躺在原處，耳鳴不止。他呻吟著，然後看到瑪拉席還抓著他，全身發抖。他不斷眨著眼，抱緊她片刻。他們還有危險嗎？剛才是什麼掉到他們身上？

偉恩。他強迫自己動起來，翻過身，把瑪拉席放到一旁。身下的地板已經被壓成碎木屑，釘子變成小圓鐵片。他鋼推時大概還保持部分的體重。

兩人身上都是木屑跟油漆。天花板一片狼藉，木頭冒煙，灰燼跟碎塊飄下。被他壓出來的洞已經消失了，爆炸把洞跟周圍的地板完全呑沒。

他忍著痛楚，把偉恩搬開。他的朋友壓在他們身上落下，擋住上方大部分的爆炸，外套被炸碎，背裸露在外面，燒傷與焦黑間雜，鮮血沿著他的身側流下。

瑪拉席以手掩口。她仍然在發抖，褐色的頭髮糾結，睜大雙眼。

不會吧。拜託，不要。瓦希黎恩不知道自己該不該幫朋友翻身。偉恩利用了一部分健康來處理毒害，昨天晚上他說只剩下受一次槍傷的量……

他焦急地碰觸偉恩的脖子，有隱約的震動。瓦希黎恩閉上眼睛，重重吐了一口氣。他看著偉恩背上的傷口開始癒合，但速度很緩慢。製血者利用藏金術癒合的速度受到他希望多快康復所限制，快速恢復需要的健康量極大。如果偉恩沒剩多少，他必須慢慢來。

瓦希黎恩讓朋友自行處理。偉恩一定承受極大的痛楚，但他也無能爲力，只能握著瑪拉席的手臂，她仍然在發抖。

「沒事了。偉恩正在療傷。妳有受傷嗎？」瓦希黎恩覺得自己的聲音聽起來很模糊與陌生，爆炸聲影響了他的聽覺。

「我……」她似乎有點神智不清。「受到重創的人中，每三人就有兩人無法正確判斷自己的傷勢，起因可能是壓力，或身體自行抑制痛楚。」

「跟我說會不會痛。」瓦希黎恩摸著她的腳踝、雙腿、手臂，檢查是否有骨折。他小心翼翼地戳了她的腰側，想檢查是否有斷裂的肋骨，不過隔著這麼厚的洋裝，著實不容易。

她緩緩回過神來，看著他，猛然把他抱緊，頭埋在他的胸前。他遲疑片刻，然後雙手環抱她，等她穩住呼吸，顯然她正努力控制自己的情緒。

偉恩在他們身後開始咳嗽。他動了動，呻吟出聲，又躺下，讓自己繼續癒合。他們落入了一間空臥室。建築物正在燃燒，不過情況不嚴重。估計應該會有人叫警察來了。

沒有人跑來找我們。其他的員工不知如何了。

還是他們也是同夥？他的腦子仍然在努力適應。提勞莫，一個就他所知，忠心耿耿地服侍他叔叔數十年的人，片刻前想殺他。三次。

瑪拉席往後退開。「我想……我想我已經定下心神了。謝謝您。」

他點點頭，掏出手帕遞給她，然後跪在偉恩身邊。他的背上滿是鮮血跟焦黑的皮膚，但下方的新皮膚正在長出，傷口變成痂，往外凸起。

「嚴重嗎？」偉恩仍然閉著眼。

「你死不了的。」

「我是說外套。」

「噢……你這次眞的需要很大的補丁了。」

偉恩一哼，然後撐住身體，強迫自己坐起。他在過程中重重皺起眉頭好幾次，終於睜開眼睛，滿臉都是淚水的痕跡。「我就跟你說，原本好端端的東西，只要放到你身邊都會爆炸。」

「這次你的手指好好的啊。」

「太好了，那我還可以把你掐死。」

瓦希黎恩微笑，按上他朋友的手臂。「謝謝。」

偉恩點點頭。「很抱歉摔在你們身上。」

「在這種情況下，我原諒你。」

瓦希黎恩瞥向瑪拉席。她坐在一旁，雙手環抱身體，縮成一團，臉色發白。她注意到他在端詳她，便放下手臂，彷彿強迫自己要堅強起來，掙扎著起身。

「沒關係。妳可以再休息一下。」

「我會沒事的。」她回答，但他聽不太見她說話的聲音，他的聽覺仍然很遲鈍。「我只是……不習慣有人想殺我。」

「這種事沒法習慣的。相信我。」偉恩說道。他深吸一口氣，脫下殘存的外套跟襯衫，背向瓦希黎恩。「幫個忙吧？」

「瑪拉席，妳應該別過頭去。」瓦希黎恩說道。

她皺眉，卻沒轉開眼，於是瓦希黎恩抓起偉恩肩膀上燒焦的部分，用力一扯，把他背上的皮扯下來，幾乎是完整一片皮。偉恩悶哼了一聲。

下面已經長出新皮，粉紅且軟嫩，但是直到被燒乾的舊皮除掉以前，沒辦法完全癒合。瓦希黎恩把老皮扔到一旁。

「和諧之主啊……我覺得快要吐了。」瑪拉席以手掩住口。

「我警告過妳了。」瓦希黎恩說道。

「我以爲你是說他的燒傷。但我沒想到你會把他整片背都撕了。」

「現在舒服多了。」偉恩轉動赤裸的手臂、肩膀。他全身都是肌肉，體型精瘦，上臂各套著一只黃金的金屬意識。他的長褲雖被燒焦，卻仍然完整。他彎下腰，從破爛的木板間抽出一柄決鬥杖，另一柄還在他腰間。「現在他們欠我一頂帽子還有一件外套。其餘的僕人呢？」

「我也在想這個問題。我去找找看有沒有人受傷。你帶瑪拉席從後面離開，悄悄從花園的後門溜出去。我在那裡跟你們碰頭。」

「溜？」

「僱用那傢伙殺我們的人，一定認爲爆炸就等於我們去見鐵眼了。」偉恩說道。

「沒錯。所以我們有一到兩個小時的時間。這時應該會有人來搜查房子，辨識提勞莫的遺體——如果他還有剩下足以辨認的部分。在這段時間內，所有人都會以爲我們死了。」瓦希黎恩說道。

「這會讓我們有點時間能思考。來吧，我們得動作快。」偉恩帶著瑪拉席從僕人用的樓梯走向花園。她似乎還沒完全恢復過來。瓦希黎恩的耳朵像是塞滿了棉花。他猜想他們先前的對話都是用吼的。偉恩說得沒錯。被人追殺這種事，怎麼樣都無法習慣。

他在搜尋的過程中，在櫃子裡找到昏迷卻仍然活著的麗米跟葛萊姆小姐。他一瞥窗外就看到車伕克倫特雙手抱頭站在屋外，看著燃燒的屋子，眼睛睜得老大。其他的僕人，包括女僕、跑腿的小廝、廚師，全部不知去向。

他們有可能因爲在鄰近處而被爆炸波及，但瓦希黎恩覺得應該不會。最有可能的是負責管理宅內所有僕人的提勞莫，想盡各種合理的理由把所有人都遣走，剩下的人則被下藥，放在安全的地方，這意謂著他想確保沒有人受傷。當然，瓦希黎恩跟他的客人除外。

瓦希黎恩抱著昏迷的兩名女僕快步來到後花園，小心留意著不要被人發現。希望她們很快就會被克倫特或警察找到。在那之後，瓦希黎恩從一樓的櫃子取出兩把手槍，還從洗衣間幫偉恩拿了件襯衫跟外套。他很想去找他的舊箱子，把他的史特瑞恩拿出來，但現在沒有時間了。

他溜出後門，以過爲輕盈的腳步橫越花園，每走一步，心中的不安便加深一分。光有人想殺你就夠慘了，居然還是自己熟識的人。

那些搶匪應該不可能在這麼短的時間內就聯絡且賄賂提勞莫成功，他們怎麼有辦法知道那老近侍會願意接受他們的賄賂？馬伕或園丁會是更保險的選擇。這裡頭有哪裡不對勁。從瓦希黎恩來到城市的第一天，提勞莫就在勸他不要介入當地的治安事件。在舞會前的一晚，他還刻意要瓦希黎恩放棄追查搶案。

無論誰是背後的主使者，近侍已經跟他們合作一段時間了——這也表示對方一直以來，都在監視著瓦希黎恩。

10

馬車的輪子在石板路上咔噠作響，小心翼翼地繞道前往第五捌分區。瑪拉席望著繁忙的街道，雙臂環抱。馬匹跟馬車經過，人群在兩旁的街道中川流不息，就像是她在大學的顯微鏡下看到在血管間流動的小紅血球，不時堵塞在轉角或是正修整的路面邊。

瓦希黎恩爵爺跟偉恩坐在馬車另一邊。瓦希黎恩看起來陷入沉思，不知神遊去哪。偉恩仰著頭，閉著眼睛在打盹。他不知道從哪裡弄來一頂帽子，是賣傳紙的男孩們喜歡戴的薄帽。逃離宅邸後，他們繞過街角，直直穿過丹玫公園，到另一邊後，瓦希黎恩招手攔下一輛馬車。

上馬車時，偉恩一面輕聲吹著口哨，一面戴上帽子。她完全不知道他是從哪裡得到帽子的。如今，他正輕輕打著鼾。在他們險些被殺死，而他背上的皮被燒去一層之後，他居然還能睡覺。她仍然聞得到刺鼻的焦味，耳朵也還在嗡嗡作響。

她提醒自己，*這是妳要的。是妳堅持要哈姆司爵爺帶妳來見瓦希黎恩。是妳自己要去他的*

宅邸。今天妳會在這裡，都是妳的決定。

如果她能表現得好一點就好了。她跟蠻橫區史上最偉大的執法者正在同車，但每一次她都證明自己只是個無助的女孩，不時發洩無用的情緒。她想要嘆氣，卻阻止自己。不行。不准鬧脾氣。這只會把問題弄得更嚴重。如今他們正順著將城市分割為八分的大運河之一前進。

她看過《創始之書》的副本，裡面包括依藍戴的藍圖與規劃，這名字是迷霧之子大人取的。中央有一座圓形的大花園，花卉常年綻放，地底溫泉保持氣候的溫暖。瑪拉席還是小女孩時去過幾次參觀「灰燼世界」的遺跡。那是被養育在大地的子宮中，之後為了重生來重建社會的初代所保存的。

馬車來到了重生之野。青草如毯，梅兒花爬上了平緩的山坡，末代皇帝和昇華戰士聳立坡頂自己的陵墓之上。那裡有座博物館，瑪拉席小時候造訪過數次，參觀初代人搶救下來的灰燼世界遺物；那些初代人就在地下胞宮內孕育成長，再生來打造新世界。

她試圖想專注於眼前的任務。這些消賊不只是勒贖或搶劫，但讓消賊得到此名號的火車貨物消失事件，又是怎麼一回事？還有他們怎麼會有如此精良的武器？更別提為何他們努力地想殺掉瓦希黎恩，先用毒，後用炸彈。「瓦希黎恩爵爺？」

「什麼事？」

「您的叔叔是怎麼過世的？」

「馬車意外。」他一臉沉思。「他和他的妻子還有我姊姊在外城區出遊。那是在我的堂哥，原本的繼承人，因病而死的幾個禮拜後發生的事。原本那趟旅行是希望能夠撫慰他們的。

「拉德利安叔叔想去爬座山看風景，但嬸嬸的身體狀況太差，不能爬山，於是他們坐馬車去。半路上，馬兒受驚，導致皮索斷掉，馬車因此墜入山崖。」

「我很遺憾。」

「我也是。我已經很多年沒見到他們了。我有一種奇特的罪惡感，似乎覺得自己應該要爲了失去他們而受到更大打擊。」

「我想那個故事裡受到『打擊』的人已經夠多了。」偉恩嘟囔。

瓦希黎恩瞪了他一眼，可是偉恩沒看到，因爲他閉著眼睛，帽子蓋在臉上。

瑪拉席踢了他的腳踝一下，讓偉恩發出一聲怪叫。她羞紅了臉。「要敬重死者。」

偉恩揉揉腿。「她已經開始在對我大呼小叫了。女人啊。」他把帽子重新蓋上臉，又靠了回去。

「瓦希黎恩爵爺，您是否想過……」

「想過是否有人殺了我叔叔？我是執法者。每當聽到有人喪命，很難不想到這方面去，可是就我得到的報告，並沒有任何可疑之處。我成爲執法者時，很早就學到有時候意外就是會發生。我的叔叔喜歡冒險。他年輕時愛賭博，中年時就到處找刺激。因此我認爲這是一件悲劇的意外。」

「那現在呢？」

「現在我在想，那些送給我的報告是不是太乾淨了。回過頭去想，一切都被安排得沒留下絲毫疑點。除此之外，提勞莫也是，不過意外發生那天，他倒是留在宅邸中。」

「他們爲什麼要殺您的叔叔？難道不擔心把您這樣有經驗的執法者引回城裡？除掉您的叔叔，卻意外引來瓦希黎恩．曉擊……」

「瓦希黎恩．曉擊？」偉恩睜開一隻眼睛，輕哼一聲，用手帕擦擦鼻子。她雙頰一紅。「抱歉，報告中都是這麼稱呼他的。」

「他們應該那樣叫我才對。早上急著喝杯威士忌的人是我。」

「偉恩，你的『早上』是已經過中午很久了。我懷疑你不曾見過破曉。」

「你這樣說太不公平了。我常看到啊，如果我熬夜到太晚……」他在帽子下咧開笑容。

「瓦，我們什麼時候去見拉奈特？」

「我們沒有要去。你爲什麼以爲我們會去？」

「這……我們在這裡，她也在這裡啊，而且還比你早搬來城裡。我們的屋子也炸了，就當順道去看看她啊，表現得友善點什麼的。」

「不去。我甚至不知道去哪裡找她。城裡是個大地方。」

「她住在第三捌分區。紅磚屋。兩層樓。」偉恩漫不經心地說道。

瓦希黎恩很不友善地瞪了偉恩一眼，讓瑪拉席覺得非常好奇。「這人是誰？」

「不重要的人。妳會用手槍嗎？」

「不太會。射靶俱樂部裡都是用來福槍。」她承認。

「妳沒辦法在手袋裡塞把來福槍的。」瓦希黎恩從他的肩槍套中抽出一柄手槍。體型嬌小，槍管很細，整把槍只有她的手掌那麼長。瑪拉席遲疑地接過槍。

「開槍的要訣在於穩。用兩手握槍，環境許可的話就找個低的掩護，把手臂架在上面。不要晃，慢慢來，而且一定要瞄準。手槍比較難打中，其中一部分原因是很多人拿起手槍就亂打。來福槍的特性就是鼓勵妳一定要瞄準，而一般人對手槍的直覺似乎就是隨意扣扣扳機就好。」

「沒錯。」她掂了掂槍。比外表看起來要重。「十名警察中，有八名警察站在離歹徒十呎近的地方仍然打不中。」

「真的？」

她點點頭。

「那我想偉恩就不用那麼介意了。」

「嘿！」

瓦希黎恩看著她。「我有次看到他嘗試開槍射擊站在三步遠的人，最後子彈打中他身後的牆壁。」

「那又不是我的錯。子彈是個超難搞的鬼東西。是誰准它們反彈的？金屬就不會反彈，這話就跟白金一樣真。」

她檢查小手槍以確認保險栓已卡上，然後把它塞入被燒焦的手袋。

消賊的巢穴位於一座運河港口邊，看起來平凡無奇，總共有兩層樓高，平坦的寬屋頂上有許多煙囪。建築物的一側牆邊堆滿了深色的灰燼跟垃圾，窗戶看起來像從「最後昇華」以來就再也沒人擦過。

「瑪拉席貴女，如果我建議妳在馬車裡等著我們探勘回來，妳會很不高興嗎？這地方應該已經沒有人了，但我猜想裡頭說不定有設下幾處陷阱。」瓦希黎恩邊說邊檢查手槍上的準星。

「不會的。我不介意。我覺得那樣很好。」她一陣顫抖。

「我們確定裡面沒人之後會揮手。」他舉起手槍，朝偉恩點點頭。兩人鑽出馬車，蹲低身體跑到建築物旁。他們沒打算從門口進去。偉恩跳起，瓦希黎恩肯定用了鋼推，因爲那瘦子跳了十二呎高，落在屋頂上。瓦希黎恩尾隨在後，以優雅許多的姿態躍上，悄然無聲地著地。他們跑到屋頂的一角，偉恩吊在屋簷邊，順勢踢破了窗戶。瓦希黎恩跟在他身後鑽入。

她緊張地等了數分鐘。車伕半句話都沒說，不過她隱約聽到他自言自語「與我無關」。瓦希黎恩給了他不少錢，所以他只好閉嘴。

沒有槍響。終於，瓦希黎恩打開門，朝她揮手。她快速下了馬車，來到他身邊。「怎麼樣？」

「兩條絆索，上面連著爆裂物。除此之外我們沒找到其他危險的東西，現在只剩下偉恩的狐臭了。」

「那是超乎想像的味道。」偉恩從裡面喊道。

「來吧。」瓦希黎恩爲她推開門。

她走入室內，在門口停下腳步。「裡面是空的。」她以爲會有鐵爐跟設備，卻發現巨大的房間空無一物，像是放寒假的教室。光線透入窗戶，但仍然非常黯淡。房間聞起來有煤炭跟火的味道，地上還有幾處焦黑。

「上面是寢室。」瓦希黎恩指著工廠另一邊說道。「這裡的主要空間有半邊，兩層樓高，另外半邊有二樓。看來他們這裡可容納五十人，白天時可以僞裝成工人好掩人耳目。」

「啊哈！」偉恩從房間左側的黑暗角落喊道。她聽到一陣聲響，然後看到牆被推開，光線湧入房間，打開的門直直朝著運河。

「那門好推嗎？」瓦希黎恩小跑步過去。瑪拉席跟在身後。

「我哪知。還算可以吧。」偉恩聳聳肩。

瓦希黎恩檢視門。門的下面有輪子，順著地上的軌道移動，他將手指探入凹槽，拿出來後，揉一揉，感覺像是油。

「他們使用過這扇門。」瑪拉席說道。

「沒錯。」

「所以？」偉恩問。

「如果這裡是從事非法罪行的地方，他們不會想要三不五時就把半邊建築物打開。」

「也許這也是僞裝的一部分。」瓦希黎恩站起身說道。

瑪拉席思索著，然後點點頭。「噢！鋁！」

偉恩抽出決鬥杖，轉身。「什麼？哪裡？誰在開槍？」

瑪拉席感到面紅耳赤。「抱歉，我的意思是我們應該檢查一下，看是不是能在地上找到滴落的鋁，說不定他們在這裡鑄槍或造模。這也可以讓我們知道這地方是不是眞正的藏身之所，或只是偉恩的線民想用假合金騙我們。」

「他是個誠實的人。我對這種事很有直覺。」他打個噴嚏。

「我們第一次碰到蕾希時，你也眞的相信她是舞孃。」瓦希黎恩站起身說道。

「那不一樣。她是女人。她們擅長說謊。遠古神就是那樣創造她們的。」

「我……我不知道該如何看待你的說法。」瑪拉席說道。

「就當他在裡面有加銅添醋。然後別忘了帶點妳自己的多疑。偉恩說什麼都這樣聽聽就好。」他伸出手。

瑪拉席皺眉，舉起手掌。他放下某樣東西。看起來像是鎔解狀態時就滴在地板上，直到自然冷卻的金屬，如今被瓦希黎恩刮起，通體銀色，很是輕巧，邊緣是髒污的黑色。

「我在那邊的地板上找到的，靠近其中一塊發黑的位置附近。」

「鋁嗎？」她迫不及待地問道。

「對。至少我沒辦法用鎔金術鋼推這些，再加上它們的外表，應該是鋁沒錯。」他看著她。「妳很擅長思考這種事。」

她臉紅。又來了。鐵鏽滅絕的！我得想辦法不要一直這樣臉紅下去！「這跟變異有關，瓦希黎恩爵爺。」

「變異？」

「數字，規律，動作。人的行爲看起來像是毫無章法，但其實都遵循某種規律，只要找到變異的地方，釐清變異的原因，通常就能知道些什麼。鋁在地板上。這就是變異。」

「還有其他的嗎？」

「打開的門。那些窗戶，上面塗了太多灰。我猜那是把蠟燭放在窗戶邊，好燻黑窗戶，阻止別人看進來。」

「也可能是因爲鑄鐵而自然產生的。」瓦希黎恩說道。

「鑄鐵原本就已經很熱，爲什麼還要關窗？那些窗都很容易打開，而且是往外推，理應不該有灰，起碼不該有那麼多。所以要不是他們在工作時就故意關著窗戶，好掩飾他們的行爲，再不然就是刻意把窗戶染黑。」

「聰明。」瓦希黎恩說道。

「所以問題是，他們到底從側門一直在搬進搬出什麼？他們費了這麼大功夫才把窗戶處理好，一定是很重要的東西，才會讓他們必須把門給打開。」

「這問題很簡單。他們一直在搶火車，所以一定是把贓物搬進來。」

「意思是他們將東西偷到手之後，運了進來……」瑪拉席說道。

「這就是我們的線索。」瓦希黎恩點頭。「他們利用運河不斷把東西從這裡運進運出。說不定運河正是他們如此輕易就把貨物從火車中偷走的關鍵。」他大步走向門口。

「您要去哪裡？」她問道。

「我去外頭查看。你們兩去查寢室區。如果妳看到有什麼妳所謂的……變異，告訴我。」他想了想。「讓偉恩先進去。說不定我們有漏掉一兩個陷阱。寧可炸他也不要炸妳。」

「嘿！」偉恩說道。

「我是跟你感情好才這麼說。」瓦希黎恩說道，從建築物旁邊的開口鑽了出去，然後又探回半個身子。「說不定把你的臉炸掉，我們就不用再看你那張醜臉了。」說完，他便消失。

偉恩微笑。「天殺的。看到他又回復原來的樣子，真好。」

「所以他不是一直這麼嚴肅？」

「噢，瓦一直都很嚴肅。」偉恩拿手帕擦擦鼻子。「在他表現最好的時候，外表下都藏著一絲得意。來吧。」他領著她走到屋子後方。牆邊有個小盒子，她猜想是被他們發現然後拆除的炸彈。這裡的天花板較低，偉恩爬上台階，示意要她等等。

她在附近探查一陣，想找到是否有被他們丟掉的東西，但唯一的成果是自己被眼角餘光幻想出的動靜給嚇了幾次。房間那邊很陰暗。

偉恩去了多久？她焦躁地踱步了一陣，最後決定要爬上台階。

裡面很黑。還沒到漆黑的地步，但也黑到她以爲能看清路，卻發現不行。她爬上一半時便開始遲疑，最後決定自己是個笨蛋，只能繼續前進。

「偉恩？」她緊張地從樓梯間探出頭。樓上有幾扇窗戶，上面也塗滿了灰燼，雖然這裡不可能進行任何鑄造的工作。這更加證明她的推論，還有她的緊張。

「他死了，小貴女。我對妳的損失感到遺憾。」一個年邁、高貴的聲音從黑暗中響起。她的心跳瞬間停止。

對方繼續說道：「是的。他太英俊、太聰明，在各方面都太極端地傑出，天妒英才啊。」有人推開窗戶，透入光線，照出偉恩的臉。「耗了一百人才殺死他，而他殺死了所有人，只剩下最後一個。他的遺言是：『告訴瓦……他是個白癡……還有，他還欠我五張大鈔』。」

「偉恩！」她氣死了。

「我忍不住啊，妹子。」他變回自己完全不同的聲音。「抱歉，可是妳不該上來這裡的。」他朝角落點點頭，幾根棍子靠著牆壁。

「更多炸藥？」她感到一陣暈眩。

「對啊。我們第一次掃過的時候沒看到。它們被設計成一旦打開角落的那個箱子，就會爆炸。」

「箱子裡有東西嗎？」

「有炸藥啊。妳沒聽清楚嗎？」她不友善地瞪了他一眼。

他笑了。「沒有啦。我不知道瓦要我們來這裡找什麼。他們把這裡搬空了。」

她藉著窗戶透入的光線，看到一個屋頂低矮的房間，與其說是房間，倒不如說是閣樓。她跟偉恩不用彎腰，偉恩的頭已快抵到天花板，瓦希黎恩就一定得彎腰了。

地板的木板已經鬆動，到處都有釘子突出。她想說不定能把木板翻起，找到下面的線索，但一摸就發現透過木板之間的縫隙，可以看到下面的地板，其實沒什麼藏東西的空間。

偉恩在嵌入牆壁的櫃子裡尋找更多炸藥，然後敲牆尋找隱藏的空間。瑪拉席看了一圈，很快便判定這裡沒有什麼東西好找。除了那些炸藥。

炸藥。「偉恩，這是什麼炸藥？」

「嗯？噢，很常見的那種。他們叫這個黃色炸藥，在蠻橫區裡是用來在岩石中炸洞的。很容易弄到手，就連在城裡都好買，這比我看過的都要小根，但基本上是同樣的東西。」

她皺眉。「噢。那它們是放在什麼東西裡嗎？」

他想了想，又朝箱子裡探頭。「呃。」他伸手進去，拿了某樣東西出來。「是沒放什麼，但有人用了這個來架住引線跟引爆器。」

「那是什麼？」她快步走過去。

他舉給她看。「雪茄盒。公僕牌。很昂貴的品牌。」

她看著盒子，上面被漆成紅與金色，品牌以大大的字母寫在上面。裡面已經沒有雪茄，但似乎有人用鉛筆在蓋子裡寫了些數字。這數字對她來說沒有意義。

「我們拿去給瓦看。他就喜歡看這種東西，說不定會讓他推論出一大段什麼首領喜歡抽雪茄，然後他就可以從一群人裡一眼把那人揪出來。我們一起工作以來，他向來是這樣。」偉恩微笑，拿回雪茄盒，繼續在櫃子裡翻找。

「偉恩，你是怎麼跟瓦希黎恩碰上的？」

「妳的報告裡沒寫？」他敲著櫃子的側邊，一面問道。

「沒有。這是個謎。」

偉恩的頭探入櫃子，傳出的聲音模糊。「我們不常談這件事。他救了我一命。」

她微笑，坐在地板上，背靠著牆。「聽起來是個好故事。」

「不是妳想的那樣。我原本要被遠多瑞斯特那邊的執法者吊死的。」偉恩從櫃子邊走開。

「是誤判嗎？」

「看妳對那個詞的定義是什麼。我打死了人。一個無辜的人。」

「是意外嗎？」

「對啊。我只想搶他。」他停頓下來，看著櫃子，似乎心不在焉。他搖搖頭，又爬了進去，用力一推，撬開了後牆。

她沒想到會是這樣。她靠在牆邊，雙手抱著腿。「你是個罪犯？」

偉恩從櫃子裡回答：「不是個很行的罪犯。我一直無法克制自己不去拿東西。每次我都只是想抓一把，妳懂我的意思嗎？結果那東西就到我手中了。總而言之，我變得更厲害了之後，有些朋友……他們說服我，應該更進一步，說我應該眞正掌握自己的命運，開始搶錢，拿槍什麼的。所以我試了。結果把那個人打死了。他還有三個小孩。」

他爬出破櫃子，然後舉起什麼，像是某種卡片。

「線索？」她興奮地問道。

他翻了翻。「裸照。舊裸照。大概是那幫搶匪買下這裡以前留下來的。」他又翻了幾張，然後全部丟回洞裡。「至少讓那些條子可以找到些好玩的。」他轉頭看她。他似乎……深陷於過去的陰霾，眼睛籠罩在一片影子之中，敞開的窗戶照亮他的半邊臉龐。

「所以發生了什麼事？我是說你，不過不想講也沒關係。」她低聲開口。

他聳聳肩。「我當時根本不知道在幹什麼，自己慌張了起來。也許我心裡想被抓到。我並沒有打算對那傢伙開槍。我只是要他的錢包啊，妳知道嗎？老死手指很輕鬆地就逮到我了。他甚至沒打我，我就自己招了。」偉恩沉默了片刻。「我一直哭個不停。那時我才十六歲，只是個小鬼而已。」

「你知道你是鎔金術師嗎？」

「當然，所以我一開始才到了蠻橫區，但那是另外一個故事。總而言之，彎管合金很難製作。鋖跟鎘不是在轉角雜貨舖就買得到的金屬，我那時對藏金術也沒什麼概念，但我爸是藏金術師，所以大致上有粗略的了解，知道若想儲存健康，需要用到金。」

他走到她身邊，跟她並肩坐下。「我還是不知道瓦爲什麼要救我。我應該要被吊死的。我殺了個好人。他甚至沒什麼錢，只是個會計而已。他會義務幫助有需要的人，像是寫遺囑，讀信一類的。每個禮拜他都會替不識字的礦工寫信，好讓他們寄信給城裡的家人。我在審判時知道了很多他的事，看到他的孩子在哭，還有他的妻子……」

偉恩朝口袋伸手，攤開一樣東西。一張紙。「幾個月前收到他們的信。」

「他們寫信給你？」

「當然。我把賺到的錢一半都給了他們，好讓那些孩子有飯吃啊。因爲我殺了他們的爸爸，所以這樣做也是應該的吧。一個現在都上大學了。」他頓了頓。「但他們還是恨我。寫信是要讓我知道他們沒有原諒我，無論多少錢都帶不回他們的爸爸。他們是對的。可是至少他們還願意接受我的錢，這樣很好。」

「偉恩……我眞的很遺憾。」

「對啊，我也是。可是有些錯誤是無論多遺憾都無法改正的。不管做什麼都沒法改正。所以啊，槍跟我一直都處不好。我只要握槍，手就會抖，像被丟在碼頭上的魚一樣亂晃。很好笑吧？就像我的手自己長腦袋會想一樣。」

腳步聲從樓梯間傳來。不久後，瓦希黎恩便走入房間，看到兩人坐在地板上，挑了挑眉。

「看看你，我們可是在這裡談心呢。別在那邊吵吵鬧鬧的，破壞我們的氣氛。」偉恩說。

「我想都不會想這種事。我跟這裡的乞丐談過了。消賊一直在搬某種巨大的東西進出這裡跟運河船之間。他們搬了好幾次，每次都是晚上，那東西似乎比貨物還大，我猜可能是某種機器。」

「噢。」偉恩說道。

「的確是噢。你呢？」

「找到個盒子。」偉恩把雪茄盒遞過去。「啊，還有更多炸藥，如果你想炸條新運河什麼的，請自便。」

「都帶走，說不定會有用。」他接過雪茄盒。

偉恩指著櫃子。「裡面還有些裸照，可是裉到重要部位就看不太清楚了。」他想了想。「那些小姐們身上都沒槍，所以你大概也不會有興趣。」瓦希黎恩嗤之以鼻地笑了。

瑪拉席站起身。「雪茄盒是很貴的那種，看起來不像是普通小賊會抽的，除非他們從別人身上搶來，可是看這個，有人在裡面寫了數字。」

「的確。」瓦希黎恩眯起眼睛，看向偉恩。偉恩點點頭。

瑪拉席問：「怎麼了？知道什麼了嗎？」

瓦希黎恩將盒子拋回給偉恩，偉恩把盒子塞回外套口袋，雪茄盒大到從口袋中凸出。「妳聽說過邁爾斯．達古特這個名字嗎？」

「當然。『百命』邁爾斯。他是蠻橫區的執法者。」

「對。」瓦希黎恩嚴肅地說道。「來吧。我想我們該走一趟了。一路上，我說幾個故事給妳聽。」

11

邁爾斯站在欄杆旁，點起雪茄，吐了幾口氣讓它點燃後，緩緩地從雙唇間釋放出一陣氣味濃郁的煙霧。

「老大，看到他們了。」塔森走上前來回報。塔森的手臂綁在繃帶中。大多數人像他那樣挨了一槍，應該還躺在床上，不過塔森是白鑞臂，而且有克羅司血統，他能癒合得很快。

「在哪裡？」邁爾斯問道，低下頭檢視新基地的設置。除了塔森外，唯一跟他在一起的人就是他的第二副手，夾子。

「在老工廠那裡。他們去跟乞丐說過話了。」塔森說道。他仍然戴著偉恩的帽子。

「早該把他們都丟到運河裡去。」夾子抱怨，抓了抓脖子上的疤痕。

「夾子，我不會殺乞丐的。」邁爾斯低聲說道。他身上配戴一對鋁手槍，在大房間的電燈照耀下閃閃發光。「那種事情一旦反彈起來，速度會快得讓你措手不及，如果我們讓城裡的下層階級對我們產生反感，各式各樣麻煩的情報都會出現在警察廳裡。」

「是啦。當然是這樣，可是，我是說那些乞丐……他們有看到些什麼啊，老大。」

「反正瓦也會猜出來的。他跟老鼠一樣。最不希望他出現在哪裡，就會在哪裡看到他。某種程度來說，這樣也挺容易預測他的行蹤。我猜，雖然你保證那些爆裂物的陷阱是萬無一失，但卻無一奏效吧？」

夾子咳嗽兩聲。

「可惜。」他把點完雪茄後握在手裡的銀製打火機放回口袋。打火機上有眞馬迪鎭的執法者徽記。其他人看到那打火機時都很不安，但邁爾斯仍然將它放在身邊。

眼前的空間完全沒有窗戶，屋頂上垂吊著刺眼的大型電燈，燈下的人都在忙著架設煉鐵爐跟鑄模。邁爾斯對此仍有懷疑。在地底下設鐵工廠？可是套裝先生保證他的通風管跟電扇會把煙霧抽走，保持空氣流通，而且他們在下面用的電爐所冒的煙也少很多。

這個房間很特別。左邊的一條大通道通往黑暗，上面鋪有鐵軌。套裝先生說這是進入城市的地下鐵路系統起頭。它要怎麼切過運河？他猜想應該要從運河下面鑽過去吧，光想就覺得很奇怪。

目前這條地道還只是個實驗，通往不遠處的一棟大型木造建築物，那裡邁爾斯可以安置剩下的人。他大概還有三十人，目前他們正在搬運補給品跟剩下的鋁，已經所剩無幾了。瓦的那次攻擊幾乎讓消賊徹底翻覆。

邁爾斯深思地抽著雪茄。他一如往常地使用著他的金意識，讓自己保持精神良好，身體健壯。他從來沒有身體不適或精神不繼的感覺。他還是需要睡眠，也還是會變老，但除此之外，他幾乎是長生不老的。只要他能得到足夠的金子。

不過這就是問題了，不是嗎？煙霧在他面前攀升，像是迷霧一般纏捲。

「老大？套裝先生在等你。你不是要去跟他會面嗎？」

邁爾斯吐了口煙。「先等等。」套裝不是他的主人。「招募的情況如何，夾子？」

「現在……我需要更多時間。一天不夠，尤其是我們有一半的人才剛遭到屠殺啊！」

「注意你的語氣。」

「抱歉。」

邁爾斯輕聲開口：「瓦早晚都會出現在這場遊戲裡。他改變了規則。沒錯，我們損失的人力是超過我樂見的情況，但是我們同時很幸運。瓦希黎恩既然已經出場，我們就可以預測他的行動。」

塔森靠上前來。「老大，下面的人都在說，說你跟瓦……你們兩個人聯手陷害我們。」他往後一縮，彷彿以為對方會有什麼激烈的反應。

邁爾斯抽著雪茄，壓下湧現的怒氣。他在這方面有進步。些許的進步。「他們為什麼那麼說？」

「因為你以前是執法者一類的……」

「我還是執法者。我們的行爲並非犯法。我們沒有觸犯眞正的法律。有錢人會制定自己的規則，強迫我們依照他們的規則生活，但是我們的法律是人類的法律。

「爲我工作的人得到了洗心革面的機會。他們在這裡的工作洗刷了他們先前的……錯誤。夾子，告訴他們，我以他們爲榮。我明白我們歷經了極大的創傷，不過我們熬過來了。我們會帶著更大的力量面對明天。」

「我會跟他們說的，老大。」

邁爾斯掩飾住自己的糾結。他其實也不知道這樣說到底對不對，他沒有傳道的天賦，但是那些人需要被說服，因此他會展現出他的信心。「十五年了。」他低聲說道。

「老大？」

「我在蠻橫區度過了十五年，想要保護弱小。可是你知道嗎？情況一直沒改善。所有的努力都毫無意義。孩子仍然會死去，婦女仍然會被欺淩。一個人不足以改變一切，因爲文明的中心已經腐敗了。」他抽了一口雪茄。「如果想有所改變，就必須從這裡開始。」

如果我錯了，那就請特雷保佑吧。如果不是爲了改正錯誤，特雷爲什麼要創造他這樣的人？《創始之書》甚至包括了關於特雷教與其教義的詳細描述，證明邁爾斯這樣的人是特別的。

他轉身沿著走道前進。走道順著房間的北面延伸，像是陽台一樣可俯瞰下方。塔森跟夾子留在原處，他們知道他見套裝先生時不喜歡身邊有別人。

邁爾斯拉開走道盡頭的門，進入套裝先生的辦公室。邁爾斯不知道他為何需要在這裡有辦公室，也許他想要盯緊新基地的運作。套裝先生從一開始就想要他們來這裡。邁爾斯很不高興最後還是得接受對方的提議，這讓他更受到資助人的管束。

多搶幾筆大的，很快我們就不需要他了，然後我們可以搬到別處。

套裝先生有著一張圓臉，一大把灰黑相間的鬍子。他坐在書桌後，啜著一杯茶，穿著一套非常時髦且昂貴的黑絲套裝，搭配土耳其藍的背心。邁爾斯進房間時，他正在看傳紙。「你知道我不喜歡那些東西的味道。」套裝先生頭都沒抬地說道。邁爾斯仍然繼續抽著雪茄。套裝先生微笑。「聽說你的老朋友已經找到你的舊基地了？」

「有人被抓了。這只是遲早的問題。」邁爾斯沒多做解釋。

「他們對於你的目標並不是很忠誠。」

邁爾斯無言以對。他們都知道大多數人都是為了錢才加入，並沒有更偉大的目標。

「你知道我為什麼喜歡你嗎？」套裝先生問道。

我才不在乎你喜不喜歡，可是他沒說出口。

「你很謹慎。你有目標，相信它，卻不影響你的思考。事實上，你的目標與我跟我的同僚的目標並沒有差那麼多。我認為這是一個很有價值的目標，而你是很有價值的領袖。」套裝先生翻動傳紙。「但上次搶案的槍擊事件，威脅到我對你的評價。」

「我……」

「你失控了。」套裝先生的聲音變得寒冷。「因此失去對你手下的控制。所以這場災難才發生。沒有別的原因。」

「有。瓦希黎恩・拉德利安。」

「你應該要準備好要對付他。」

「他不應該在那裡。」

套裝先生啜著茶。「算了吧，邁爾斯。你臉上戴著面具，你知道他有可能會在場。」

邁爾斯努力克制著脾氣。「我戴面具是因爲我小有名氣，會認出我的人不只有瓦。」

「你說得也許有點道理，不過你堅持要把所有事都做得很有戲劇性，包括消失，而非只是偷走貨物，讓我忍不住猜想，你爲什麼不想被人認出來？」

邁爾斯怒聲回答：「那是有目的的，我跟你說過了！只要警察不知道我們怎麼把貨物偷走的，他們就會不斷犯錯。」

「那戲劇性的部分呢？」套裝慵洋洋地說道，翻動桌上的報紙。「『消賊』又是怎麼一回事，邁爾斯？」

他沒有回答。他之前已經跟套裝解釋過一部分原因。當然不只這樣。他需要戲劇性的出場，需要抓住大眾的注意力。邁爾斯是要改變世界的人。如果大家都以爲他只是普通的小偷，那怎麼可能做到。謎團、力量，加上一點魔法……對他的目的將大有助益。

「無話可說了啊。好吧，你的邏輯在以前是有道理。可是現在瓦希黎恩出現了，邁爾斯。

我必須承認，有一部分的我不禁在猜想，你們之間是不是有什麼我應該知道的宿怨？也許是會讓你衝動行事的理由？」套裝先生的眼神如鐵般冰冷。「會讓你試圖逼他在那場宴會中出手的原因？好讓你能跟他比試一場？」

邁爾斯與他四目相對，然後彎下腰，雙手撐著桌面，手指緊抓雪茄。「我跟瓦希黎恩・拉德利安之間無怨無仇。他是這世上最優秀的人之一。比你或我，甚至這城裡任何人，都要優秀的人。」

「這句話是想要安慰我嗎？你只差沒說你不會跟他開戰了。」

「噢，我絕對會跟他開戰，必要時我甚至會殺了他。瓦挑錯邊了。他那樣的人，我這樣的人，我們有選擇——服侍人民或服侍富人。他選擇回到城內與富人交際的時候，就已經失去他受到我保護的資格。」

「真有意思。我也是他們其中之一呢，你知道吧？」套裝說道。

「我必須適應現實。況且，你有……其他的長處。尤其你放棄了你的出身。」

「我沒有放棄出身，只是放棄頭銜而已。而且我仍然覺得你是故意要觸怒瓦希黎恩，所以才對佩特魯斯開槍。」

「我對佩特魯斯開槍是因爲他很虛僞！」邁爾斯怒叱。「他假裝尋求正義，所有人都稱讚他，但他其實一直在討好那些腐敗的既得利益者。最後，他們讓他去他們的宴會中玩耍，就像對待受寵的狗一樣。所以我把他銷毀了。」

套裝先生緩緩點頭。「好吧。」

「套裝，我會重整這個城市。就算得親手用手指把它腐黑的心臟給挖出來，我都會辦到，可是你需要幫我弄來更多鋁。」

「我正在推動一些計畫。」套裝拉開抽屜，拿出一捲紙，放在邁爾斯面前。

邁爾斯解開繩子，攤開紙張。是藍圖。「太齊爾的新『防盜』車廂？」

套裝點點頭。

「會要花點時間才能——」邁爾斯開口。

「我已經讓人研究一段時間了。邁爾斯，你的任務不是規劃，而是執行。我會提供你需要的資源。」

邁爾斯看著藍圖。套裝很有手腕，很強大。邁爾斯忍不住覺得已被捲入超出自己控制範圍的情況。「我的人還抓著最後一名囚犯。你要我們怎麼處置她？」

「我會有所安排。」套裝啜了一口茶。「如果我更留神的話，當初就該把她從名單裡剔除。瓦希黎恩不會停止找她的。如果爆炸成功就簡單太多了，現在我們得考慮更直接的行動。」

「我會親自處理他。今天就動手。」

瓦希黎恩在他們的車廂中傾身說道：「邁爾斯．達古特是雙生師。一種特別危險的雙生師。」

「雙金。」偉恩點頭說道，靠在瓦希黎恩對面的軟墊長凳上。

窗外的依藍戴郊區化爲一片模糊。

瑪拉席坐在偉恩附近的長凳上。「根據我讀過的資料，黃金鎔金術師算不上特別危險。」

瓦希黎恩回答：「的確如此，但是複合的效果讓邁爾斯如此危險。如果你的鎔金術與藏金術能力重疊，那你能獲得的力量就是十倍。這很複雜。意思是可以在金屬中儲存特質，然後又燃燒那金屬以釋放力量。這叫作複合。傳說中，『碎（Sliver）』就是這樣長生不老的。」

瑪拉席皺眉。「我以爲關於邁爾斯神奇的癒合力是過度誇張而已。我以爲他跟偉恩一樣，只是製血者。」

「他的確是製血者，差別在於他的健康是用不完的。」偉恩在手腕上轉動決鬥杖，抓住。

瓦希黎恩點點頭，回想起兩年前他第一次遇見邁爾斯的時候。那人一直讓他覺得很不舒服，但他同時也是極優秀的執法者。大部分時候。瑪拉席露出不解的表情，他進一步解釋：「通常藏金術師得非常節省。要儲存健康或體重要花上好幾個月。我自從砸破地板之後，就一直維持一半體重的狀態，想把用完的體重存回一些，但是補充的量根本不及我耗用的微分之一。這對偉恩而言更困難。」

偉恩擦擦鼻子。「我之後得在床上很不舒服地躺上好幾個禮拜，否則我會無法癒合。唉，我已經盡力維持在還能行走的狀態下儲存健康了，可是一整天下來，存的量甚至不足以癒合刮傷。」

「可是邁爾斯……」瑪拉席說道。

「趨近無限的癒合能力。那人幾乎是不死的。我聽說他曾被霰彈槍打中臉卻沒事。我們之前在蠻橫區共事。他是眞馬迪鎭的執法者。情況好的那幾年，我們三個人有某種合作關係——邁爾斯、遠多瑞斯特的『死手指』約恩，還有我。」

偉恩想想後開口：「邁爾斯不太喜歡我。不過他們沒有人喜歡我。」

「邁爾斯做了很多好事，但是他太嚴厲、太不體恤他人，我們尊敬彼此，但同時也會維持一段距離。我不會說我們是朋友，但是在蠻橫區，只要爲正義獻身的人，就是盟友。

「這是蠻橫區的第一條法律：越是孤身一人，身邊就越需要能信得過的人。

「即使他們的手段是自己不苟同的。」瓦希黎恩說道。

「他聽起來不像是會選擇犯罪一途的人。」瑪拉席說道。

瓦希黎恩輕聲開口：「沒錯，是不像，但我幾乎可以確認，在婚禮當時，面具後的人就是他，而那盒雪茄是他最喜歡抽的。我不能確定一定是他，但是……」

「但是你認爲就是。」

瓦希黎恩點點頭。*求和諧保佑，但我眞的認爲是他。*執法者是種特殊的合金。他們之間有個共同的信念。永不認輸，至死也不讓自己受到引誘。日日夜夜與罪犯打交道，會改變一個人，開始認同他們的觀點，模仿他們的思考。

他們都知道，一不小心，這個工作會扭曲他們的本性。他們不會提，也不會認輸。至少不該認輸。

偉恩開口：「我不意外。你聽過他怎麼形容依藍戴的人嗎？邁爾斯是個殘暴的人。」

瓦希黎恩低聲回答：「是的。我原本希望他能專注於維持他鎮上的安寧，讓心中的惡魔沉睡。」

火車經過郊區，朝外城區前進，那裡有一圈寬廣的果園、農田、牧場，爲依藍戴提供食物。四周的地面從城市的街景變化成寬廣的綠黃相間，切割大地的運河閃爍著燦爛的藍光。

「這有什麼改變嗎？」瑪拉席問道。

「有。這意謂著所有事比我預想的還要危險許多。」

「太愉快了。」偉恩露出大大的笑容。「我們希望妳能夠得到完整的體驗，一切都是爲了科學嘆。」

「事實上，我一直在想該怎麼把妳送到安全的地方。」瓦希黎恩說道。

「您想要甩掉我？」她問道。她睜大了眼睛露出心碎的樣子，聲音放柔，釋出遭人背叛的可憐柔弱感。他幾乎要以爲她跟偉恩上過課了。「我以爲我幫到你們了。」

「妳是有啊。可是妳對於我們要做的事情也缺乏實際經驗。」瓦希黎恩說道。

「總要花點時間才能學到經驗。我已經經歷過一次綁架，還有一次刺殺了。」她抬頭說道。

火車轉彎，車廂的門發出撞擊聲。「是的，瑪拉席貴女，但是另一方有一名雙生師改變了情況。如果眞要打起來，我不認爲我能打得過邁爾斯。他足智多謀，力量強大，心智堅定。我寧願妳去一個安全的地方。」

「哪裡？您的莊園跟我父親的莊園都是很明顯的目標，也不能躲在城市的地下社會，我極度懷疑能在那裡不引人注目！我急於向兩位建議，對我而言最安全的地方，就在您身邊。」

「奇怪。我以爲人生中最安全的地方就是瓦身邊以外的任何地方。我有跟妳說過他身邊總是很容易發生爆炸嗎？」

「也許我們應該去找警察。瓦希黎恩爵爺……這種私下調查在技術上是非法的，尤其是我們有警察沒有的重要訊息。依照法律規定，我們必須把所知的一切都告訴相關單位。」

「不要又開始讓他動這種腦筋！我才剛讓他不要再說這種話的！」

瓦希黎恩低聲開口：「沒關係，偉恩。我答應過的。我告訴哈姆司爵爺我會帶著史特芮絲回到他身邊。我一定會做到。就是這樣。」

「那我要留下來幫忙。就是這樣。」瑪拉席說道。

「而且我需要吃東西。胖就是胖。」偉恩接著說道。

「偉恩……」

「我是認眞的。在那些司康餅之後我就沒吃過別的東西了。」

「我們等下去的地方就有東西吃。首先，我想請問瑪拉席貴女一件事。」

「請說？」

「如果妳要跟我們在一起，我想知道妳是哪種鎔金術師。」

偉恩驚訝得坐直了身體。「什麼？」

瑪拉席臉紅。「妳的手袋裡有一小包金屬碎屑，而且總是很小心地把它放在身邊。妳對藏金術所知不多，但似乎了解鎔金術。對於偉恩用一個圈就把我們身邊的時間停住，完全不感到驚訝，甚至會走到邊界，好像很熟悉的樣子；而且妳出自於被獵捕的血脈，裡面有很多鎔金術師。」

「我……其實沒有很好的機會……」她臉更紅了。

「我很訝異，也有點失望。」偉恩說道。

她連忙開口：「這，我——」

「噢，不是妳。是瓦。我以爲你們第一次見面時，他就會想出來了。」

「我年紀大了，腦袋不靈光了。」瓦希黎恩沒好氣地說道。

她垂著頭。「其實不是很有用。我看到偉恩使用他的滑行力量時，我開始覺得很尷尬，因爲我是脈動（Pulser）。」

正如他所猜想。「我覺得可能會有用。」

「其實沒有。加速時間……這很驚人，但是減緩時間，而且只能用在我身上，有什麼用？打鬥時一點都沒用啊，因爲身邊的所有人都會以高速移動。我父親對於這個力量覺得很丟臉，叫我不要多提，就像我的雙親身分一樣。」

瓦希黎恩說道：「我越來越相信妳的父親是個傻瓜。妳的力量是有用的，雖然不能應用在所有情況下，但也沒有任何工具是萬用的。」

「您說得是。」她回答。

一名小販沿著火車走道叫賣麻花捲麵包，偉恩只差沒從椅子上跳起來，風馳電掣地衝去買。瓦希黎恩靠回椅背，看著窗外，思考邁爾斯的事。他沒辦法確定是邁爾斯。當瓦希黎恩射中消賊首領的臉，讓那人倒下時，他以為自己聽錯聲音了。邁爾斯不會因為一槍就倒。除非他知道他必須假裝受傷，免得被瓦希黎恩認出。邁爾斯的心思夠狡猾，的確可能想到這一步。

是他。第一次聽到消賊首領開口時，瓦希黎恩就知道了，只是不想承認而已。

這讓情況變得大為複雜，而出乎他意料的是，他開始感覺自己招架不住。他當了二十年的執法者，但是眼前的局面才剛開始，就已經比他偵查過的任何案件都還要混亂。他以為蠻橫區讓自己變得強悍，但是那裡的生活從某種程度而言也是相對單純，而他已經習慣了那種單純。如今他握著槍闖入，以為可以處理依藍戴那種規模的問題，以為自己可以扳倒資金雄厚至極、可以使用金子般貴重武器的集團。

瑪拉席說，*也許我們應該去找警察*。可是他真的可以嗎？

他摸著口袋中的耳環。感覺到和諧想要他這麼做，想要他去查這案子，但和諧只不過是瓦希黎恩意識中的一個印象吧？人們稱之爲偏見確認。他創造出自己預期的感覺，這是他的邏輯思維所下的判斷。

眞希望我能感覺到迷霧。我已經好幾個月沒有進入迷霧了。他在迷霧裡總感覺比較強壯，覺得只要與迷霧同在，自己就比較堅韌，而且有人在照看著他。

我必須繼續。他曾經想要罷手，結果造成佩特魯斯大人被射殺。瓦希黎恩向來的方法是直接掌控局面，做出必須的行動。這是在蠻橫區的執法者學會的工作方法。邁爾斯跟我其實沒有差那麼多。也許這就是爲什麼他一直很怕那個人的原因。

火車減慢速度，進站。

12

偉恩跟在瓦希黎恩和瑪拉席身後下了馬車。他抬頭看著馬伕，朝他丟了一枚硬幣。「老兄，我們需要你在這裡等一下。沒問題吧？」

車伕看著錢幣，挑挑眉毛。「一點問題都沒有，老兄。」

「你的帽子眞不賴啊。」偉恩說道。車伕戴著一頂硬毛氈的圓帽，上窄下寬，帽頂是平的，還插了一根羽毛。

「我們每個人都有，表示我們是加維馬車行的。」

「嗯……要不要換啊？」

「什麼？換帽子？」

「對啊。」偉恩把自己單薄的毛線帽丟給他。

車伕接住。「我不知道……」

「我再加個麻花麵包。」偉恩從口袋裡把麵包掏出來。

「呃……」車伕看看手上沉甸甸的錢幣，想了想，把帽子除下，拋給偉恩。「不用了。我想……我去買頂新的就好。」

「你眞是好人。」偉恩咬了一口麻花麵包，慢慢地跟著瓦希黎恩離開。他戴上帽子，卻不太合頭圍。他快步趕上在小山丘上等他的兩人。偉恩深呼吸，聞到潮溼的運河氣味，麥田跟腳下的野花香，然後打了個噴嚏。他最討厭補充金屬意識時還得出門辦事。他寧可一下子儘快補完，雖然會病得很重，但至少可以靠睡覺跟喝酒撐過去。現在這樣難過多了。他想用最快的速度把金屬意識填滿，卻又要在外面晃來晃去，這意謂著他很快就會生病了。他的噴嚏越打越響，喉嚨開始發痛，眼睛流淚，感覺疲累頭昏，但是他需要累積健康，所以不得不繼續。

他走在草地上。外城區是個奇特的地方。蠻橫區乾燥骯髒，城市擁擠，有些地方很髒亂，可是這裡就是很……好。

有點太好了，讓他的肩膀開始發癢。這種地方的人生就是白天耕田，晚上回家坐在前陽台，喝喝檸檬汁，摸摸狗，最後無聊到死。

奇怪，在這麼開闊的地方，他居然比被關在牢籠裡時還要感到焦慮跟封閉。

「最後一起搶案就發生在這裡。」瓦希黎恩說道。他雙手伸向朝他們左方拐彎的軌道，然後以手沿著軌道的方向比劃，好像看到什麼偉恩看不到的東西。他常做這種事。

偉恩打呵欠，然後又咬了一口麻花麵包。「先生啥事？先生啥事？先生啥事？」

「偉恩，你在那邊嘮叨什麼啊？」瓦希黎恩轉身，檢視右方的運河。這裡的運河又寬又深，用來將滿船的食物運到城裡。

「練習我的麻花麵包人。他的口音很棒。一定是從南方山脈那邊的新外圈市鎮來的。」

瓦希黎恩瞥了他一眼。「那頂帽子看起來眞好笑。」

「幸好，我可以換帽子，可是先生你那張臉就換不掉了。」偉恩以麻花麵包小販的口音說道。

瑪拉席好奇地看著兩人。「你們兩個說話的方式眞像親兄弟，你們知道嗎？」

「只要我是帥的那個就好。」偉恩說道。

「這裡的軌道朝運河拐彎。所有其他搶案也都發生在運河附近。」瓦希黎恩說道。

「我記得大多數鐵道都與運河平行。因爲是先有運河，後來才有鐵道，所以理所當然順著運河興建。」瑪拉席說道。

「沒錯，但這裡格外明顯。妳看，鐵軌跟運河的距離之近。」瓦希黎恩說道。

他的口音開始變了。偉恩心想。他回來不過六個月，卻已經可以聽得出有些部分變得更高貴，其他卻變得更隨興。大家知道他們的聲音就像是生物一樣嗎？把植物換個地方種，它就會改變，適應周遭的環境。把人換個地方住，說話的方式也會改變、適應、進化。

「所以你覺得消賊用的機器沒辦法搬到很內陸的地方？得要先運到運河邊，然後挑個離軌道不遠的地方架好，再進行搶案？」瑪拉席問道。

她的口音……在他身邊時，講話的聲音高亢得多。她很努力要讓瓦留下好印象。他知道嗎？大概不知道。那人對於女人向來一無所知。就連對蕾希也是。

「對。問題是，這東西，不論是什麼，怎麼能這麼快，這麼有效率地就把火車車廂給搬空了？」瓦希黎恩開始沿著山坡走下。

偉恩跟著他下山。「這有什麼奇怪？如果我是消賊，我會帶一堆人，然後就能更快完成我的工作。」

「這不是靠人力就能解決的事情。車廂是上鎖的，而且後來的幾起搶案中，車廂裡還有守衛。當車子來到目的地時，車廂仍然是鎖著的，但裡頭卻空了，其中一個還被偷了很多沉重的鐵塊。車門口就是一個瓶頸——到某個程度之後，再怎麼增加人手也沒有用。他們不可能只靠人力，就在五分鐘內搬走數百塊金屬。」

「速度圈？」瑪拉席問道。

「有可能有用，但用處不大。根本的問題還是沒解決，而且速度圈裡容納不下太多人。例如裡面可以有六個人，這樣就已經很擠了。因爲圈子一旦啓動就不能搬移，他們得把金屬塊搬到速度圈的邊緣，撤下圈子，再啓動一個，然後一直這樣重複。」

瓦雙手叉腰，搖搖頭。「這樣的彎管合金成本會變得極高。一塊價值大概五百大鈔的彎管金屬，可以讓偉恩把兩分鐘壓縮成大概十五秒，所以要把時間壓縮成等同於外面的五分鐘，好讓裡面有足夠時間可以搬移鐵塊，那就需要一萬大鈔。那些鐵塊根本不值花費的百分之一。有那種錢都能購買自己的火車了。我不相信是用速度圈。一定有別的方法。」

「某種機器。」瑪拉席說道。

瓦點點頭，走到山腳下，看著四周的地面。「我們來找找看附近有沒有遺留的痕跡。也許那機器有輪子，會留下軌跡。」

偉恩雙手塞在口袋裡，假裝自己在找，但是他來找瓦希黎恩的原因就是因爲瓦很擅長這種事。如果周圍有人，那偉恩是挺有用處的，但是附近只有花跟泥巴……他可派不太上用場。

幾分鐘後，偉恩無聊了，跑去看瑪拉席在找什麼。她看看他。「我得說一句，偉恩……那帽子眞的不太適合你。」

「我知道。我只是想不時提醒瓦，他還欠我一頂帽子。」

「爲什麼？是你讓那個人把你原來那頂拿走的。」

「是他說服我不要跟那個人打的。」偉恩抱怨，似乎覺得一切理所當然。「然後他開槍打了那個人，那個人還跑走了！」

「他不可能知道那個人會活著。」

「他應該要把我的帽子順道拿走啊。」

她笑了，一臉不可思議。

大多數人不了解帽子的重要性。偉恩也不怪他們。除非你得到一頂很好的幸運帽，否則本來就很難了解那頂帽子的價值。「其實，我沒那麼在意，但是不要跟瓦說。」偉恩低聲說道，一面踢著附近的雜草。

「什麼？」

「我得弄丟那頂帽子。否則，它會在那場爆炸中被炸爛，對吧？它運氣好，被偷了，否則會落得跟我的外套一樣下場。」偉恩承認。

「偉恩，你是個很特別的人耶。」

「嚴格說起來，我們都是。」他想了想。「雙胞胎可能除外吧。對了，有件事我一直想問妳，但是有點私人。」

「多私人？」

「嗯，妳知道，跟妳有關，很私人的那種私人吧。」

她皺著眉頭看他，然後臉色一紅。這女孩子好像很容易臉紅，偉恩覺得挺好的。女孩子臉上有點顏色很漂亮。「你該不會是想問我……還有你……我是說……」

「我的和諧啊！」偉恩大笑。「不是那樣的啦。別擔心。當然，妳是挺漂亮的，尤其是隔著紅銅，懂我的意思吧。」

「紅銅（The coppers）？」

「對啊。這兩個字唸起來有很多轉折的地方，就像妳一樣。妳的口音也很好聽，而且雲區裡也蠻有彈性。」

「敢問那是什麼？」

「就是適合播種的沃草地上方飄著的白色柔軟東西啊。」

她臉更紅了。「偉恩！這大概是我這輩子聽過他人對我所說過，最粗俗的話了。」

「我凡事都想做到最好，最好噢。可是不用擔心，我說了，妳是很不錯，但是妳對我來說不夠悍。我喜歡可以一拳就把我的臉打掉的女人。」

「你喜歡能打倒你的女人？」

「當然。這是我的偏好。總之，我是要問妳的鎔金術。因爲妳跟我有相反的力量，我加快時間，妳減慢時間，所以如果我們兩個同時使用力量，會發生什麼事？」

「有人記錄過。會相互抵消。什麼都不會發生。」

「眞的？」

「對。」

他拿手帕擦擦鼻子。「噢，這眞是最昂貴的一種『不會』。我們燒的可都是昂貴金屬啊。」

她嘆口氣。「我不知道。我的力量本身就是什麼都不會了。我想直到我見識了你的力量之後，才眞正了解當脈動有多渺小可悲。」

「妳的力量沒那麼糟糕。」

「偉恩，我使用力量的時候，任何時候，就會凍結在一個地方，那看起來很蠢，每個人都可以在我身邊跑來跑去。你用你的力量得到額外的時間，我只能用我的來讓時間過去。」

「是啦，但也許有時候妳會想要某一天快點到。妳很想要那天趕快到，所以只要多燒點鎘，一下就到了！」

她滿臉尷尬。「我……我做過這種事。鎘燃燒的速度比彎管合金慢多了。」

「妳看！有用啊。妳的圈子能多大？」

「大概一間小房間大。」

「那比我的大多了。」

「拿一千乘以零，答案還是零。」

他滿臉遲疑之色。「眞的？」

「呃，對。這是基礎數學。」

「我以爲我們在談鎔金術。什麼時候變成數學了？」這句話也讓她臉紅了。奇怪，說一個女孩比較迷人的身體部位時，她當然會臉紅，但是談數學時怎麼也會臉紅呢？這個還眞奇怪。

她轉頭看向瓦希黎恩。他正蹲在運河邊。

「他啊，他喜歡聰明的。」偉恩說道。

「我對拉德利安爵爺沒有意思。」她立刻回答。答得也太快了。

「可惜。我覺得他喜歡妳噢。」

這可能有點誇張。偉恩也不太確定瓦對瑪拉席是怎麼想的，可是那個人不能傻想著蕾希。蕾希是個很棒的女孩，優秀得不得了，不過她已經過世了，而瓦的神情還是那麼的……空洞，就像蕾希剛死後的那幾個禮拜一樣。現在雖然沒有那麼明顯，但還是在。

有個新戀人是有用的。偉恩很確定這點，所以他挺得意地看到瑪拉席開始走動，最後晃到瓦在工作的地方。她碰觸他的手臂，他指著運河旁邊的地面，兩人一起開始檢視。

偉恩慢慢地走過去。

瑪拉席正在說：「……完美的長方形。這是某種機器印的。」

這裡的地面被某種沉重的地方壓下，似乎是這一帶唯一的線索，而且不像是瓦預期會找到的痕跡。他皺眉跪在旁邊，手按著泥巴，可能是想測試有多紮實。他再次看著軌道。

「腳印不夠多。這案子不可能是靠人力完成，就算有速度圈也一樣。」瓦低聲說道。

「我覺得您說得對。如果這裡發生搶案，那機器可以留在運河上，卻仍然搆得著鐵軌。」瑪拉席說道。

瓦希黎恩站起身，拍拍雙手。「回去吧。我需要點時間想想。」

瓦希黎恩順著車廂中央走著，雙手因在浴室裡搓洗一陣而潮溼。車廂在他腳下震動，田園快速地往兩旁倒退。邁爾斯會躲在哪裡？瓦希黎恩的腦子不停飛快地轉動。城市有很多地方可以躲藏，而邁爾斯不是典型的罪犯。他是前任執法者。瓦希黎恩的直覺派不上用處。

瓦希黎恩下定論，邁爾斯一定會更低調，更小心。他在偷走鋁跟下一次搶案之間花了好幾個月。

邁爾斯失去了人手跟資源。他需要躲一陣子。可是躲哪裡？瓦希黎恩靠著走道牆壁。頭等車廂裡面都是私人包廂，他可以隱約聽到包廂裡面有人在交談。有小孩子的聲音。他得走過六節車廂才找到一間洗手間。偉恩跟瑪拉席在好幾節車廂外。

如果瑪拉席對於那些人綁架女子的意圖推測正確，那她們的命運將會十分悲慘。邁爾斯可以低調，讓線索逐漸消失，每拖延一個小時，就更難找到他。

不。他需要再幹一筆，也許不會綁架肉票，是爲了搶到更多鋁。瓦希黎恩讀過原來的報告，對於太齊爾的鋁走私量有滿準確的推論。那勉強只夠三四十人用，邁爾斯必須再幹一票才能藏起來，這麼一來，他能用那段時間製造更多槍跟彈藥。

所以瓦希黎恩還有一次機會可以抓到他。如果他可以設下陷阱。如果——

尖叫聲很低，但是瓦希黎恩訓練自己對這種事要很警覺。隨時警覺。尤其是他正忙著想事情的時候。他立刻撲到一邊，正巧救了自己一命，因爲子彈從車廂另一端射穿玻璃。

瓦希黎恩轉身，從槍套中抽出手槍。一個黑色的身影站在下一節車廂，隔著破掉的窗戶往裡看。他又戴著面罩，露出眼睛，毛線遮住了剩餘的五官。可是身材是沒錯的，身高也對，就連握槍的姿勢都符合。

白癡！他的直覺錯了。普通的罪犯會躲起來，可是邁爾斯不會。他原本是執法者，習慣獵捕，並非被獵捕。

所以如果你造成他的計畫開始出現變化，他會反過來找你。

的攻擊讓在我們美麗的

導！詳見背面。

刊於

工會領袖紛紛捨棄商業聯盟黨成員

商業聯盟黨領袖艾絡·敦瑟德出乎意外地變該黨立場，宣布將除任何對聯合商業成工會與貴族同盟為解雙方長期紛爭，進行長協商提案的反對意。小道消息指出，工領袖與代表各家族利團體的人士，進行了連串的祕密會談，但無法得到證實，所有關詢問均被避而不。這個消息被本傳紙訪的所有商業工會黨員以幾近暴力的態度反駁。一名在鐵脊大樓工作，自稱為布利爾的鉚釘工人告訴本報記者敦瑟德先生「如果知道好歹，就不要探頭來攪這團混水」。在他能近一步解釋前，他的當地工會代表介入，向本報記者表示，該成員的用語純屬譬喻用法。可是聚集的鉚釘工與鏟伕很明顯反對敦瑟德先生的言論。

工會領袖的決定意味著目前的合約效期將持續至本財務季結束。在消息披露之後，工業股走勢普遍上漲，連近來疲弱的太齊爾股都開始展現正向發展。

噢！別擔心～先生！我們非常確定能幫你找個位置，也許……小孩的餐桌前，如何？
FAIR PAY
EQUAL RIGHTS
SOLIDARITY

忘卻疼痛！

熔金術師哈蕾克夫人的安撫館全新開幕。在令人放鬆的環境下，讓人忘卻壓力、焦慮、擔憂，帶著輕鬆的心情與飛騰的思緒離開。我們的記者經過實地採訪，為各位詳細報導安撫館的情況。奢華的按摩、甜美的香氣，還有隨時值班的安撫者為客人提供「情緒按摩」，從內而外的享受。詳見背頁第七欄報導。

費特利證實為煽動者！

秋季選舉中長期被看好將贏得運河工第二席位的亞洛藍·費特利最近遭傳使用熔金術以創造支持者。前情婦披露一切，本醜聞恐將震撼全市。全文見背面，第三欄。

提供熔金術師

全種類。射幣、白鑞臂，進行工業操作或保護。時間熔金術師，提供時間操控。安撫者、煽動者提供晚宴娛樂。特定種類藏金術師可預約。金屬術同盟，卡隆莓廣場，第七捌分區。你是金屬師，又想知道自己的價值嗎？歡迎親自造訪，洽詢賈瑞頓。

艾莫林讓普通人搖身一變成射幣！

擁有專利的艾莫林碎框機構造讓補充彈藥的動作在您最需要的時候，變得更流暢迅速！經驗老到的執法者都選擇艾莫林為首選武器！

艾塔尼亞深坑探險記

親愛的編輯，以及藉由編輯接觸到的親愛讀者們：

希望各位一切安好，同時願意閱讀我的信函，因為我最近遭遇到的離奇事件將讓各位充滿震驚與不可思議。我誠摯地向各位發誓，我寫的每字每句都是純粹的事實真相。我追朔這些故事的目的是讓各位能神馳於遠離法律、遠離文明理性的蠻橫區，與住在山脈外的神祕種族接觸。

寫完上一封信時，我確定自己的人生已經走到盡頭。因為我被艾塔尼亞深坑的凶猛克羅司逮捕，被告知隔天將被處決，並且被分屍而食。我害怕自己慘死當場，因此那天晚上我向倖存者祈禱了一整夜！如果有人需要重生之人的保護，那一定是我！

因為這封信，各位應該認為我是脫逃了。並不盡然，因為我尚未離開藍色克羅司的營地。我現在寫作的地方，正是我在被處決前一晚所住的房間，只是現在已經不是牢房，而是豪華的皇宮！至少根據囚禁我的野蠻人標準而言，這裡已經是奢華至極。對我而言，這裡仍然只是有泥巴地的草屋，我寧可睡在星空下，尤其如果能有達瑪麗小姐在我身旁，但我尋找她被抓到哪裡去的旅程必須暫時延後。

克羅司很努力想讓我的住所較為舒服。他們為我帶來死去的動物供我食用，也為我點起了營火，顯示他們認為我有資格獲得他們高規格的款待。同時，他們給了我幾件他們製造的武器。如我先前所說，這些武器的製作極為精良。我以為這些怪物是無法做

可
細節
因為
生的
為我
了死
這一
事
處決
粗暴
現自
下，
塵土
無聲
的小
是深
火燒
巾。
們身
簡陋
我
忠心
把即
淋的
那天
司人
殺任
證明
克羅
他，
前來
酷的
在
閃光
被塞
中。
槍從
來的
的金
司人
用的
知的

13

瓦希黎恩沒有舉起武器的時間。他立刻增加體重，驟燒掉鋼，同時推向車廂之間的門。鐵門在他大力鋼推之下被撞凹、扯脫，玻璃被炸得粉碎，卻也擋下了邁爾斯快速發射的三枚子彈。

車廂一震，火車開始轉彎。眾人的頭從各個包廂中探出，睜大了眼睛想要找尋聲音從何而來。邁爾斯再次站在車廂走廊中，瞄準了瓦希黎恩。附近有小孩開始哭鬧。

我不能冒險傷到附近無辜的人。得想辦法出去。

槍聲響起的同時，瓦希黎恩往前撲。一枚子彈射中他的頭附近，反彈，濺起一片火花。他的鎔金術感覺不到子彈的存在。那是鋁。

瓦希黎恩從車箱間的空隙脫出，狂風怒吼著，拉扯他的衣服。邁爾斯開第六槍時，瓦希黎恩鋼推腳下的連接卡榫，拔地而起直衝入天空。

他在車廂間的天空中飛騰，風捕捉住他，將他掉落的身體同時往後推。他重重地落在隔了幾個車廂遠的車頂上，單膝跪倒，一手撐著地面，風吹著他的頭髮，翻扯他的外套。他舉起手槍。

邁爾斯在這裡。在火車上。

我現在就可以阻止他。結束這一切。另一個念頭幾乎立刻竄起——要如何才能阻止「百命」邁爾斯？

一個蒙面的身影從車廂間跳出，距離他不到十呎，手上握著一把大口徑的手槍。邁爾斯向來偏好火力大於準頭。他曾說過，寧可沒射中幾次，也要讓被他射中的人，絕對不可能再站起來。

瓦希黎恩咒罵一聲，塡滿了金屬意識，將體重減到將近於零，然後往右翻身，翻過了車廂邊緣，從車廂頂落下。槍聲追著他來。他抓住窗戶邊緣，貼著車廂的側面，一腳卡住車廂側面的金屬開口。減輕的體重讓他輕而易舉地將自己卡在那裡，只是輕盈的身體不斷被風吹得搖晃。

前方遠處的火車引擎吐出炭渣與黑煙，下方的鐵道如雷般閃過。瓦希黎恩右手舉起手槍，以單手單腳抓住車廂邊緣，等待著。

邁爾斯帶著面罩的頭很快便從車廂間探出。瓦希黎恩開了一槍，加上鎔金術的鋼推提供了額外的速度，抵抗狂嘯的風力。瓦射中邁爾斯的左眼。那人的頭用力往後一彈，血濺在他身後的車廂上，腳步一歪。瓦希黎恩再次開槍，射中了他的額頭。

那人伸出手，扯開面具，露出一張鷹一樣的臉，有著短黑髮與粗黑的眉毛。是他。邁爾斯。一名執法者。一名居然知法而犯法的人。一名具有極大力量的雙生複合師。他的眼睛長了回來，頭上的傷一眨眼間便癒合。金色的金屬在他手臂中熠熠生光，深埋在袖子裡。他的金屬意識，兩根尖刺，像是鐵栓一樣刺穿他下臂的皮膚。刺穿皮膚的金屬，極難受到鋼推影響。

鐵鏽滅絕的！就算被射中眼睛也無法減緩他的速度。瓦希黎恩瞄準一棵逼近的樹，開槍，然後放開火車，讓自己盡量變得輕盈。他被風吹得倒退，颳過樹木的同時，他鋼推埋在樹中的子彈，讓自己從兩節車廂間鑽過。他蹲在那裡，急切地喘息，心跳加速，聽到邁爾斯的另一顆子彈掠過他剛繞過的拐角。

要怎麼打倒一個幾乎是長生不死的人？

鐵軌在一段矮丘陵間蜿蜒，再次轉彎。豐饒的農莊跟恬靜的果園倒退著離開。瓦希黎恩抓住車廂的梯子，讓自己爬了上去，小心翼翼探出頭，觀察屋頂。

邁爾斯正順著火車頂全速衝向他。瓦希黎恩罵了一聲，跟邁爾斯同時舉起槍。瓦希黎恩先開槍，打中離他只剩幾步遠的邁爾斯。

瓦希黎恩瞄準的是邁爾斯握槍的手。

子彈射入皮肉，讓邁爾斯在咒罵中鬆手，槍落地。武器在車頂上彈跳一下後，從車廂側面消失。瓦希黎恩滿意地微笑。邁爾斯咆哮一聲，從車廂頂跳下，撞上他。

瓦希黎恩的頭重重撞上身後的金屬牆，痛得眼前發白。他暈眩地哼了一聲，心想，我是白癡！大多數人絕對不會那樣跳，因爲兩人都有可能從高速行駛中的火車上掉落，但邁爾斯才不會顧忌這點。

兩人同時落入車廂間的空隙，站在岌岌可危的一小塊地面。

邁爾斯雙手抓住瓦希黎恩的背心，把他舉起，用力撞上他身後的車廂。瓦希黎恩反射性地朝面前的肚子開槍，但子彈射穿邁爾斯的身體時，邁爾斯恍然無覺，直接把瓦希黎恩拉近，朝他臉上揮了一拳。

疼痛閃過，瓦希黎恩的視線開始模糊，幾乎要摔到下方移動中的鐵軌上。他無計可施，只能試圖把自己鋼推入空中。邁爾斯早就準備好，待瓦希黎恩一開始往空中騰起，便把自己的腳勾上了鐵梯子的最下一層，牢牢卡住。瓦希黎恩一歪，仍然覺得腦中一片暈眩，卻沒有飛入空中，而是更用力地鋼推，只是邁爾斯完全不爲所動，牢牢卡在梯子上。

「你就算把我的腳筋扯斷都沒有用！它們會立刻自動癒合。你的身體反而會先撐不住。你推啊，看看會發生什麼事！」邁爾斯大吼，聲音蓋過下方鐵軌與輪子磨擦的吵鬧以及風的呼嘯。

瓦希黎恩放棄，落回車廂間的地面，落地時想要抓住邁爾斯的頭，但是對方比較年輕、速度快，也比較擅長近身扭打，於是邁爾斯一彎腰，雙手仍抓住瓦希黎恩的背心，用力一扯。瓦希黎恩失去重心，倒向邁爾斯，而邁爾斯趁機朝他的肚子狠狠揍了一拳。

瓦希黎恩痛得驚呼出聲。邁爾斯抓住瓦希黎恩的肩膀，把他往前拉，意圖再朝他的肚子揍一拳。

於是瓦希黎恩增加了十倍的體重。

這使得邁爾斯腳步一歪，突然發覺自己正拉扯著重得不得了的東西，眼睛睜大。他很習慣與射幣交手，他們是鎔金術師中最常見的類型之一，在罪犯間尤其是如此，但是藏金術師要稀罕得多。邁爾斯知道瓦希黎恩的能力，但是知道跟能預料這能力的用法是兩回事。瓦希黎恩拖著疼痛且氣喘吁吁的身體，朝邁爾斯的胸口一歪，用肩膀撞擊對方，利用他巨大的體重逼得對方後退。邁爾斯咒罵一聲，放開瓦，往後閃躲，快速爬上梯子，回到火車頂。

瓦希黎恩停止使用他的金屬意識，用力鋼推，讓自己飛入空中，落在另一節車廂上，隔著小小的空隙面對邁爾斯。風玩弄著他們的衣服，田野在兩旁飛過，火車經過一個交叉口，一陣劇晃，讓瓦希黎恩腳下猛然不穩。他單膝跪地，一手按著車頂，增加重量好穩住身體。邁爾斯站得筆直，顯然完全不在乎搖晃的腳步。

瓦希黎恩隱約聽到有人在大喊的聲音，也許是因爲他們想要躲進別的車廂裡以避開這場戰鬥。如果他運氣好，群眾的混亂會引來偉恩。

邁爾斯朝腰上的另一柄手槍掏去，瓦希黎恩同時也摸向自己的另一把手槍，因爲較好的那一把在打鬥中掉了。他的視線依舊模糊，心跳劇烈，但是仍然幾乎跟邁爾斯同時瞄準，開槍。

子彈擦過瓦的腰側，劃破了他的外套，激起血花。他的攻擊則擊中邁爾斯的膝蓋，讓邁爾斯腳步一歪，下一槍打偏。瓦仔細地瞄準，朝邁爾斯的手再開了一槍，這次打得血肉橫飛。邁爾斯的身體立刻開始重組，骨頭重新長好，筋肉像橡皮筋一樣彈回，皮膚像是池塘結冰一樣恢復。可是槍落地了。

邁爾斯即刻伸手撈槍。瓦輕輕鬆鬆地放低槍口，射向邁爾斯的武器，被打中的槍往後一彈，從搖晃的車頂落下。

「該死的！你知道那東西有多貴嗎？」邁爾斯咒罵。

瓦依舊單膝跪地，槍舉在頭邊，火車移動時帶起的風把槍口的煙吹開。

邁爾斯再次站起，大吼想要壓過風聲：「瓦！你知道嗎？我以前就想過會不會有要與你面對面決一死戰的一天。有一部分的我總認爲會是因爲你的心軟，我以爲你會放掉你不該放的人，我總想會不會有機會需要爲此獵捕你。」

瓦希黎恩沒有回答。他保持平靜的注視，臉上漠然無波。內心則是感受到身上每寸的疼痛，想要趕快從被打了一頓的急促呼吸中恢復過來。他一手按著腰，壓住傷口，幸好不是太嚴重，但是手指依然沾滿了鮮血。火車搖晃，他立刻又將手按回車頂。

「邁爾斯，什麼讓你被打倒了？財富太誘人嗎？」瓦希黎恩喊道。

「你很清楚這跟錢無關。」

「你需要金子。不要否認。你一直都需要金子，因爲你隨時都在使用複合術。」瓦希黎恩大喊。

邁爾斯沒有回答。

「發生了什麼事？邁爾斯，你原本是個執法者，一個好極了的執法者！」瓦希黎恩吼道。

「我是條狗，瓦。一條獵犬，被虛僞的承諾跟嚴厲的命令管得乖乖的狗。」邁爾斯往後退了幾步，向前一跳，越過兩人間的空隙。瓦希黎恩警覺地站起，退後幾步。邁爾斯咆哮：「你不要告訴我你從來沒有這種感覺過！你每一天都想要把世界變得更好。你想要結束其他人的痛苦，周遭的暴力事件、搶案，可是從來都沒有用。你抓了越多人，麻煩就越多。」

「這是執法者的人生。如果你放棄了，那也行。可是不需要加入另一邊。」

「我已經在另一邊了。罪犯從哪裡來的？開始燒殺擄掠的是隔壁的店家老闆嗎？是在他們父親的農場上工作，在城鎭附近長大的男孩子嗎？

「不。罪犯都是礦工，從城裡被運出來，開始挖礦，挖出埋在地裡的豐富礦藏，然後一旦挖空之後，便遺棄那裡。是想來撈一筆的投機份子。是從城裡出來，想要尋找刺激的混蛋。」

「我不在乎是誰。我只奉行法律。」瓦希黎恩繼續退後。他身後只剩下一節車廂，沒多少地方可以撤退了。

邁爾斯喊道：「我也奉行法律。但是現在我奉行更高尙的東西。我奉行法律的精髓，但是搭配眞正的正義。這是合金，瓦。兩者中最好的結合爲一。我做的事情比追逐城裡送出來的骯髒東西要好得多。

「不要跟我說你沒注意到。你過去五年中抓到最著名的犯人，『死人』帕司？我記得你獵捕他，我記得好幾晚沒睡的你有多焦急。還有當他把老布羅女兒的遺體放在耐抗鎮的廣場中心，等你去找到時，土地上留下的鮮血。他是從哪來的？」

瓦希黎恩沒有回答。帕司是來自城市的殺人犯，手段殘忍，原本都是殺乞丐，結果逃到蠻橫區後，再次動手滿足他的血腥欲望。

邁爾斯啐了一口，上前一步。「他們沒有阻止他。他們沒有派幫手給你。他們不在乎蠻橫區。沒有人在乎蠻橫區。他們幾乎不注意我們，除了把那裡當成丟垃圾的地方。」

「所以你搶劫他們，綁架他們的女兒，殺害所有阻止你的人。」

邁爾斯再次踏上一步。「我做的是必要之事，瓦。這難道不是執法者的守則嗎？我仍然是執法者，一日爲執法者，終身爲執法者，這是滲入體內、擺脫不了的特性。你會做別人不做的事情，會爲被踐踏的人挺身而出，扭轉局面，阻止罪犯。我只是把目標定在更強大的一種犯罪上而已。」

瓦希黎恩搖搖頭。「邁爾斯，你讓自己成爲了怪物。」

風吹著邁爾斯的短髮。「瓦，你口中這麼說，可是你的眼神……它們洩漏了眞相。我看得出來。你是明白我的。你也感覺到過。你知道我是對的。」

「我不會加入你。」

邁爾斯放低了聲音。「我沒有要邀你。你向來是條好獵犬，瓦。如果你的主人打你，你只會嗚噎兩聲，然後趕緊想要怎麼做得更好。我不認爲我們在這件事上適合合作。」

邁爾斯撲向他。

瓦希黎恩把所有體重放入金屬意識，往後一躍，讓風拖著他到二十呎外的地方後，再次增加體重，落在最後一節車廂頂。他們已經快到近郊區，外城區的花卉植物開始變得稀少。

邁爾斯大喊：「你逃吧！就等我繞回去把哈姆司那私生女帶走！還有偉恩。我早就想要找機會朝那人的腦門開槍了！」他轉身，開始慢慢朝另外一個方向走去。

瓦希黎恩咒罵一聲，往前衝。邁爾斯轉身，嘴唇溢出冰冷的微笑，彎腰，從靴口抽出一柄刀刃修長的匕首。那是鋁製的。邁爾斯身上沒有半件可讓瓦希黎恩的鎔金術感應到的金屬。

*我該要把他拋下車。*在這裡是沒有辦法永遠擊敗邁爾斯的。擊敗他需要更容易控制的環境，也需要計畫的時間。

兩人靠近。瓦舉起槍，想要把邁爾斯手中的匕首打掉，但對方只是把匕首轉個方向，刺入自己的前臂，讓刀尖從手臂下方突出。他的身體連抖都沒抖。蠻橫區的傳言，在受過數百次足以致命的傷口之後，邁爾斯已經對疼痛毫無反應。

邁爾斯舉起手，準備抓瓦希黎恩，但也隨時準備把匕首抽出來。瓦希黎恩也抽出自己的匕首，握在左手，兩人繞著彼此幾圈，瓦希黎恩增加的體重幫助他在震動的車廂上站住腳，但仍然不是很穩，汗沿著他的額頭流下，被風吹散。幾個笨蛋在遙遠的車廂間把頭探出，想要看他們的打鬥場面，可惜那些笨蛋都不是偉恩。瓦朝前快速踏上一步，做了假動作，但邁爾斯沒有上鉤。瓦使匕首的技術只是普通，而邁爾斯則是眾所皆知的高手之一，但是如果瓦能讓他們兩人從車廂上翻落……

在這個速度下，我會被結束掉，但他不會有事，除非我能鋼推。鐵鏽的。這可不容易。

他只有一個機會，也就是快速結束這場打鬥。邁爾斯衝上來要抓住他。瓦深吸一口氣，朝對方上前一步。邁爾斯似乎覺得很意外，卻仍然抓住了瓦的手臂。邁爾斯另一手抽出手臂中的匕首，準備朝瓦戳去，瓦別無選擇，只能增加體重，用肩膀朝邁爾斯的胸口一頂。

一陣噁心湧上邁爾斯，但他預料到瓦會這麼做，立刻跪倒在車頂，翻身，踢了瓦的腿。

一瞬間，瓦飛入空中，朝鐵軌旁的碎石地落下，直覺地知道自己該怎麼做。他鋼推手中的匕首，用力戳入正下方的地面，同時褪下所有體重，讓自己反彈入空中，被風抓住。他快速地翻轉，失去所有方向感。

落地時，他滾成一團，撞到某種堅硬的物體。他的身體停了下來，但視線仍然在晃動。天空一陣翻轉。

一切安靜了下來。他的視線緩緩恢復正常。他正獨自躺在一片雜草地上。火車沿著鐵軌，噴煙遠去。

他呻吟一聲，翻個身。我這把年紀的人眞不應該做這種事。他歪歪倒倒地站起。過去這幾年來，他終於開始感覺到自己的歲數。他超過四十歲了，以蠻橫區的標準而言，他已經老得不行。

他望著逃離的火車，肩膀疼痛。重點是，邁爾斯說對了一件事。

一日為執法者，終身為執法者。

瓦一咬牙，往前衝，順勢抄起落地時放開的槍，畢竟利用鎔金術找到槍是易如反掌。他用力往空中一躍，落在鐵軌上。鋼推，讓自己飛入空中，到達合適的高度後，反推身下的鐵道，往前衝。小心翼翼地推著下方，不停推著後方，風在他身邊怒吼，衣服震裂聲吵雜不息，鮮血緩緩從身側的傷口滲出。

射幣的飛行總讓他覺得刺激，這是別的鎔金術師無法感受到的自由。當天空屬於他時，他感覺到多年前第一次前往蠻橫區尋找自己的未來時同樣的興奮。他希望自己正穿著他的迷霧外套，身邊有迷霧包圍。只要有迷霧在，一切似乎都會比較順利。傳說中，它們會保護正直的人。

瓦要不了多久便趕上火車，然後讓自己以大大的弧線躍到火車上方。一個小小的身影正沿著車廂頂端前行，朝偉恩跟瑪拉席的方向而去。瓦鋼推下方以減弱下衝的力道，卻同時增加體重，猛力踏上火車頂，讓金屬陷成一片以他為中心的凹地。他站直身，打開手槍，彷彿要重新上子彈。空彈殼與還沒用過的子彈飛入空中，他伸手抓住一枚。

邁爾斯轉身。瓦將彈殼拋向他。邁爾斯訝異地一把抓住。「再見。」瓦說道，然後使勁全力鋼推那枚彈殼。

邁爾斯的眼睛睜得老大，手縮回胸口，然後整個人被拋離火車，彈殼的鋼推力道完全轉移到他身上。火車轉個彎，邁爾斯飛入空中，然後重重落在後頭的崎嶇地面。

瓦希黎恩坐下來，往後倒，眼睛看著天空，深吸一口氣，手按著腰邊的傷口，一直躺在原處，直到火車抵達下一站，才下了車頂。

「爵爺，我們是因爲有命令。即使聽到乘客車廂中傳來槍聲，我們仍然不能停下來。停下來時就會被消賊攻擊。」火車工程師說道。

「沒關係。如果你停下來了，說不定就是我的死期。」瓦希黎恩高興地從一名穿著學徒工程師背心的年輕人手中接過一杯水。

他坐在車站中的一個小房間，傳統上車站是由擁有附近土地的家族經營管理，負責人往往是家族中較爲低階的成員。負責人不在，但他的侍從長立刻找來當地的大夫。

瓦希黎恩脫下了外套、背心、襯衫，一手壓著腰邊的繃帶。他不確定自己是否有時間等大夫來。邁爾斯得跑一個小時才能來到這個火車站。幸好他不是能增加速度的鋼藏金術師。

應該是一個小時，但是還是以防萬一得好。如果邁爾斯找到一匹馬，他到的速度可能更快，而瓦希黎恩不確定邁爾斯的複合對他的體耐力是否有影響。也許他跑步的距離能超過一般正常值。

「我們快把你的人救出來了，爵爺。那些鎖不該這麼難開的！」另一名學徒進來回報。

瓦希黎恩喝水。邁爾斯的陷阱規劃得很好。偉恩跟瑪拉席還有同車廂的人，都被卡在門外側的鐵條關在他們的車廂之中。邁爾斯等到瓦希黎恩離開房間後，才悄悄地困住其他人，然後再來獵捕他。

這也算是運氣好。邁爾斯沒有殺了他們。不過這麼做也有道理，如果他想去殺也有癒合能力的偉恩，說不定還會引回瓦希黎恩，如此一來就是腹背受敵。邁爾斯做事太謹慎，不會讓這種事發生。瓦希黎恩才是他眞正的目標。在他的任務達成之前，其他人最好還是關起來。

瓦希黎恩對有著深褐色鬍鬚、戴著扁帽的壯碩工程師說道：「你得趕快開車。消賊是不會輕易放過你的。我們得一路回到城裡，不能拖延。」

「爵爺，可是您受傷了啊！」

「沒關係的。」瓦希黎恩回答。在蠻橫區，他經常好幾天，甚至好幾個禮拜都沒有醫生幫忙處理傷口。

「我們——」

門猛然被推開，瑪拉席首先跌跌撞撞地衝出來。她的藍色洋裝仍然有被宅邸的爆炸燒焦的痕跡，即使泛著微光的外層下方有許多蕾絲皺摺了，但穿在她身上仍然很出色。貼著上衣扣起的藍色外套少了最下方的一枚釦子，可能是在落地時被扯掉的。他記得之前還有。

她一看到他沾滿鮮血的繃帶，便雙手掩口，發現他赤裸著上半身，又立刻滿臉通紅。雖然他已經開始長出灰髮，但是仍然有年輕人的精實肌肉，對此他當下感到一陣自豪。

「和諧啊！您還好嗎？那是您的血嗎？我應該在這裡嗎？我可以離開。我應該離開，對不對？您確定還好嗎？」

「死不了。」偉恩從她身後探出頭。「你怎麼了，瓦？出廁所時跌倒了啊？」

「邁爾斯找到我了。」瓦希黎恩拿下繃帶。看起來傷口已經不再出血，他從學徒手中拿過另外一捆繃帶，開始包紮。

「他死了嗎？」瑪拉席問道。

「我又殺了他幾次。效果跟以前別人嘗試時差不多。」

「你得把他的金屬意識弄掉。這是唯一的方法。」偉恩說道。

「他有三十個，每個都刺穿他的皮膚，每個都存有足夠的恢復力，讓他幾乎是受什麼傷都可以痊癒。」白鑞臂或像偉恩這種基本的製血者，會因爲腦門的一槍而斃命，但邁爾斯癒合的速度快到他甚至不會死，據說他隨時都在進行癒合。根據瓦希黎恩對複合術的了解，一旦開始，如果停下可能會很危險。

「聽起來像是個不錯的挑戰啊！」偉恩說道。

瑪拉席在門口站了一陣之後，似乎做出決定。她衝上前。「請讓我看看您的傷。」她在瓦希黎恩的長凳旁跪下。

他皺眉，但停下了綁繃帶的動作，讓她撥開繃帶，開始檢視傷口。

「貴女，您懂醫術嗎？」工程師不斷左右移動著腳步，他似乎因爲她的出現而顯得有點焦慮。

「我有上大學。」她回答。

啊，對。瓦希黎恩心想。

「所以呢？」偉恩問道。

瑪拉席戳了戳傷口。「和諧親自立下的規定，大學教育必須普及。」

「對，我知道得收女生。」偉恩說道。

瑪拉席一頓。「呃……不是那個意思，偉恩。」

「學生在選取專科之前，必須接受所有方面的基礎訓練。」瓦希黎恩說道。

「包括基本治療跟一點外科手術技術，」瑪拉席回答。「還有完整的器官課程。」

偉恩皺眉。「等等。器官。意思是，所有器官？」

瑪拉席臉紅。「是的。」

「所以——」

「所以課堂上大家似乎都喜歡觀察我的反應。」她依舊滿臉通紅。「偉恩，我不想多去回想那段時候，多謝了。瓦希黎恩爵爺，您需要縫合。」

「妳會嗎？」

「呃……我從來沒有在活人身上下手過……」

「哎，我的決鬥杖也是拿假人練了好幾個月後，才開始打第一個眞人。差不多啦。」偉恩說道。

「我不會有事的，瑪拉席。」瓦希黎恩說道。

「好多疤。」她輕輕說道，彷彿沒有注意到剛才的話。她正抬頭盯著他的胸口跟腰側看，似乎在計算有幾道舊槍傷。

「有七道。」他低聲回答，重新綁好繃帶。

「您被射中七次？」她問。

「只要知道如何處理，大多數槍傷都不會致命。其實並不——」

她按住口。「噢，我的意思是，我們只有五道的紀錄。我眞的需要聽您說說另外兩道是怎麼來的。」

「這樣啊。」他皺著眉頭站起身，揮手要人拿他的襯衫來。

「糟糕。這樣講好像不太好，對不對？我是眞的很佩服您被射中這麼多次。眞的。」

「被射中有什麼好佩服的。又不需要什麼技巧。難的是躲子彈。」偉恩說道。

瓦希黎恩輕蔑地哼了一聲，將手臂套入袖子。

瑪拉席站起身。「我轉身好讓您穿衣服。」她說完開始要轉過身去。

「轉身？」瓦希黎恩淡淡地說道。

「呃，對。」

「好讓我穿衣服？」

「好像有點蠢。」

「有一點。」他微笑地說道，套入另外一邊袖子，開始扣釦子。

偉恩似乎笑得要站不起來了。

她雙手摀著臉。「好啦，我知道我有時候會有點慌張。我只是不習慣有東西爆炸，有人受傷，還有走進房間時會看到我的朋友們身上流血還脫了衣服！這些對我來說都是新體驗。」

瓦希黎恩按著她的肩膀。「沒關係的，瑪拉席。眞誠的反應不是什麼壞事。況且，偉恩一剛開始也沒好多少。他以前會緊張得開始——」

「嘿，提那個有什麼用！」偉恩說道。

「會怎麼樣？」瑪拉席放下雙手。

「沒事。好了，我們該走了吧？如果邁爾斯殺手先生還活著，他會想要朝我們開槍吧？雖然瓦很擅長被人拿槍打——他經常練習——但是我覺得我們今天應該盡量避免再碰到這種事。」

「他說得沒錯。」瓦希黎恩說道，穿上背心，套上肩槍套，皺了皺眉頭。

「您確定沒事？」瑪拉席問道。

偉恩幫兩人開門。「他沒事的。如果妳還有點心思，妳會記得我之前整個鐵鏽的背都被炸飛了，我可沒聽到半點妳對它表達的同情。」

「又不一樣。」瑪拉席走過他身邊。

「什麼？爲什麼？因爲我會癒合？」

「不是。是因爲雖然我才認識你這麼短時間，我卻滿確定從某方面來說，你每隔一段時間就該被炸一次。」

「喂，妳講得也太狠了。」偉恩說道。

「但她說錯了嗎？」瓦希黎恩說道，穿上看起來很狼狽的外套。

「我可沒這麼說，對吧？」偉恩打了個噴嚏。「快點，慢吞吞的。鏽死了！只不過被打了一槍，就覺得自己做什麼都可以耗上一下午。快點啦！」

瓦希黎恩走過他身邊，強迫自己要微笑，雖然內心覺得跟外套一樣慘。時間不多了。邁爾斯以爲可以殺掉瓦希黎恩，所以除下了他的面罩。如今他知道自己已經曝露身分，這會讓他變得更危險。

如果邁爾斯跟他的人需要搶更多鋁，他們很快就會下手。如果今晚有貨，很可能就是今晚。瓦希黎恩認爲應該差不了太遠。他在傳紙上讀到太齊爾家族炫耀他們有新製的裝甲車廂。

「回去以後要怎麼辦？我們得找個安全的地方來盤算一下，對不對？」偉恩低聲問道，一面走回火車車廂。

瓦希黎恩嘆口氣，知道偉恩在暗示什麼。「恐怕你說對了。」

偉恩微笑。

「你知道嗎？我不覺得拉奈特周圍是可以被稱爲『安全』的地方。尤其是如果你在場。」瓦希黎恩說道。

「總比被炸飛好，」偉恩開心地說道。「好一點啦。」

14

瓦希黎恩大力敲著屋子的門。這裡是標準的依藍戴社區，鮮活、茂密的核桃樹長在石板路的兩邊。即使他回到城市已經有十一個月，樹木仍然會讓他看得目不轉睛。在蠻橫區，這麼高大的樹木相當罕見，在這裡卻長了一整條街，還被大多數的居民忽視。

他、偉恩、瑪拉席一行三人，站在一間紅磚窄屋的門廊前，瓦希黎恩的手還沒放下，門便打開了。一名身材窈窕的長腿女子站在屋內，黑髮綁成及肩的馬尾，穿著褐色的長褲，一件樸素的白色綁帶上衣，外面套著一件蠻橫區式的皮外套。她看了瓦希黎恩與偉恩一眼，立刻不發一語地把門重重關上。

瓦希黎恩朝偉恩瞥了一眼示意，兩人雙雙往旁邊踏上一步。瑪拉席不解地看著他們，直到被瓦希黎恩抓住手臂拖到一旁。

門重新被重重推開，女子手中握著一柄霰彈槍朝外面一戳。她轉過頭，看到躲在拐角的一行人，瞇起眼睛。

「我數到十。一。」

「好了，拉奈特。」瓦希黎恩開口。

「二三四五。」她數得很快。

「我們眞的要——」

「六七八。」她舉起槍，瞄準他們。

「好吧……」瓦希黎恩快步走下台階，偉恩跟在身後，一手按住他的車伕帽。

「她不會眞的對我們開槍吧？」瑪拉席低聲問道。

「九！」

他們踏上參天大樹下的街道，門在他們身後重重關上。瓦希黎恩深吸一口氣，轉身看著屋子，偉恩笑著靠在樹幹上。

「挺順利的嘛。」瓦希黎恩說道。

「是啊。」偉恩回答。

「這是什麼意思？」瑪拉席質問。

「她沒對我們任何人開槍。碰上拉奈特時，這種事很難說的，尤其是如果有偉恩在場。」

「你這樣講就太過分了吧。她只對我開過三次槍。」

「你忘記卡林菲那次了。」

「那次是射腳，幾乎不能算數。」

瑪拉席抿著嘴唇，端詳屋子。「你們有些很奇特的朋友。」

「奇特？才不，她只是愛生氣而已。她就是這樣表達喜歡的。」偉恩微笑。

「開槍是喜歡的表示？」

「別理偉恩。拉奈特也許看起來很凶，但她很少對偉恩以外的人開槍。」瓦希黎恩說道。

瑪拉席點點頭。「所以……該走了嗎？」

「再等等。」瓦希黎恩說道。一旁的偉恩開始吹口哨，看看懷錶。

門再度被推開，拉奈特的霰彈槍架在肩上。「你們還沒走！」她大喊。

「我需要妳幫忙。」瓦希黎恩回喊。

「我需要你把頭埋在水桶裡，慢慢數到一千！」

「人命關天啊，拉奈特。都是些無辜的性命。」瓦希黎恩高喊。

拉奈特再次端起槍，瞄準。

偉恩對瑪拉席說：「別擔心。這麼遠，那種打鳥的槍打不死人的。不過妳還是把眼睛閉起來不要看比較好。」

「偉恩，你不幫忙也別扯後腿。」瓦希黎恩平靜地說道。他確定拉奈特不會開槍。嗯，應該吧。或許。

「噢，你要我幫忙啊？」偉恩開口。「好。你還有我給你的那把鋁槍嗎？」

「塞在我背後。沒有子彈。」

「喂，拉奈特！我有一把妳會想要的好槍！」偉恩喊道。

她出現遲疑的神色。

瓦希黎恩開口：「等等，我想要那把——」

偉恩轉頭對他說：「別任性了。」

「拉奈特，這是一把完全以鋁製成的手槍！」

她放下霰彈槍。「眞的？」

「拿出來。」偉恩對瓦希黎恩低聲說道。瓦希黎恩嘆口氣，手探入外套，拿出手槍，引來路人驚恐的注視，其中幾人立刻掉頭就逃。

拉奈特走上前來。她是扯手，只需要靠燃燒鐵就能辨認大多數金屬。「你們早說準備好要賄賂我不就好了。這份禮說不定夠讓我原諒你們！」她輕鬆地踏過前院，霰彈槍扛在肩上。

「你知道這把槍的價值足夠買一整屋子的槍嗎？你居然這麼做，我應該一槍轟了你。」瓦希黎恩壓低了聲音說道。

「偉恩之道，神祕莫測，非凡人能解矣。偉恩賜之，偉恩收之，汝等愼書爾後思。」

「你等一下就去思我揍上你這張臉的拳頭好了。」瓦希黎恩硬扯出一臉假笑，迎接來到他們面前的拉奈特，不情不願地遞過槍。

她專業地把槍從頭到尾打量了一番。「眞輕巧。槍管或握把都沒有打上標記。你們從哪弄來的？」

「消賊。」瓦希黎恩回答。

「誰？」

瓦希黎恩嘆口氣。啊，對。

瑪拉席忍不住開口：「妳怎麼會不知道消賊是誰？過去兩個月，他們的事出現在整個城市的各大傳紙上，大家都在討論他們的事。」

「人們都是笨蛋。」拉奈特回答，一面彈開手槍的彈膛，檢視裡面。「我覺得人很煩，即便是我喜歡的人。有鋁子彈嗎？」

瓦希黎恩點點頭。「我們沒有手槍子彈，只有幾枚來福槍子彈。」

「效果如何？這東西比鉛硬，但輕很多，所以立即阻力自然小些，但是擊中目標時還是會碎開；如果打中位置，相當危險，不過風阻說不定會在子彈擊中目標前就大大降低飛行速度，所以射程應該是遠不能比的，對槍管的磨擦也很傷。」

「我沒開過。」瓦希黎恩回答，瞥了一臉壞笑的偉恩。「我們……呃，一直捨不得用，等著要給妳。我確定這子彈是比手槍更沉重的合金，不過沒有機會試射。它們是比鉛彈要輕，但絕對沒有純鋁那麼輕，雖然鋁的比例仍然很高，但是我想它的合金應該解決了妳剛才提到的大部分問題。」

拉奈特哼了一聲，以手槍朝瑪拉席的方向隨便晃了一下。「這花瓶是誰？」

「朋友。拉奈特，有人在找我們。很危險的人。我們能進去嗎？」

她將手槍塞入腰帶。「可以。可是如果偉恩碰任何東西，任何東西，我會立刻把他的手指轟掉。」

瑪拉席沒有說話，靜靜地跟著其他人進了屋子。她不喜歡被稱爲「花瓶」，但她喜歡沒人對她開槍的狀態，所以保持沉默似乎還是比較謹慎的作法。

她很擅長保持沉默，畢竟已經訓練二十年了。

拉奈特在他們身後把門關起，然後轉身。令她震驚的是，門上所有的鎖開始自動扭轉、卡住。門上安了將近十二道鎖，突來的動作讓瑪拉席一驚。倖存者的致命之名啊，那是什麼東西？

拉奈特將霰彈槍放在門邊的籃子裡，平常人家放傘的地方，她放霰彈槍。走道頗窄，她擠過他們，一揮手，內側門邊的某個手把一拉，在她面前的門自動打開。

拉奈特是鎔金術師，難怪她能辯認出那是鋁。他們來到門邊時，瑪拉席研究開門機關，那是一個可以拉的手把，可以啓動門另外一邊的繩索、滑輪、手把。

瑪拉席走到門的另一邊，這才發現同樣的裝置兩邊各有一個。她不需要用手就可以從任何一側開門。這似乎很奢侈，但是瑪拉席有什麼資格批評別人怎麼用自己的鎔金術？如果兩手都抱著東西，這裝置的確很方便。

客廳已經被改裝成工作室，四邊都是大型的工作桌，牆上釘著釘子，掛了琳琅滿目的工具。瑪拉席不認得堆在桌上的各類機器，但是有很多的夾子跟齒輪，爬在地上的蜿蜒電線數量多到讓她不安。瑪拉席走得小心翼翼。在電線裡面的電應該就不危險了吧？她聽說過有人因爲靠電器太近，結果被燒死，像是被閃電打到一樣。結果現在大家還說要用這種力量來做一切的事，取代馬、做可以自行研磨的磨坊、用它來啓動電梯。眞令人擔心。她還是保持距離比較好。

大門因拉奈特的鎔金術在他們身後重重關起。她使用鐵拉，不是瓦希黎恩那種射幣的鋼推。偉恩已經在她的桌子上翻翻看看，完全忘記她之前關於手指的警告。瓦希黎恩檢視房間的線路，被百葉窗擋上的窗戶，還有工具。「這裡沒讓妳失望吧？」

「什麼？城市？根本是個爛坑。走在這裡的路上還不如我在蠻橫區來得安全。」拉奈特回答。

「我還是不敢相信，妳居然遺棄我們。」偉恩以受傷的語氣說道。

「你們沒電。」拉奈特坐在桌子前的椅子上，椅子下面還有輪子。她隨便揮揮手，就有一件細長的工具從牆上的格子翻了出來，朝她飛去，被她一把抓住，開始用來戳瓦希黎恩給她的槍。根據瑪拉席的了解，鋼推或鐵拉不需要手勢，但是很多人還是習慣動手。

拉奈特工作時，完全忽略她的客人。她沒抬頭，繼續鐵拉了幾件工具，全部都從房間的另一端飛向她，其中一件還差點打到瑪拉席的肩膀。

看到有人這麼隨便地使用鎔金術讓她很不習慣，瑪拉席不知道該做何感想。從一方面而言，實在是很令人嚮往，但另一方面更讓她感到自己的渺小。擁有一個有用的力量是什麼感覺呢？哈姆司爵爺堅持不准瑪拉席聲張她那幾乎算不上是能力的能力，說那能力丟臉。但她看穿他的動機。他不是覺得她的鎔金術可恥，而是對於有私生子可恥。他不能讓瑪拉席看起來像是比史特芮絲更好的選擇對象。

這是怨念，她提醒自己。怨念會扭曲女人，最好還是躲得遠遠的。

「這把槍做得不錯。」拉奈特似乎不情願地承認。她戴上有放大鏡片的眼鏡，正拿個小電燈照著槍管，研究裡面的構造。「你們要我找出是誰做的？」

瓦希黎恩轉身欣賞一張桌子上的槍枝半成品。「其實我們來這裡，是要找個能夠安全思考幾個小時的地方。」

「你的宅邸不安全？」

「我的近侍下毒失敗，然後想開槍把我打死，最後在我的書房引爆炸藥。」

「哦。」她重複幾次上膛下膛的動作。「你挑人的時候要仔細點，瓦。」

「我接受妳的建議。」他拿起一把手槍，瞄準。「我需要新的史特瑞恩。」

「去死吧。你原本的那對怎麼了？」

「交給我之前說的近侍了。他大概已經把它們都丟進運河。」

「那你的安博薩呢？我不是幫你做了一把？」

「沒錯，我先前跟邁爾斯．達古特打鬥時弄丟了。」

這句話讓拉奈特停下手邊的工作。她放下鋁槍，轉身。「你說什麼？」

瓦希黎恩嘴唇抿成一條線。「我們就是在躲他。」

拉奈特立刻問道：「『百命』邁爾斯為什麼想要殺你？」

偉恩懶洋洋地走上前。「他想要推翻城市這類的啊，寶貝兒。不知道為什麼，他覺得最好的途徑就是搶人跟炸屋子。」

「不要叫我寶貝兒。」

「好啊，蜜糖兒。」

瑪拉席好奇地看著他們。偉恩似乎喜歡挑釁這女人。不只如此，他雖然想假裝毫不在意，事實上卻一直暗暗地偷瞧她，看似滿屋子亂轉，卻越來越朝她的椅子靠近。

「隨便你。我不管。可是甭想要新的史特瑞恩。」拉奈特繼續手邊的工作。

「別人的槍沒有妳的準，拉奈特。」

她沒回答，倒是轉頭瞪了成功靠近她身後，正越過她的肩頭看著鋁手槍的偉恩。

瓦希黎恩微笑，轉身去檢視桌上的半成品。瑪拉席來到他身邊，不確定自己該做什麼。他們不是來計劃下一步的行動嗎？但瓦希黎恩或偉恩似乎都沒有加緊動作的興致。

「他們之間有什麼嗎？」瑪拉席低聲問道，朝偉恩跟拉奈特的方向點點頭。「她看起來像是被他甩過一樣。」

瓦希黎恩低聲回答：「眞是這樣偉恩就謝天謝地了。拉奈特對他沒那種興趣。我懷疑她會對任何男人有興趣，可是他還是一直嘗試。」他搖搖頭。「我甚至懷疑這一切，包括他來依藍戴查消賊，來找我，目的都是爲了要我跟他一起來拉奈特這裡。他知道除非他跟著我來，而且我們是有正事上門，否則拉奈特是不會讓他進屋的。」

「你們眞是奇怪的一對。」

「我們盡力而爲。」

「那我們接下來該怎麼辦？」

「我正在思考。現在呢，如果我們待得夠久，她可能會願意給我一把新手槍。」

「再不然就是因爲你煩到她了而對你開槍。」

「不會。我記得她只要讓人進屋子，就不會對人開槍了。就連偉恩也一樣。」他想了想。「如果妳要的話，她可能會讓妳留在這裡。這裡很安全。我打賭這附近一定有一組紅銅雲輪流值班，拉奈特最討厭被別人發現她會鎔金術。我懷疑依藍戴裡知道她住在這裡的人，不超過五六個，和諧才知道偉恩是怎麼找到她的。」

「我寧可不要留在這裡。不論你們做什麼，我都想幫忙。」

他從桌上拾起一樣東西，一小盒子彈。「我弄不懂妳，瑪拉席·科姆斯。」

「瓦希黎恩爵爺，您解決了蠻橫區有史以來最讓人不解的許多案件。我不認爲我有那些案件神祕。」

「妳的父親很富有。就我對他的了解，我確定他一定會讓妳終生衣食無缺。可是妳選擇念大學，還選了最困難的學程之一。」

「您自己也離開了相對舒適的地位，選擇住在遠離方便與現代生活的地方。」

「是沒錯。」

她從盒子裡拿出一枚子彈，舉起，研究。她看不出有何特別。「瓦希黎恩爵爺，您曾經覺得自己毫無用處過嗎？」

「是的。」

「很難想像您這麼有成就的人也會這樣覺得。」

「有時候，成就跟認知是獨立運作的兩件事。」

「沒錯。所以，爵爺，我大半輩子都被別人很有禮貌地告訴我，我毫無用處。因爲我的出身，所以對我父親毫無用處；我是個毫無用處的鎔金術師；對史特芮絲也毫無用處，因爲我只會讓她尷尬。有時候，成就可以改變認知。至少我這麼希望。」

他點點頭。「我有事情可以交給妳。不過會有危險。」

她將子彈放回盒子。「即使是死於短暫的爆炸，仍比一輩子庸碌無成要來得好。」

他鎖住她的目光，判斷她是否認眞。

「你有計畫？」

「沒有計劃的時間。只不過有個直覺，想到大概的輪廓而已。」他舉起那盒子彈，提高音量說道：「拉奈特，這是什麼？」

「殺霧者子彈。」

「殺霧者？」瑪拉席問道。

「這是個古詞，意思是受過訓練，專門對付鎔金術師的普通人。」

「我正在研究用不同子彈對付不同種類的鎔金術師。」拉奈特隨口回答。她已經鬆脫手槍握柄上的螺絲，正在拆解。「那些是射幣子彈，彈頭是陶瓷的。如果用鋼推對付這些子彈，頂多是扯掉後面的金屬部分，但是陶瓷的部分應該還是會繼續直飛，射中目標。可能比鋁子彈要好。鎔金術師知道自己感覺不到鋁子彈，所以會躲起來而不靠鋼推，但是他們可以感覺到這些子彈，自認為可以應付，直到最後倒在地上流血的那一刻為止。」

偉恩輕輕吹了聲口哨。

「滅絕的，拉奈特！我從來沒有這麼高興我們是同一邊的。」瓦希黎恩想了想。「至少，妳是妳自己專屬的那一邊，而我們不要太常冒犯到妳就好。」

「妳要怎麼用它們？」瑪拉席問道。

「用？」拉奈特問。

「妳是要賣？申請專利，特約提供？」

「如果我這麼做，那每個人都會拿到了！」拉奈特搖搖頭，滿臉難受。「城裡一半的人都會來這裡騷擾我。」

「扯手的子彈？」瓦希黎恩舉起另一個盒子問道。

「類似，可是陶瓷是在兩邊，以長射程來說沒有那麼有效。大多數扯手保護自己的方法是鐵拉子彈去撞擊胸口的盾甲。那些子彈被鐵拉時會爆炸，變成一片陶瓷碎片，大概有十呎的效力，但是可能不會致命。建議朝頭部瞄準。我正想辦法要提高射程。」

「錫眼子彈？」

「開槍時會發出特別大的噪音，射中時也會。在他們身邊多開幾次槍，他們增強的感官就會讓他們全部倒在地上，摀著耳朵縮成一團。如果想要活捉的話倒是挺有用的，只是錫眼很難發現。」

「還有白鑞臂子彈。」瓦希黎恩研究最後一盒。

「沒什麼特別的。大子彈，額外火藥，寬空尖，軟金屬，設計是能射入就可以停下。白鑞臂被射中幾次後還是可以繼續打很久，所以要把他們打倒在地，等到身體回過神來，發現自己應該要等死而不是繼續打。當然，最好的方法還是正中腦門的一槍。」

「嗯。」瓦希黎恩舉起其中一枚狹長的子彈。「這些都不是標準口徑，得需要很大一把槍才能用。」

拉奈特沒有回答。

「做得很好，拉奈特。以妳一貫的高水準而言，這些都算是非常非常出色的作品。我很佩服。」

瑪拉席以爲一直以來不甚客氣的女子會隨便打發回應，沒想到拉奈特笑了，只是很顯然想要隱藏她的欣喜，藉由手邊的動作藏起臉上的表情，甚至沒有抬頭把偉恩瞪走。「你說誰有危險？」

「肉票。都是女人，包括瑪拉席的表姊。有人想用她們來繁殖出新的鎔金術師。」

「邁爾斯跟這件事有關？」

「是的。」瓦希黎恩的語氣十分嚴肅。

拉奈特一陣擔心，手上動作慢了下來，卻仍然繼續拆卸手槍。終於，她開口：「往上數第三格，最裡面。」

瓦希黎恩走過去，把手探入最裡面，拿出一柄線條流暢的銀色手槍，握柄是黑曜石與象牙，鑲成波浪的花紋，中間隔著細細的銀帶。槍管很長，銀色的金屬被打磨得如此光亮，即使在電燈下也熠熠發光。

「這不是史特瑞恩。比那還好。」拉奈特說道。

「八枚子彈。」瓦希黎恩說道，挑著眉毛，翻轉槍膛。

「這是因伐利安鋼。更堅硬，更輕巧，可以減少子彈間的空隙，增加口徑，卻不增加槍的大小。你看到擊鎚下方的扣把沒？」

他點點頭。

「按好以後轉輪軸。」

他依言照做。輪軸卡在某個特定的子彈膛上。

「如果正常開槍，會跳過那一格還有隔壁的一格槍膛。要發射裡面的子彈，得按下小扣把。」

「殺霧者子彈。」

「沒錯。六枚正常子彈，兩枚特殊子彈，需要時才用。你在燃燒鋼嗎？」

「正在燒。」

「握把有金屬線。」

「看到了。」

「推左邊那一條。」

槍內部發出輕輕的喀一聲。瓦希黎恩輕吹一聲口哨。

「怎麼了？」偉恩問。

「鎔金術師專用的保險栓。得是射幣或扯手才能啓動或關閉的功能。」

「開關埋在握把裡面，外部沒有任何標示，所以不必擔心會有人拿你的槍對付你。」

「拉奈特，妳簡直是天才。」瓦希黎恩的語氣充滿了敬佩。

「我把這把槍命名爲『問證』（Vindication），取和昇華戰士的同音名。」她頓了頓。

「如果你願意提供試用報告，我可以借你。」

瓦希黎恩微笑。

「對了，這是弩西的作品。」拉奈特對桌子揮揮手。

「那把鋁槍？」瓦希黎恩問。

拉奈特點點頭。「我看了槍筒就猜想，裡面的機械構造證實果然是他。」

「他是誰？」偉恩身體彎得更低。

拉奈特刻意一手按著偉恩的額頭，把他往後推。「鑄槍師，一年前消失了。我們原來會通信，可是現在沒人有他的消息。」她舉起握柄裡面的一片金屬。「你們有誰懂上皇族語？」

瓦希黎恩搖搖頭。

「我一聽就頭痛。」

「我讀得懂一點。」瑪拉席接過方形的金屬片，上面刻著幾個字母。「是處於需要。」她讀著不熟悉的字句。罕見的語言出自於初始年代的古老文件，偶爾於正式政府儀式時會使用。

「這是求救的訊息。」

「好吧，我們知道邁爾斯的槍從哪裡來的了。」瓦希黎恩接過鐵片，翻看一陣。

「瓦，我知道邁爾斯向來有黑暗的那一面，可是他居然會做這種事？你確定嗎？」拉奈特問道。

「不能再確定了。」他將問證舉在頭邊。「拉奈特，他就在我面前，一面殺我，一面滔滔不絕地說他是要拯救城市。」

「不能拿這個對付他。」拉奈特朝問證點點頭。「我一直在想，要怎麼樣打造出可以對付製血者的槍，目前只完成一半。」

「這就夠了。只要有可能，我都必須嘗試。」瓦希黎恩的聲音平穩，眼神冷硬如鋼。

「我聽說你退休了。」

「本來是。」

「後來呢？」

他將問證塞回肩套。「我有責任。邁爾斯原本是執法者。自己人誤入歧途，就該我們親自動手，而不是藉由他人之手。偉恩，我需要船運單，你能幫我從鐵路局借一些來嗎？」

「當然，給我一個小時。」

「很好。你還有火藥嗎？」

「當然有，就在我口袋裡。」

「你瘋了。」瓦希黎恩已經練就處變不驚的本事。「你把壓力引爆器也帶著？」

「是啊。」

「小心點，別意外把東西炸了，但記得把炸藥帶著。瑪拉席，我需要妳去買魚網，要牢固耐用的。」

她點點頭。

「拉奈特，我——」

「我不是你的小手下，瓦。不要把我扯進去。」拉奈特說道。

「我只是要跟妳借用房間，還有幾張紙。我得用畫的。」瓦希黎恩回答。

「可以，只要你不要弄出噪音。可是，瓦……你眞的覺得你能動得了邁爾斯？那人是打不死的，你可能需要一小支軍隊才阻止得了他。」

「正好。我的確就是要帶支軍隊去。」

15

邁爾斯跟套裝先生兩人並肩，走在巢穴中連接寢室與鑄造間的陰暗走廊。「瓦這傢伙很難逮。他至今還活著，就是因爲他學會如何不被比他更強、更狡猾的人殺死。」

「你不該曝露自己的身分。」套裝嚴厲地說道。

「我不會對瓦放冷槍，套裝。他值得我用敬意對他。」口中的話侵蝕著他的內心。他沒提起第一次對瓦開槍時，瓦正背對他。他也沒說他的面罩布料被瓦的子彈射入皮肉中，讓眼睛很難癒合，讓他得先把布料扯脫。

套裝輕哼一聲。「據說蠻橫區是榮譽心被謀殺的地方。」

「榮譽心在那裡會被吊起來凌遲致死，然後放下來，丟到沙漠中曝曬。經過這樣一輪還活得下來的榮譽心是比地獄還強悍的，絕對比你們在依藍戴的晚宴中有的一切要更強悍。」

「這麼願意隨時殺死朋友的人，居然會說出這種話？」套裝說道，語氣中帶有濃濃的不信任。他認爲邁爾斯是故意放瓦一馬。

他完全不了解。這跟搶案已經沒有關係。瓦跟邁爾斯選擇不同的道路，如今交會了。未來只有一條路。不是瓦死，就是邁爾斯亡。這件事注定會如此解決，這就是蠻橫區的正義。蠻橫區不是個簡單的地方，卻是有著簡單解決方法的地方。

邁爾斯誠實地說道：「瓦不是朋友。我們向來不是朋友，就像兩名競爭中的國王永遠不會是朋友。我們敬重對方，我們有類似的工作，我們會合作，如此而已。我會阻止他的，套裝。」

兩人來到鑄造間，爬上通往沿著房間北邊建造的高台，走到了末端，在一扇門邊停下，門後就是電梯。

「執法者，你快變成我們的弱點了。『組織』不喜歡你，但是目前爲止，我一直向他們保證你是有用的。不要讓我後悔。我有許多同僚都認爲你會背叛我們。」

邁爾斯不知道他會不會。他還沒決定。他其實只想要一件事：復仇。所有的動機，無論多麼冠冕堂皇，其實就只有一個情緒是他的動力——爲了他在蠻橫區一事無成的十五年復仇。如果這座城市因此而燃燒，也許能讓蠻橫區得到遲來已久的正義，也許邁爾斯可以在依藍戴建立起不腐敗的政府。可是有一部分的自己坦承，看到那些高高在上的貴族、逢迎諂媚的警官和光說不練的議員全部被扳倒，才是最令他感到滿意的地方。

「組織」是龐大利益結構的一部分，但是他們也想要改革，也許他不會背叛他們。也許。

「我不喜歡在這裡，套裝。」邁爾斯朝消賊的根據地點頭示意。「這裡離城中心太近，我的手下來去都會被別人看到。」

「我們很快就會搬動你們。『組織』正在取得一座新的火車站。你還是決定今天晚上要動手？」

「是。我們需要更多資源。」

「我的同僚質疑這點。他們不知道為什麼要給你的人這麼多鋁，結果只是打了一場之後就全部耗盡，卻連個鎔金術師都沒殺死。」

重點是因為我原本打算要用那些鋁來資助我自己的行動。現在他幾乎可以說是被打回赤貧的狀況，回到原點。你該死，瓦，活該下鐵眼的墳墓。

「你的同僚質疑我為他們的帶來的貢獻嗎？」邁爾斯挺直身體。「他們想要的女人已經得到五名，全部與你跟『組織』毫無關係。如果你希望繼續下去，那我的人就需要合適的裝備。光是一名煽動者就能挑起一群人的窩裡反。」

套裝打量邁爾斯。身材勻稱的年長男子沒有使用拐杖，背挺得筆直。雖然年紀大，喜歡生活中的享受，卻並不虛弱。電梯門打開。兩名穿著黑色套裝與白色襯衫的年輕男子走出。

「『組織』同意進行今晚的行動。之後，你們要消失六個月，專注於招募新人。我們會準備另一份名單讓你們下手。重新開始運作之後，我們再來討論是否需要用到『消賊』這麼花俏的名字。」

「這個名字的戲劇性讓警察不會——」

「到時候我們再討論。瓦今天晚上會插手嗎？」

「我就要他現身。如果我們想躲，反而早晚會被他挖出來，可是不會到那一步。他會猜出我們要攻擊的目標，然後會想要阻止我們。」

「所以你今晚打算殺了他。」套裝指著兩人。「你昨天抓的女人會被留在這裡，必要時用她當誘餌。那傢伙有她的線索，所以我們不要搬移她。至於這兩人，他們可以幫你，確保今天晚上的行動順利。」

邁爾斯咬著牙。「我不需要幫忙——」

「你必須帶著他們。在瓦希黎恩的事情上，你已經證明不能被信任。這件事情，沒得討論。」

「很好。」

套裝上前一步，手指輕點邁爾斯的胸口，低聲說話。「『組織』很緊張，邁爾斯。我們的現金資源現在很有限。你可以搶車廂，但不必抓人質。今天搶到的鋁，我們會拿走一半做為其他行動的資金，你不需要知道那些行動是什麼。其餘的你可以留下來，製作武器。」

「你那兩個人跟鎔金術師打過嗎？」

「他們是我們最優秀的手下。我想你會發現他們的能力絕對令人滿意。」

他們兩個人都了解這是怎麼一回事。這兩人的確會幫他攻擊瓦，但是同時也會盯著邁爾斯。太棒了。更多人來攪局。

「我要出城了。瓦逼得太近。如果你今天晚上過後還活著，派人來通知我。」套裝說道，最後一句話說完時，嘴角帶著一絲笑意。

混帳東西，邁爾斯心想，看著套裝走到電梯，旁邊四名保鏢等著他。他要搭乘平常的火車離開，也許會搭著平常的列車返回。他可能不知道邁爾斯一直在留意他的班次。

套裝離開，留下那兩名穿著黑色外套的男子給邁爾斯。嗯，他總會想到辦法利用他們。

他回到主臥房，身後跟著他的新保母。剩下的三十多名消賊正在爲今天晚上的行動準備，放在遠處平台上的機器被搬了過來，平台本身則是搭著巨大的平台電梯，從地面層緩緩降下，眞是偉大的電力傑作。

世界正在改變。先是鐵路，現在又有電。什麼時候人類能像《創始之書》說的那樣飛上天空呢？也許有一天，所有人類都能體會到只有射幣專屬的自由感。

改變並不讓邁爾斯感到害怕。改變是契機，有機會能成爲新的自己。沒有命師（Augur）會在意改變。

命師。他通常忽略自己這一層身分。讓他能活命的是藏金術，而最近他甚至不太注意到自己的藏金術效力，只是每踏出一步時，總隱隱約約地感覺到更有活力。他從來不會頭痛，從來不會疲累，肌肉從來不痠疼，也從來不需要處理感冒或痛楚。

他一時衝動，翻過欄杆，落在二十呎外的地面。有那麼一瞬間，他感覺到了自由感，接著立刻落地。一條腿似乎要折斷了，他感覺到那隱約的脆弱。但就在斷折的瞬間，骨頭已經開始癒合，所以並沒有完全折斷，這半邊才剛開始裂開，另外半邊已經開始閉合了。

他從蹲姿站起，完好無缺。穿著黑色外套的保母們落在他身邊，一人拋下一小塊金屬，減緩自己落地的速度。是射幣。嗯，有用。另一人讓他有點意外，輕盈地落地，卻沒有拋下任何金屬。天花板有金屬的橫樑，所以他應該是扯手，靠鐵拉橫樑來減緩落地速度。

邁爾斯踏步走過房間，檢視準備中的消賊。他們手邊所剩無幾的鋁全都用在槍跟子彈上。這次一定要一開始就用鋁彈。在婚宴那天晚上的打鬥，那些人花了一小段時間才替換好武器，如今他們已經知道對手的能力，也許人數變少，但是準備將更為充分。

他朝正在看管眾人的夾子點點頭。刀疤男朝他點點頭。他算得上忠心了，只不過他加入的原因是為了搶奪的刺激而不是信仰。在所有人中，只有塔森，他親愛的、粗暴的塔森，才有所謂真正的忠誠。

夾子聲稱自己忠心耿耿，但邁爾斯明白並非如此。好吧，上一場災難中，最先開槍的也不是夾子。雖然邁爾斯號稱想要改變一切，最後掌控一切的仍然是他的脾氣，而不是他的心智。

他不應該是那樣的人。他天生應該就是手法穩定、心智更沉穩的人。特雷所造、倖存者的追隨者，卻仍然軟弱。邁爾斯經常質疑自己。這意謂著他不夠投入嗎？他這輩子從未毫無保留地去做過一件事。

他轉身，端詳自己的領域。小偷、殺人犯、虛張聲勢的騙子。他深吸一口氣，燃燒金。

金子被視為鎔金術金屬中最沒有用的金屬之一，遠比其他合金要更無用，就連合金都沒有主要戰鬥金屬來得有用。在大多數情況下，金迷霧人只比鋁迷霧人好上那麼一星半點，而鋁迷霧人的能力無用到已經成為一事無成傢伙的同義詞。

可是金不是完全沒用的。只是多半無用。在燃燒金的同時，邁爾斯產生分身。這個改變只有他能夠看到，但在一瞬間，他同時是兩個人，是兩個版本的自己。一個是原本的他，那個憤怒的執法者，隨著時間過去怨念越發深厚。他在簡陋的衣著外罩著白色長外套，戴著有色鏡片好遮擋毒辣的太陽。黑色頭髮短而服貼在頭上，沒有帽子。他向來討厭帽子。

另一個是現在的他。穿著城市工人的衣服，扣著釦子的襯衫，吊帶扣著骯髒的長褲，褲口已經磨出鬚鬚，走路時彎腰駝背。他的姿勢什麼時候開始變了？

他的兩雙眼睛看著彼此，兩套思緒想著彼此，同時是兩個人，彼此厭惡。執法者一絲不苟，憤怒，焦躁，他痛恨任何違背嚴格法律的一切，毫無憐憫地嚴懲峻罰。他特別痛恨曾經遵循法律，最後卻背棄法律的人。

而強盜消賊痛恨執法者允許其他人選擇他的規矩。法律並沒有什麼神聖的，不過是強勢的人所創，幫助他們保留自己的權力。罪犯知道執法者在內心深處是明白這點的。他對罪犯的嚴酷反映出自己的無力感。每一天，好人的日子就更難過一些，那些人很努力了，法律卻幫不太了他們。他感覺自己像是忙著揮趕蚊子卻無暇顧及腿上傷口的人，被割斷的血管正不斷淌出鮮血，流到地面。

邁爾斯驚喘，熄滅了金。他突然感覺到疲累，靠在牆上。他的兩名跟屁蟲毫無表情地看著他。

「去吧。」邁爾斯朝他們虛弱地揮揮手。「去檢查我的人。用你們的鎔金術來確定他們是否有人身上意外留下了金屬。我要他們都是乾淨的。」

兩人互相交換了眼神，看起來像是不想聽命於他。「去。你們既然來了，就該有點用處。」邁爾斯更堅定地命令。在遲疑一陣後，兩人離開去執行他的命令。邁爾斯靠著牆，滑得更低，大口深呼吸。

*我為什麼要對自己做這種事？*關於金迷霧人在燃燒金時，到底看到的是什麼有諸多討論，其中可以確定的是有過去的自己，但那是眞正的他嗎？還是如果他在人生中選擇了不同的叉路會變成的樣子？

那個可能性總讓他覺得燃燒金就像是燃燒傳說中失落的金屬，天金。

無論如何，他總覺得燃燒金有時會幫助自己，每次這麼做的時候，他都能把自己最好的部分跟他最好的可能一起混合。成為自己的合金。

他對於那兩個自己如此憎恨彼此感到不安。他幾乎可以感覺到兩人的恨意，像是從煤炭和石頭蒸騰出的熱氣一般。

他再次站起身。有些人正盯著他看，但他不在乎。他不是他在蠻橫區經常逮捕的犯罪首腦——他們經常必須刻意地在手下面前維護強大的形象，免得被想要奪權的人害死。

邁爾斯是殺不死的，而他手下的人知道。他曾經在他們面前用霰彈槍轟了自己的腦袋，證明這點。

他走到一堆箱子邊，有幾個裡面裝滿套裝先生命令手下從瓦的宅邸裡偷出來的東西，這些物件原本是要用來對付或是陷害前任執法者瓦的。不知道爲什麼，套裝一開始並不想殺死瓦。

邁爾斯獨自走到另一邊，堆滿了從老巢急忙撤出時拿出來屬於他的箱子。他翻看了幾個，打開其中之一。他的白色長大衣在裡面。他拿了出來，抖平，拿出一條結實的蠻橫式長褲跟搭配的襯衫，將墨鏡放入口袋，離開去換裝。

他一直擔心該怎麼隱藏自己，擔心會被人發現身分，被視爲亡命之徒。可是，他已經是亡命之徒了。如果這就是他選擇的路，那至少該走得光明正大。

讓他們看看我的本色。

他不會改變自己決定的方向。揮下鎚子之後，要改變目標已經太難，但還來得及抬頭挺胸。

瓦希黎恩盯著拉奈特客廳的牆壁。客廳一邊堆滿了家具，好讓她可以暢通無阻地往來工作間與臥室之間，另外半邊則堆滿了箱子，裡面裝著各式彈藥、廢鐵，還有鑄槍用的模子，到處都是灰塵。完全是她的風格。當他跟她提起，想用什麼方法把他的紙板架起來時，原本以爲她會給他個畫架一類的東西，沒想到她心不在焉地遞了幾枚釘子給他，順手朝鎚子指了指。所以瓦直接就把紙板掛在牆上，邊在精緻的木牆上打洞時，邊感到心疼不已。

他上前一步，在紙板角落用鉛筆寫下提醒自己的注記。偉恩幫他拿來的貨運單放在一旁。先前偉恩跟拉奈特用貨運單交換，借了一把槍，認爲這麼一筆交易挺公平的，絲毫沒有想到一群鐵路工程師看到自己的貨運單不見，卻發現有把槍在原處，會感到多匪夷所思。

瓦輕點著紙張，心想，*邁爾斯會在卡羅彎那裡動手*。

找到一批鋁不難。果不其然，厭倦一直被搶的太齊爾家族，大肆宣揚著他們的新式保險櫃型裝甲車廂。瓦可以理解他們的邏輯。太齊爾家族以銀行家爲名，主要業務端賴安全性與資產保護，因此反覆被搶這件事對他們而言是極爲尷尬的，他們必須以高調的方式恢復自己的聲譽。

簡直就像是在跟邁爾斯還有消賊挑釁。瓦在紙張上繼續寫下自己的發現。太齊爾的這批貨會以最直接的方法前往多克索納。他在地圖上找到整條路線，注意到有哪裡鐵軌與運河十分貼近。

我不會有心神能注意火車的行進狀況，必須確切知道上一站與卡羅彎之間的距離，瓦心想，繼續書寫。

他沒有什麼時間了。一邊思索，他一邊摸著拿在左手上的耳環，拇指擦過光滑的金屬表面。

門打開。瓦沒有抬頭，但腳步聲讓他知道是瑪拉席來了。因爲她穿著軟鞋，拉奈特跟偉恩都穿著靴子。

瑪拉席清清喉嚨。

「網子？」瓦問道，一面順手寫下35.17。

「我終於找到了。」她走到他身旁，看著他的筆記。「你看得懂？」

「大多數都看得懂。除了偉恩的塗鴉。」

「那些……似乎是都在畫你。刻意畫得很醜。」

「所以我才看不懂。大家都知道我英俊得無可救藥。」瓦希黎恩說完笑了。那是蕾希以前喜歡說的話。英俊得無可救藥。

她總說如果他臉上多道有蠻橫區風味的疤，會好看更多。

瑪拉席也微笑，眼睛注視著他的筆記跟圖畫。「鬼車？」她指著他畫的一張圖，鐵道上有著鬼魅般的車廂，旁邊有著代表可能構造的簡單結構圖。

「沒錯。大多數攻擊都出現在多霧的夜晚，目的應該是要更容易隱藏所謂的鬼『車』，不過是個假頭上面裝個大探照燈，後面其實是可移動的鐵軌台車。」

「你確定？」

「幾乎確定。他們利用運河進行攻擊，所以需要障眼法來讓人不注意到後面的行動。」

她深思地抿著嘴唇。

「偉恩在外面嗎？」

「對，他在騷擾拉奈特。我……說實話，我離開房間的眞正原因是擔心她會開槍。」

瓦希黎恩微笑。

「我出去時買了份傳紙。警察找到他們舊的藏身處了。」

「這麼快？偉恩說我們有到天黑的時間。」

「已經天黑了。」

「什麼？該死的。」瓦希黎恩看看手錶。他們剩下的時間遠比他想得還要少。「這消息還是不應該已洩漏到報紙上，警察提早找到了藏身所。」

瑪拉席朝他的素描點點頭。「你看來已經知道他們會在哪裡攻擊。我不想要反覆敲打脆弱的金屬，可是瓦希黎恩爵爺，我們眞的應該要告知警察。」

「我想我知道攻擊會在哪裡發生。如果我們讓警察知道，他們會全員出動，把邁爾斯給嚇走。」

「爵爺，我了解您喜歡獨立工作，這是您能夠有今天這份成就的原因，但是我們已經不在蠻橫區了。您不需要自己來。」

「我是不打算自己來。我答應妳，我會讓警方介入。可是邁爾斯不是普通的罪犯。他知道那些警察會用哪些手法，他會提防他們。我們要下手，必須要選對時間，選對方法。」瓦希黎恩敲敲牆上的筆記。「我了解邁爾斯。我知道他的思考方式。他跟我很像。」

幾乎太像。

「意思是他也可以預測你的行爲。」

「絕對會。可是我可以更勝一籌。」

瓦希黎恩掏槍對消賊攻擊時，他已經走上了這條路。一旦咬住獵物，他絕不鬆口。「妳對我的判斷是對的。」

「對的？我不記得我有對您做出過任何判斷，瓦希黎恩爵爺。」

「妳正在這麼想。妳認爲我想用我自己的方法解決、不靠警察，是傲慢自大的行爲。我居然不求助外援，實在太衝動。妳說得對。」

「我沒有想得那麼嚴重。」

「妳並沒有想錯。我的確傲慢、自大且衝動，好像我還在蠻橫區一樣。但我也是對的。」他抬起手，在紙上畫了一個小方格，裡面的箭頭指向警察廳。

「我寫了一封信，讓拉奈特送給警察，裡面詳述我所有的發現，還有如果我無法打倒邁爾斯，我對他接下來行爲的猜測。我會等到我們遠離了鐵路跟乘客之後，才開始有所行動。消賊今天晚上不會綁架人質。他們會想要以最快的速度、最安靜的方式結束行動。

「可是仍然有危險。可能會有無辜的人死去。所以我會盡量保護他們不受傷害，而我堅決相信，由我出手對付邁爾斯的勝算遠大過於警察。我知道妳學習的目標是要成爲律師跟法官，因此妳受過的訓練要求妳應該要找有關單位，但是在聽過我的計畫跟承諾之後，妳是否願意轉而幫助我呢？」

「願意。」

和諧啊，她信任我。可能太信任我了。他抬起手，圈起一區筆記。「這是妳的部分。」

「我不會跟您一起進入車廂？」她聽起來頗擔心。

「不會。妳跟偉恩在山頂上看著。」

「只有您一個人。」

「對。」

她陷入沉默。「您知道我對您的想法，那您對我的想法又是什麼呢，瓦希黎恩爵爺？」

他微笑。「如果根據一樣的遊戲規則，我不能告訴妳我的想法。妳得自己猜。」

「您在想我有多年輕，而且不想讓我介入，以免我受傷。」

「這不難猜。畢竟我給了妳……三次機會放棄這個方法，選擇安全的地方，是吧？」

「您也在想，您很高興我堅持留下來，因爲我會有用。人生的境遇教會您要盡量利用所有的資源。」

「好多了。」

「您認爲我很聰明，您之前說過，但也擔心我太容易緊張，更擔心別人會拿我來威脅您。」

「妳讀過的紀錄中有提到『灰兮兮』帕可羅嗎？」

「當然。他是您在遇見偉恩前的一名助手。」

「他生前跟我是很好的朋友，而且是名貨眞價實的執法者；但是我從來沒有碰過像他那麼容易被嚇到的人，光是輕輕關門的聲音就能讓他驚叫出聲。」

她皺起眉頭。

「妳的那些紀錄裡應該沒提到這些吧。」

「裡面都說他是很勇敢的人。」

「他的確很勇敢，瑪拉席貴女。因爲啊，太多人把容易受驚跟懦弱畫上等號了。槍聲的確會讓帕可羅受驚，但是他會跑去看爲什麼。我曾經看過他孤身一人面對六把指著他的槍，他的汗都沒流一滴。」他轉身面對她。「妳缺乏經驗。我從前也是。每個人都是。人的價值不在於他們活了多久，不在於他們多容易被聲音驚嚇，或多快就會有情緒反應，而是要如何運用生命帶來的所有轉折改變。」

她的臉色更紅。「我也在想您喜歡說教。」

「這是執法者徽章帶來的特殊性格。」

「您……沒有配戴了。」

「一個人可以選擇取下徽章，卻永遠無法停止配戴它，瑪拉席貴女。」

他與她四目對望。她仰著頭看他，眼睛深邃、清亮，如同蠻橫區中意外發現的一泓清泉。

他狠狠約束自己。他不適合她。非常不適合。他之前也是這麼看待蕾希，結果他是對的。

「我對您還有另外一個想法。您猜得到嗎？」她柔聲說道。

太清楚了。他不情願地移開視線，看著紙板。「知道。妳在想我應該說服拉奈特借妳一把來福槍。我同意。雖然我覺得妳應該儘快開始練習使用手槍，但是這次的行動我寧可妳使用擅長的武器。也許我們能找到一把，搭配偉恩拿的那些鋁子彈。」

「噢。當然。」

瓦希黎恩假裝沒有注意到她的尷尬。

「我想我還是去看看偉恩跟拉奈特好了。」

「好主意。希望她沒發現他拿了一把她的槍去交易。」

瑪拉席快步轉身離開。

「瑪拉席貴女？」瓦希黎恩喊道。

她在門前停下腳步，滿懷希望地轉身。

「妳對我的了解的確很透徹。不是很多人能做到這點。我的情緒向來不太外露。」

他朝她點點頭，表示敬意。

「高級盤問技巧課。而且……呃，我讀過您的人格分析。」

「有我的人格分析？」

「恐怕是的。莫布魯博士從耐抗鎮回來之後就寫了。」

「莫布魯那小耗子是心理學家？」瓦希黎恩聽起來是眞心地吃了一驚。「我原本很確定他是個老千，來鎮上找肥羊想宰一頓的。」

「呃，對，那也在您的分析裡。您，嗯，習慣性會覺得身上有太多紅色衣物配件的人是長年賭徒。」

「我會這樣啊？」

她點點頭。

「可惡。」我還眞得讀讀這東西。

她轉身離開，關上門。

他再次專注於他的計畫，舉起手，戴上耳環。他祈禱或進行極爲重要的事情時，應該都要戴著耳環。

他想，無論是哪一樣，他今天晚上都不會少做。

。獨家報
。

的未知金屬真相。全文
刊於內頁。

黑金屬師
第六捌分區熔鐵場路3217號

面第五欄。

己亞
亢
記

，以及藉
的親愛讀

切安好，
讀我的信
近遭遇到
讓各位充
思議。我
發誓，我
都是純粹
我追朔這
是讓各位
法律、遠
蠻橫區，
的神祕種

信時，我
生已經走
為我被艾塔
猛克羅司
隔天將被
被分屍而
己慘死當
晚上我向
一整夜！
重生之人
定是我！
，各位應
逃了。並
我尚未離
的營地。
地方，正
前一晚所
是現在已
，而是豪華
根據囚禁
準而言，
華至極。
裡仍然只
草屋，我
下，尤其
麗小姐在
尋找她被
旅程必須

力想讓我
服。他們
去的動物供
為我點起了
也們認為我
也們高規格
時，他們給
們製造的武
前所說，這
極為精良。
物是無法做

可是這些都是不重要的細節。請原諒我：我仍然因為過去一個禮拜中所發生的事情而震撼不已。因為我相信我不僅僅是擺脫了死亡的命運，甚至成為這一族的國王！

事情開始於我即將被處決的那天清晨。在被粗暴地拖醒之後，我發現自己在炙熱的太陽下，必須行軍走過滿是塵土的紅泥地。野蠻人無聲地排排站列，圓圓的小眼睛看著我，皮膚是深藍色，宛如一條被火燒焦燻黑的精緻藍圍巾。紅色的灰塵沾滿他們身體，大多數只有最簡陋的衣物。

我的命是含德維救的。忠心的含德維：我感激把即將溺斃、全身溼淋淋的他從湖裡拖出來的那天。忠心耿耿的泰瑞司人，雖然發誓不傷不殺任何人，卻一次次地證明了他的價值。因為克羅司人似乎很尊敬他，允許他最後一次上前來擁抱他即將以最殘酷的方式殺死的主人。

在擁抱中，我感覺到閃光，我可靠的手槍，被塞入綁在我身後的手中。我問他是怎麼樣把槍從克羅司人那裏偷出來的，他說他利用了他的金屬意識創造與克羅司人之間的聯繫。他使用的是極高深、不為人知的神祕技藝，他希望認為那是神聖的力量。

我雖然擁有武器，卻仍然被綁縛。雖然他們之間有了聯繫，克羅司人仍然把他拉開，不過他們似乎不知道他做了什麼。我從來沒這麼高興我上禮拜跟那土匪交換來了一件袖子如此長的外套，不過這似乎救了我一命。

在跟各位描述這一槍時，我希望各位不要對我抱有太多的幻想。那天我朋友展現出的實力，應該運氣的成份更重一些。我略略掙鬆了綁縛，好能雙手交疊，將槍在我手中挪了個方向，讓它平躺在我的掌心，槍筒順著我的手臂往上。在我被交給劊子手的前一刻，我低下頭，扣下扳機。

存留保佑，雖然我感覺到子彈擦過我的後腦杓，卻也射穿了綁我的繩子。我雙手快速一扯，便掙脫開來。雖然我已經全身疲累不堪，我體內仍然有一小部分錫。我燃燒錫，增強感官，然後舉起槍射中劊子手的雙眼間。克羅司會因為被射中要害而喪命。

下一槍射死了他們最強大的一名領袖。我原本希望光這樣就能贏得他們的讚嘆，可是雖然他們因此而略有遲疑，卻沒有讓他們要把我放走。閃光裡面只剩下三顆子彈，我望向含德溫，他嚴肅地搖搖頭，顯示他沒有辦法為我補充彈藥。

我只剩下一枚子彈，卻要面對一整村的怪物。我不能騙各位說我對自己的情況很有信心，可是我應該對各位描述一下克羅司人的一個奇特習性。因為，從

他們跟我的第
開始，他們一
任何人都可以
們。任何被他
的人都可以成
人。他們最凶
的幾名戰士，
經是城市裡的
宣稱當然是假
他們的思考模
他們如此思考
於是，我的
子彈就是要用
證明，我是有
他們的。我決
展現最高的技
明這點，於是
槍，然後……
——欲知後
請見下週分曉

所有捌分區的紳士皆同意：
唯有電燈，別無選擇！

不要陷入
黑暗！

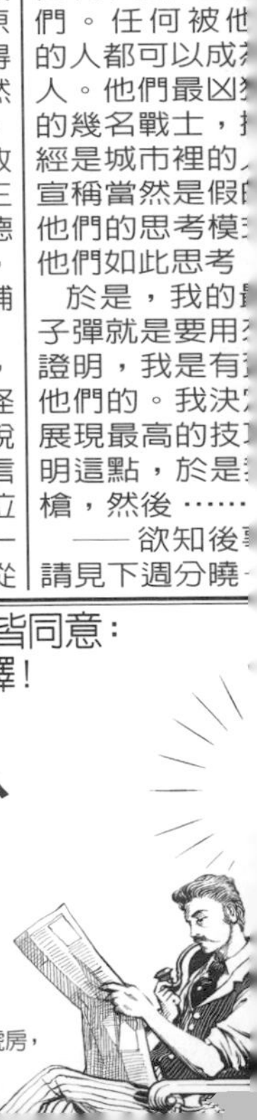

派人來訪布利格·威寧頓，#05號房，
進行估價。
4567機敏廣場，第五捌分區

16

偉恩一拐一拐地穿過火車站，杵著深色的拐杖，腳步刻意放慢，展現衰弱的一面。不少人相互推擠，爭先恐後地想要瞧瞧前方的火車，一群人從旁邊擠過去，差點要推倒他。

每個人都站得好挺，這讓彎腰駝背的偉恩根本沒有機會看到前方爲何如此紛鬧。「都沒有人體諒體諒我這可憐的老太婆。」偉恩抱怨，聲音沙啞，帶著鼻音，比他平常的聲音都要尖一些，混合瑪歌區的口音。這個區域已經消失，被該捌分區的工業區併吞，不復存在，所有住戶也都搬走了。行將就木的老嫗用的離死不遠口音。「完全不懂敬老尊賢。可恥，眞是可恥啊，這些人。」

前面的人群中，有幾名年輕人轉過頭來，注意到他長及腳踝的老舊外套，滿布皺紋的臉龐，軟皮帽下的銀髮。「老人家，對不起。」其中一人終於說道，爲他讓路。

這是個好孩子，偉恩心想，拍拍他的手臂，一拐一拐地前進。人們一一爲他讓路，不過有些時候，得靠他猛然一陣聽起來很像帶有傳染病菌的咳嗽。偉恩特別小心，不讓自己看起來像是乞丐，因爲乞丐的身分會引起警察的注意，讓他們懷疑他是否正尋找偷竊的對象。

他不是乞丐。他是雅布禮更，一名來瞧瞧眾人在吵鬧什麼的老婦人。雅布禮更並不富有，卻也不貧困，只是節儉，穿著一件補得整整齊齊的外套，一頂她很喜歡、曾經時髦的帽子，戴著跟碼頭工人的腦袋一樣笨重的厚眼鏡。幾名小男孩爲她讓路，雅布禮更給了每人一塊糖果，拍拍他們的頭。好孩子。他們讓雅布禮更想到她的孫子。

偉恩終於來到了前面，原來是一輛簇新的防破號車廂，長得就像個小型碉堡，有著厚重的盔甲，光亮的圓角，側面有巨大的門，看起來就像是個巨型保險櫃，搭配圓盤式卡鎖。門打開著，裡面幾乎空無一物。一只大型鋼箱被焊在車廂地板中央，從車廂門往內看，箱子本身看起來就像是四面都被焊死。

「噢，眞是驚人啊。」偉恩說道。

一名守衛站在旁邊，身上配戴太齊爾家族私人安全護衛隊的軍官徽章，露出微笑，驕傲地挺起胸膛。「這代表新紀元的來臨，盜賊與鐵路搶案的終結。」

「年輕人，這車廂的確很驚人，但你剛才講的也太誇張了。我看過火車車廂，我甚至坐過，那眞是我倒楣極了的一天。我的孫子查瑞特要我跟他一起坐火車去柯溫塔見他的新娘，唯一的方法就是坐火車，但是我以前都坐馬車，不也好好的？他說這叫進步。所以進步的意思就是被鎖在箱子裡，沒法看到頭頂上的太陽和享受旅程。總而言之，那車廂長得就像這樣，只是沒那麼亮。」

「我可以跟妳保證，這車廂是絕對固若金湯，它將改變一切。看到那扇門沒？」

「我看得出來那門是可以上鎖的，但保險箱是可以被撬開的啊，年輕人。」

「這個不行。強盜開不了車廂，因爲車廂是不能被打開的，無論是他們或我們。一旦門鎖上，就會啓動門內的倒數計時器，必須等到十二個小時以後，門才能被開啓，無論是否有人知道密碼。」

「炸藥。強盜一天到晚在炸東西，大家都知道。」

「這鋼足足有六吋厚，想要炸開這麼厚的門，裡面的貨大概也會完蛋。」

「可是鎔金術師應該能進得去吧？」

「怎麼進去？他們要怎麼鋼推都行，這東西重到只會讓他們往後飛，就算他們闖進去了，我們也還會派八個人在車廂裡守著。」

「哎呀，這可眞了不起啊。那些守衛會配什麼武器啊？」

「總共四只……」男子正開始回答，卻開始仔細端詳起偉恩的臉。「四只……」他懷疑地瞇起眼睛。

「噢，下午茶時間到了！」偉恩驚呼，轉身開始一拐一拐地穿過人群。

「阻止那女人！」守衛說道。

偉恩捨棄他的僞裝，站直身體，更用力地推開人群，轉頭看身後。守衛正開始推開群眾，追了上來。「停下！」守衛大喊。「死傢伙，給我停下來！」

偉恩舉起拐杖，扣下扳機，手一如往常只要想用槍就抖個不停，但這把槍裡面只有空包彈，所以影響不大。幾可亂眞的槍響讓眾人陷入恐慌，所有人如風吹麥桿般紛紛蹲下。

偉恩鑽過伏低的人群，跳過其中幾人，來到人群的最後方。守衛舉起槍，偉恩繞過車站拐角，然後停止時間的流動。

他脫下外套，扯下女裝襯衫，裡面其實套著紳士的套裝：黑外套、白襯衫、紅領結。瓦稱之為「刻意平凡」的造型，天知道那是什麼意思。他拿下綁在襯衫裡面，充作年邁女子胸部的東西：一個小包，可折疊的紳士帽，還有一塊濕布。他攤開帽子，將女裝襯衫塞入多餘的空間，扯下假髮，戴上帽子。接著，他把拐杖外層拔除，變成一根黑色的決鬥杖。他拋開假髮，把袋子放在牆邊，最後以濕布擦掉臉上的妝，丟掉，撤下他的速度圈。

他從轉角後跌了出來，裝作剛被推了一把的樣子，咒罵一聲，扶正帽子，舉高黑色的手杖，憤怒地甩動。

守衛氣喘吁吁地來到他身邊。「爵爺，您還好嗎？」

「不好！」偉恩叱罵，聲音是絕對的尊貴高傲。麥迪恩大道的口音絕大多數土地都屬於太齊爾家族，第一捌分區中最富庶的一帶。「隊長，那是哪裡來的小賊！我們的展示會應該要優雅嚴謹地進行啊！」

守衛全身一僵，偉恩看得出來，他的腦筋正動得飛快。他原本以爲眼前人只是隨便路過的一名貴族，但這個人聽起來像是太齊爾家族的貴族，與他的雇主屬於同一個家族。「對不起，爵爺！可是我把他趕走了！」

「他是誰？」偉恩走到假髮邊。「他經過時，把這個朝我丟過去。」

「裝成老太太的樣子。」守衛抓著頭。「問了我一堆防破號的問題。」

「該死的，那傢伙一定是消賊的一員！」

守衛臉色刷白。

「如果這趟貨出了什麼問題，你知道我們的家族會有多尷尬嗎？」偉恩上前一步，晃著拐杖。「我們的名聲正處於危險。我們的腦袋正處於危險，隊長。你有幾名手下？」

「三十六人，爵爺，還有——」

「不夠！根本不夠！叫更多人來！」

「我——」

「不用了！我來。我自己有幾個人。我派人去找另一個分隊來。你的人有沒有看好附近，不要再讓那類東西混進來？」

「我還沒有告訴他們，爵爺。我原來想要自己先追捕，而且——」

「你擅離職守？」偉恩驚呼，雙手抱頭，拐杖在手指間晃動。「你讓他把你調開了？白癡！回去！快！警告其他人。倖存者啊，如果出問題，我們都死定了。死定了！」

守衛隊長急急忙忙地往後退，跑向火車，四周的人群慌亂地散開。偉恩靠著牆，看著懷錶，等了好一陣子才重新啓動速度圈。他很確定應該沒有人注意他。帽子脫下，他拋下拐杖，反轉外套，變成褐色與黃色的軍裝外套，跟守衛的制服是同一個顏色，扯下了假鼻子，從他丟在牆邊的袋子裡拿出一頂三角形的布帽，戴上。帽子很重要。隨時都要選對帽子，這是扮裝的關鍵。他脫下長褲，露出下面的制服褲，在上衣外繫上手槍，然後撤下速度圈，小跑步繞過拐角，來到鐵道邊，他找到隊長正在組織手下的士兵，大聲下令。附近有些憤怒的貴族正吵成一團。

他們沒有把貨卸下來。很好。偉恩以爲這麼吵鬧一陣之後，他們會放棄這次出貨，但是瓦不同意。他說太齊爾家族把防破號吹得天花亂墜，這麼一點小麻煩是阻止不了他們的。

笨蛋，偉恩心想，搖著頭。法恩思華德不同意他們的決定。他已經加入太齊爾家族的私軍十年，只是大多數時間都爲他長年臥病在床的主人於外城區服役。法恩思華德見識過不少場面，他明白有時候值得冒險，像是拯救一條性命，贏得一場戰爭，或是保護家族的名聲。但是冒險只是因爲之前已經宣稱過要冒險？愚蠢。

他小跑步來到先前跟他說話的隊長面前，行禮。「長官，我是法恩思華德·度柏斯，伊分史托姆·太齊爾爵爺說我應該來找您報到。」外城區的口音，混有因爲跟貴族相處許久而日漸沾染上的貴族口音。

隊長看起來有點疲憊。「好吧，我們需要所有的人力。」

「抱歉，長官。」偉恩上前一步。「伊分史托姆爵爺有時候容易激動。我明白的。這不是第一次明明不需要他還硬要派人來幫忙。布倫跟我會盡量不打擾你。」

「布倫？」

「他原來在我後面的。」偉恩滿臉不解地轉身。瓦走出車站，穿著像偉恩的制服。他有個不小的假肚子，藏著他今天晚上要用到的特殊材料。「在那裡。他是個傻子，長官。職位是他父親留給他的，但是要他打火的話，一整晚連個火星都不會出來。」

「好吧，那你留在這裡，看好了。不要讓任何人靠近車廂，無論他們長得什麼樣。」他跑向那一群貴族。

「你好啊，瓦。」偉恩朝他舉帽行禮。「準備好被吞掉了嗎？」

瓦希黎恩轉頭看車站。其他人正忙著繼續逃命，滿地都是帽子跟手帕。「偉恩，你得確保他們會讓車廂上路。不論發生什麼事，車廂必須上路。」

「我以爲你說他們會因爲面子而堅持要讓車廂上路。」

「第一段，是的，可是這一段我就沒那麼確定了。偉恩，看你的了。」

「沒問題，老朋友。」偉恩看看錶。「她遲到——」

空中突然響起爆裂聲。槍聲。即使偉恩早知道他們的計畫，槍聲仍然讓他一驚。周圍的守衛紛紛驚叫，大喊出聲，尋找開槍的人。瓦希黎恩倒地大叫，血從肩膀上噴出來。偉恩抱住他，另一名守衛看到建築物上方有閃光。

守衛們開槍還擊，偉恩把瓦希黎恩拖開。他環顧四周，裝出一副慌亂的樣子，然後把瓦希黎恩推入大開的車廂門裡。幾名守衛看到他的舉動，卻沒有人出聲制止。瓦希黎恩的眼睛正死寂地望著空氣。其他守衛可能也因爲土匪或家族紛爭而失去過同伴，因此明白在戰鬥發生的當下，重點是把受傷的人帶到安全的地方，至於地點是哪裡根本不重要。

建築物頂端的攻擊停止，但附近另一座屋頂上又開始有人開槍。幾枚子彈射中附近的大樑，濺起一片火花。有點近嗅，瑪拉席，偉恩忿忿不平地心想。爲什麼他認識的每個女人都想開槍打他？就只是因爲他會癒合。這就跟因爲別人能夠繼續點酒，就故意把他的啤酒喝掉一樣。

偉恩裝出一臉擔憂的表情。「他們想搶貨！」他大喊，然後拉住大車廂的門，用力把卡榫踢到一邊，往前快跑，重重地關上防破號的門，瓦還在裡面，偉恩自己在外面，四周其他人都來不及阻止。

槍聲停下。附近躲在掩蔽物後的守衛驚恐地看著偉恩。車廂門卡好，鎖上。

「鐵鏽滅絕的！你做什麼啊？」附近一名士兵說道。

「把貨物鎖起來啊！你看，他們停止攻擊了。」

「裡面應該要有士兵啊！」隊長跑向他。

「他們想趁我們鎖上車廂前攻進去，你看到他們想幹麼了。」偉恩看看門。「他們現在拿不到貨。我們贏了！」

隊長看起來很擔心，瞥向正從地面上站起的貴族們。

偉恩屏息，看著他們氣沖沖地朝隊長走來，可是隊長把偉恩的說詞重複了一遍。「可是我們阻止他們了啊。」隊長解釋，知道如果那些貴族覺得這是個錯誤的行爲，必須負責的人是他，而不是偉恩。「他們停止攻擊了。我們贏了！」

偉恩後退一步，靠著柱子，看到士兵出動，想要找出是誰在開槍。他們最後從不同地方找出了大量預藏的來福槍彈殼，但其實大多數「火力」都只是空包彈而已。他們付錢給幾名小乞丐，要他們對空射空包彈，然後謊稱看到有人急急忙忙上了馬車離開。

不到一個小時，火車已經出發，太齊爾家族的每個人都相信他們剛打退了一波消賊的搶劫行動，甚至有人提出要表揚偉恩，但是他把功勞都讓給了隊長，然後趁有人想到要問他是哪名貴族的保鏢前，離開了現場。

17

瓦希黎恩獨自待在冰冷的車廂中，肩膀因假血而潮溼，聽著腳下的車輪駛過鐵軌。他在車廂頂靠近角落的鉤子上掛了一盞油燈，油燈隨著車廂晃動。他也把網子黏在天花板上，以特殊的鉤子搭配工業級膠帶黏住。他對終於能把那些東西從腿上、大腿上和腰上解下，感覺舒服太多了。如今過爲寬鬆的守衛制服堆在角落，身上是一套實穿的長褲，還有一件黑色薄外套。

他坐在地上，背靠著貨物箱，腿伸得直直的，手中握著問證，心不在焉地轉動旋轉槍膛，按下卡住特殊槍膛的手板。他在口袋中有兩種殺霧者子彈各兩枚，同時特殊槍膛中上了一枚射幣跟一枚白鑞臂的子彈。

他仍然戴著耳環。

他朝和諧想著，這是祢要我去做的。指控算是祈禱嗎？好吧，我人在這裡了。如果祢的永恆計畫什麼的允許的話，我等著祢幫我一把。

貨物箱就在他身邊。他明白爲什麼太齊爾家族如此自豪。這個被焊住的貨物箱實在是難偷到極點。光要把它從車廂中弄出去，就得花上好幾個小時拿火槍或大電鋸拆卸。況且，那扇機關精巧的門跟據說應該同行的守衛，會讓這次搶案變得幾乎不可能。

沒錯，太齊爾這次的確挺聰明的。問題是，他們思考的角度不對。

瓦希黎恩從外套下掏出一個包裹。那是偉恩找到的火藥跟引爆器。他把包裹放在身邊的地上，看著自己的懷錶。時間差不多了。

火車突然開始減慢速度。

「沒錯。」偉恩蹲在山邊，透過望遠鏡觀察。「他講得沒錯。妳想要看看嗎？」

瑪拉席緊張地接過望遠鏡。他們兩人在一陣疾馳之後，出了城，在山邊就定位。她穿著一條拉奈特的長褲，覺得相當赤裸，極爲不合時宜。每個經過的男人都會盯著她的腿看。也許消賊看一眼就會停止開槍，因爲根本沒辦法專心，她一臉尷尬地心想，同時舉起望遠鏡觀看。

她跟偉恩兩人蹲在城外鐵路旁的一座小山上。火車終於駛近時，已經將近午夜。

現在火車開始減緩速度，煞車在夜色中發出磨擦聲與火花。在火車前方，一個鬼魅般的形狀正從相反的方向靠近，散發著明亮的燈光。她忍不住發抖。是鬼車。

「瓦會很高興的。」偉恩說道。

「什麼？因爲鬼車嗎？」

「不是。是今天晚上有迷霧。」

她一驚，感覺到空氣中開始凝結出迷霧。迷霧跟一般的白霧不一樣，不是從海上來，而是憑空出現，像是一塊冰冷金屬上會凝結出的冰霜。迷霧開始包圍他們，讓下方的火車頭燈顯得詭異，她忍不住又發抖，將望遠鏡對準靠近的火車。她知道該要看哪裡，而且因爲她所在的角度，所以事實立刻呈現在她的面前。的確是個僞裝，那只不過是輛人工驅動的鐵道平台車，藏在一塊畫成火車頭的木板後。

「他們是怎麼讓燈光亮起來的？」

「不知道。魔法？」

她不信地哼了一聲，想要看清楚木板後面的東西。「應該是某種化學電池。我讀過類似的報告……可是鐵鏽滅絕啊，那燈還眞亮。我猜應該支持不了多久。」

眞正的火車慢了下來，有人從車上跳下。太齊爾家族派了守衛來。這讓瑪拉席露出微笑。也許搶案今天晚上不會發生了。

鬼車前擋的木板倒下。「啊，慘了。」偉恩說道。

「那是——」她被一連串響亮且快得不可思議的槍聲打斷。她反射性地往後跳，彎下腰，雖然沒有人對他們開槍。偉恩抓起望遠鏡，舉起。在黑夜中，隔著迷霧，瑪拉席看不見接下來發生的事，但她很高興。槍聲繼續響起，她聽到有人尖叫。

偉恩低聲開口：「機關槍。該死，那些人是認眞的。」

「我得幫忙。」瑪拉席解下拉奈特給她的來福槍。這是她不熟悉的型式，但是拉奈特發誓這把來福槍絕對比瑪拉席之前用過的任何槍都要準。她舉起來福槍。如果她能射中消賊……

偉恩一手抓住她的來福槍槍管，輕輕地將它按下。機關槍停下，夜晚陷入沉默。

「妳幫不上忙的，小妞，而且我們不會想引來那把該死的機關槍。況且，妳眞的覺得從這麼遠的地方打得中嗎？」

「我在五百步外的地方能射中紅心。」

「在晚上？迷霧中？」

瑪拉席沉默。然後，她伸出手，不耐煩地揮了揮，要他把望遠鏡拿過來。

偉恩遞過去，她看到六個人從鬼車上跳下，走到眞正的火車旁邊，隨時準備開槍，小心環伺周遭。

「聲東擊西？」偉恩邊看邊問。

「瓦希黎恩爵爺覺得是。他說要看……」她沒說完，想起來他說要看著運河。她轉身，用望遠鏡瞄準運河。運河有某種又大又黑的東西在河面上。

倖存者啊，那東西是活的。她停不住顫抖。

不對……那腿太僵硬了。它伸長，翻轉，然後往下彎。運河裡的東西停止動作，一腿卡在岸上。這是爲了固定。我們先前在地上看到的凹陷，就是這東西造成的。瑪拉席心想。

等到那東西……那機器……站穩之後，一些人在黑暗中朝車廂走去。他們工作了一段時間，然後一隻巨大的手臂從黑暗的運河中升起，揮向軌道，探出爪子，抓住整節車廂，抬了起來。

瑪拉席驚呼。車廂才被抬高幾吋，但這已經足夠。那機器是個起重機。

那團黑影一把車廂間卡榫拆開的消賊們，幫忙把車廂推過窄窄的一段土地，朝運河前進。那團黑影一定是平底船。瑪拉席快速心算一陣。如果要抬起那麼重的車廂，那平底船必須非常重，而且有相當重的壓艙物。她舉起望遠鏡，很滿意地看到有另一座起重機面向另外一個方向。車廂被吊起的同時，平底船陷入水中，但是沒有瑪拉席以爲的那麼深。它可能是被設計成能夠在運河中航行，因此吃水線也許遠比表面上要更深，再加上另一架起重機提供的平衡作用，應該足夠保持船身漂浮。

「妳看看，妳看看……眞精采啊。」偉恩低聲說道。

機器將整座車廂放在平底船上，然後抬起了另一樣東西。某個又大又方的東西。她已經猜到會是什麼。

另一節一模一樣的車廂。

瑪拉席看著一模一樣的車廂被放在鐵軌上。卡榫讓整個過程很困難，因爲整個計畫很容易失敗，如果車廂放置的角度不對，卡榫就會損壞，火車頭離開時，車廂會被留在鐵軌上，這樣就會容易曝露出實際的狀況。地面上的消賊引導著整個過程。

另外幾名消賊正在不遠處的車廂外朝窗戶裡開槍，應該是不想讓任何人探出頭來，不過這一帶的軌道繞過長滿樹木的小山，其實車廂裡的人很難看到外面的情況。鬼車的車燈不久前消失了，她知道現在應該正以全速倒退。他們把鬼車藏在哪裡？也許消失之後，會被載上另外一艘平底船？

在平底船上工作的消賊，正跑回他們自己位於寬廣的運河中央的交通工具，在多霧的夜晚，看來幾乎像是影子一樣地消失。

「偉恩！我們得快走！」她急急忙忙地站起。

他嘆口氣，站起身。「好啦，好啦。」

「瓦希黎恩在那節車廂裡！」

「對啊，妳有沒有發現，每次都是他舒舒服服地坐在交通工具裡，而我都要騎馬或走路？不太公平了。」

她把來福槍掛在肩膀上，快速沿著山坡往下走。「你知道嗎，以前我讀報告的時候，沒想過你會這麼愛抱怨。」

「這不公平喫，我可是以自己樂觀、積極的態度爲榮的。」

她停下腳步，轉頭挑眉。「你以此爲榮？」

他一手按住胸口，以幾乎像是神職人員的語氣說道：「是的，可是傲慢是不好的。我最近一直想要更謙卑。快點，快點。我們會跟丟他們。妳要瓦一個人被包圍嗎？妳這女人啊。」

她搖搖頭，轉身繼續下山，朝他們的馬匹被繫住的地方前進。

邁爾斯雙手背在身後，站在機器的最前方，一同靜靜回到運河中。當他跟套裝先生解釋他的計畫時，沒想到會出現這個既是起重機，又是平底船的東西，但也相差不遠。

他對於自己的成就相當自傲，不只是爲了成爲盜賊這部分，更是因爲他占據所有人的想像力。套裝愛怎麼樣批評他的戲劇性都行，但是他成功了。那些警察根本不知道他是如何辦到的。

「他們看過了六名太齊爾守衛，老闆。」塔森上前說道。他的手臂已經不需要綳帶。白鑞野蠻人的癒合力很好。沒有邁爾斯那樣快，但仍然頗爲出色。當然，白鑞野蠻人也很容易就把自己逼死，沒注意到他們的身體已經瀕臨崩潰。這個危險的技藝讓人燃燒殆盡的速度，就像鎔金術師燃燒金屬的速度一樣快。

塔森繼續說道：「也查了工程師。在最後的乘客車廂裡抓出更多守衛，他們想要溜出來看我們是怎麼偷貨的。我們開槍殺死他們，我想這代表我們應該得手了。」

「還沒。」邁爾斯低聲說道，盯著黑夜，感覺腳下的船隻在迷霧中航行，靠的是船下的一對慢速螺旋槳。「瓦希黎恩知道我們怎麼辦到的。」

塔森遲疑了。「呃……你確定？」

「對。他在車廂裡。」邁爾斯心不在焉地說道。

「什麼！」塔森轉身，看到船中央的大車廂。邁爾斯可以聽到他的手下正以大帆布把車廂蓋起，不讓別人看出來。這艘船表面上看起來就像是普通的平底船，起重機跟機器都藏在別的帆布下，整艘船看起來就像是從外城區採石場運石頭回來的船隻。邁爾斯甚至有船運單跟入港許可，還有幾張帆布下方，眞的是放著切割整齊的石頭。

「我不知道他是用了什麼方法，但他一定在裡頭。瓦的思考方式就像是執法者。這是找到我們藏身之處的最好方法——跟知道會被偷走的貨品在一起——就算不知道會怎麼被偷走。」他想了想。「不對。他一定已經知道我們怎麼辦到的。這就是他這麼優秀所要承擔的風險。他跟我一樣行，所以他的思考方式會變得跟罪犯一樣。」

其實比罪犯還好。

令人訝異的是，沒有更多的執法者變成罪犯。如果看到意外發生的次數夠頻繁，人很自然地會想要嘗試讓這件事成功。邁爾斯十年前就在心裡暗自計劃這些搶案，因爲他那時已發現，鐵道的保安都是以人爲主體……一開始他只是在腦子裡實驗，這點也讓他很自豪，他成爲了搶匪，而且還是出色的搶匪。非常出色。那些人……他進城時常偷聽別人的交談。他們都對消賊感到佩服。

在蠻橫區時，沒有人這樣看待他。他們痛恨保護他們的他。現在他們愛戴著他，從他們身上偷竊的他。人眞是難解的生物，但是不被人恨的感覺眞好。他們確實怕他，但不恨他。

「所以我們該怎麼辦？」塔森問道。

「什麼都不做。瓦可能不知道我已經猜到他在裡面。這讓我們占了先機。」

「可是……」

「不能在這裡打開車廂。這是整個行動的重點。我們需要工作室。」他想了想。「不過也可以把整座車廂推入運河，這裡夠深，會整輛車沉下去。不知道如果發生這種事，瓦有沒有辦法開門。」

「我不覺得套裝先生會希望我們把車廂沉了，老大。他造那個仿製品花了不少錢啊。」

「對。可惜這運河只有十四呎深。如果把車廂丟在這裡，一定沒有辦法在別的船撞上它之前把它吊出來，那麼我們的祕密就會曝光了。可惜。」瓦希黎恩的死幾乎值得用這一車貨來換。套裝先生不明白那人有多危險。他裝作一副了解的樣子，但他如果真的明白瓦希黎恩有多危險，行事多有效率……就絕對不會允許他們進行這次行動。他一定會停止所有的運作，把所有人撤出城裡。邁爾斯原本也會同意他的作法，但是他有私心——

那麼一來，兩人就沒有交手的機會了。

船漂入城市，載著火車廂、貨物，還有裡面的乘客，彷彿瓦是正在乘坐私人豪華車廂的貴族，堅如磐石的堡壘阻擋外面十幾名一心想致他於死地的人。

套裝先生派來的兩名保姆自稱「鋼推」跟「鐵拉」，他們來到邁爾斯身邊，一起站在平底船的船頭，但邁爾斯沒有與他們交談。一行人漂過依藍戴，迷霧中的街燈沿著運河兩岸，有如排成直線的火把，散發出刺眼的白光。其他光芒在高高的空中閃爍，是被隱匿在霧氣中的高樓玻璃窗。

他的一些手下在附近交頭接耳。大多數人都把迷霧視爲不祥的徵兆，可是至少有兩個主要宗教認同迷霧爲神靈的現身。邁爾斯自己是不知道該怎麼看待迷霧，有人聲稱迷霧會讓鎔金術師更強，但他的能力已經是絕頂高強。

倖存者教會的教義宣稱，迷霧屬於凱西爾，迷霧之主。他會現身於迷霧濃重的夜晚，對獨立的人們賜予祝福，無論他們是盜賊、學者、無政府主義者，或是住在自己土地上的農夫。任何自食其力，或是能夠獨立思考的人，就是倖存者的追隨者，無論他本人是否這麼認同。

當今的既得利益者是對這信仰的褻瀆，邁爾斯心想。許多人自稱是倖存者教會的成員，卻不鼓勵他們的員工獨立思考。邁爾斯搖搖頭。反正他已經不追隨倖存者了。他找到了更好、更眞實的道路。

船隻航行過第四與第五捌分區的外圍，在運河兩邊，兩棟巨大的建築物遙遙相望，頂端消失在迷霧中。太齊爾高塔在一邊，鐵脊大樓在另一側。

鐵脊大樓的卸貨碼頭就在專屬的運河分支旁。他們把平底船航行到分支裡，停下，利用碼頭的固定起重機將被遮起來的車廂從平底船上吊起，畢竟這車廂的僞裝是一堆石塊。車廂緩緩地晃入空中，然後輕輕慢慢地放到平台上。

邁爾斯從平底船上跳上岸，走到平台邊，鋼推跟鐵拉跟在他身邊，其餘的人則包圍在他周圍，臉上皆是得意之色，有些人還在開玩笑，討論這一筆賺到的獎金要怎麼用。

夾子看起來很不安，抓著脖子上的疤痕。他是倖存者信徒，疤痕是信仰的象徵。塔森張大了灰色的嘴唇，大大地打了呵欠，折折手指，關節發出爆裂聲。

整個平台開始晃動，慢慢地降下一層，進入鑄造廠，通過之後，上方的門立刻闔起。升降梯停下時，略略晃了一下。邁爾斯轉過頭，看著套裝先生說有一天將成爲地下鐵路的隧道，現在看起來空洞、空無，毫無生氣。

「把鐵鍊鉤上，扣住車廂。」邁爾斯從升降梯跳下。

「不能等一下嗎？反正十二個小時後就會打開，對吧？」塔森皺眉說道。

「我打算十二個小時內就要消失。瓦和他的人跟得太近了。我們現在就把車廂撬開，處理掉裡面的人，拿了鋁就走。快點，把門給拆了。」邁爾斯說道。

他的手下急忙開始執行他的命令，以許多鐵鍊與夾子把巨大的車廂捆在牆上。另一套鐵鍊扣上防破號的門，然後纏上升降平台的強大電動絞盤。

升降平台被拆下，馬達開始拉動鐵鍊轉盤。

邁爾斯走到槍架邊，挑選兩把跟他槍套中一樣的鋁槍。他不安地發現，架子上只剩一把了。他們在武器上的損失巨大，這筆債只好從瓦希黎恩身上討回來。邁爾斯大步走過房間，金屬鍊在地面上敲擊，工作的人們發出悶哼聲。空氣中滿是鑄造廠的煤渣味。

「舉起武器！一打開，就準備好對裡面的人開槍。」邁爾斯命令。

消賊不解地面面相覷，但乖乖地解下或掏出槍枝。他身邊目前有大約一打人，還有一些後備的人力，以防萬一。只要跟瓦希黎恩有關，就不能將所有子彈都放入同一把槍。

「可是老大，回報說這車離開時沒有守衛在裡面！」

邁爾斯撤下保險栓。「小子，如果你找到一棟沒有老鼠的建築物，那一定是因爲有更危險的東西把牠們嚇走了。」

「你覺得他在裡面嗎？」鋼推的聲音幾乎沒有抑揚頓挫。他顯然沒聽到邁爾斯之前關於瓦在平底船上的對話。邁爾斯點點頭。「結果你把他帶來這裡。」邁爾斯再次點點頭。鋼推的臉色一沉。「你應該先跟我們說的。」

「別人把你們交給我，就是要幫我料理他。我只是希望你們有表現的機會。」邁爾斯說完轉身。「開馬達！」

其中一人拉下握把，鐵鍊繃緊，呻吟，拉扯著門。車廂一陣晃動，但被後方的其他鍊鎖固定住。

「準備好！門打開以後，只要有一絲半點的動靜，立刻開槍。只用鋁彈射擊，不用省子彈。事後再把子彈蒐集起來，重新鑄造就可以。」邁爾斯大喊。

車廂的門開始凹折，金屬發出哀鳴。邁爾斯跟他的人馬往兩旁移動，避開鐵鍊的直線行進方向。其中三人想要趕著去架好機關槍，但被邁爾斯揮手阻止。他們沒有那麼多鋁子彈，如果拿機關槍來對付有所準備的射幣，會發生意想不到的慘劇。

邁爾斯重心將所有注意力都投注在車廂上。他屏氣凝神，感覺身體因金屬意識中汲取出的力量逐漸發熱。他不需要呼吸，身體隨時都在自動修復。如果有選擇，他甚至想要停下心跳。

瞄準的時候有心跳干擾，真的很煩人。就算不呼吸，他的準頭也向來及不上瓦，當然，沒有人能與瓦媲美。那人似乎天生就是神槍手。邁爾斯看過瓦擊中他敢發誓絕對不可能擊中的目標。殺死這樣的人，幾乎可惜了，就像是焚燒一幅獨一無二的名畫，一件傑作。

但這是必要的。邁爾斯平舉手臂，瞄準手槍。門繼續凹折，幾條鐵鎖的鐵環開始崩壞，但是鐵鎖的數量夠多，馬達的力道夠強，門框終於開始斷裂，金屬碎塊彈開，卡榫漸漸折斷。一塊金屬削上邁爾斯的臉頰，撕裂皮肉，但傷口立刻開始恢復。沒有痛楚。他對於疼痛的感覺只剩下隱約的記憶。

門發出最後瀕死的尖叫，斷裂，飛到房間的另一端。操控馬達的人急忙停手，金屬門重重落地，在地上彈跳了幾下，濺起火星，最後終於停在兩側的消賊之間。所有人緊張地拿著武器，瞄準黑漆漆的車廂內部。

來吧，瓦。輪到你出手了。你來到我面前，進入我的地盤，我的巢穴。你是我的了。

可憐的傻瓜。只要有女人遇險，瓦向來無法克制自己。

就在這時，邁爾斯突然注意到一條線。細得幾乎看不見，從落地的門一路延伸，消失在車廂內側。線一定是被綁在門上，然後鬆鬆地捲成一團。門被扯開時，線繩沒斷，而是被拖著走。這是什麼……

邁爾斯再次瞥向地上的門。膠帶。炸藥。

慘了。

某個躲在鋁箱後面的人，猛然一扯繩索。

18

車廂外的整個房間都在震動。車廂內一陣急晃，但似乎有某個善心人士把車廂捆住了，所以瓦希黎恩才沒被甩出去。他緊拉著繫在金屬箱上的繩子，頭埋得低低的，問證舉在耳邊。

爆炸一過，他立刻翻過箱子，彎腰衝入房間。空氣中滿是煙霧，地上布滿石頭與金屬的碎塊，大多數燈泡都被爆炸破壞，剩下的燈也劇烈地搖晃，整個房間都是令人目眩的影子。

瓦希黎恩一眼掃過破壞的狀況，快速估計一下。至少有四人倒地。如果他更早引爆，可能炸死的人還會更多，但他擔心傷到無辜的人。他需要有一小段時間來觀察周圍，確保史特芮絲或其他人不在附近。

瓦希黎恩朝一塊廢鐵反推，趁被消賊瞄準前飛入空中，同時舉起問證，射倒一名正在甩著腦袋，想要站起的人。他落在車廂上，精準地開了兩槍，射死另外兩名消賊。一名衣著破爛的男子站起，瓦希黎恩開了槍後才發現，那是邁爾斯。他的外套跟襯衫左半邊都已經被撕爛，但是皮肉已經長好，正在舉槍瞄準自己。

該死的，瓦希黎恩心想，躲在損壞的車廂後。他原本希望自己現身的地方會是比較傳統的藏身所，有狹窄的走廊跟隱蔽的密室，而不是這樣空曠的石頭房間。在這地方要不被圍困是挺困難的事。他從車廂旁邊探出頭，迎來四五波子彈，都是來自不同的方向。他連忙躲回原處，快速把問證的子彈都換成普通子彈。他已經被包圍了。這可不妙。

房間中另外一盞燈閃爍，消失。爆炸引起的火勢讓室內染上原始的紅光。瓦希黎恩蹲下身，問證握在身邊。他沒有使用鋼圈——所有人都在用鋁子彈。

他可以選擇被困在原地，等他們一繞過車廂就被射死，或是冒著中彈的危險，嘗試突圍。豁出去了。他踢起一塊金屬，鋼推在身前，自己緊跟在後疾衝，吸引一陣槍響。他鋼推身後，讓自己飛起，同時側面旋轉，不斷開槍，目的是要讓敵人低頭，可是他還是先射中了一人才落地，翻身躲到一些掉落的箱子邊，藏身於陰影下。

他蹲起，連忙重新補充子彈，腰邊的傷再度從繃帶後滲出血。車廂捆在房間的北面，他朝西面突圍，如今躲在滿是箱子的西北角，往南一點的正西方有一條隧道，也許他能朝那邊跑。

他彎腰繞過箱子邊，射中一名消賊的腦門，在地上猛一打滾，躲到更大一堆箱子後。

有人正想從他左邊偷襲。他可以聽到他們踩到地上碎石的腳步聲。瓦希黎恩舉起槍，繞過箱側，開槍。

穿著黑色套裝的男子輕鬆地舉起手。瓦希黎恩依循鎔金術師藍色線條，看到子彈被甩到對方身後，射中上方的牆壁。這下可好了。那是個射幣。

他翻轉問證的槍膛，鎖定。可惜，其他消賊的攻擊讓他還來不及射出特殊子彈，就得蹲下。那名射幣很近。瓦希黎恩得動作快點。他從口袋掏出幾條綁著金屬的手帕，用鋼推甩出，吸引對方的火力，然後小心翼翼地繞到箱子右邊。他不能停下來。得要——

他與一名想要繞過箱子突襲他的人面對面。一座有著灰白色皮膚、帶著偉恩帽子的瘦子。那天晚上，有人叫他塔森。

塔森的眼睛訝異地大睜，用力一揮拳頭，不管自己手中還握著手槍。這個人有克羅司血統，說不定還是白鑞臂，因爲他的槍傷恢復得很快。這種人習慣先揮拳頭，才想到自己有槍。

瓦希黎恩驚險萬分地躲過，感覺到拳頭掠過他的鼻尖，然後擊中身邊的一個箱子，箱子粉碎。他舉起問證，但是塔森以超乎凡人的速度一巴掌把問證拍掉。沒錯，絕對是白鑞臂。有克羅司血統的人力氣是大，但身手沒有那麼矯健。瓦希黎恩反射性地鋼推倒彈。跟這個人肉搏絕對屬於自殺行爲。得要——

屋頂爆炸。

好吧，不是整座屋頂爆炸，只是瓦希黎恩頭頂上的那塊，看起來是車廂搭乘某種升降機器來到地下層的開口。瓦希黎恩彎腰，躲過落地的金屬塊，其他的則被他鋼推走。他的頭頂爆發出一陣槍聲，白鑞臂彎腰閃躲，其中幾枚子彈射中附近的箱子。

一個身影從上方落下，穿著長外套，握著一對決鬥杖。偉恩重重落在瓦希黎恩右方，痛得悶哼一聲，熟悉的速度圈閃起。

「好痛噢。」偉恩翻過身，伸直了腿，讓骨折開始癒合。

「你不需要這麼快跳下來。」

「是嗎？鬆餅腦，你看看上面。」

瓦希黎恩瞥向頭頂。他在跟白鑞臂對打時，那名穿著黑色西裝的射幣也悄悄逼近，正以慢動作落在箱子上，手中握著手槍，一抹煙霧從槍口散開，子彈緩緩地離開槍筒。槍筒正瞄準瓦希黎恩的腦袋。

瓦希黎恩一陣寒戰，刻意往旁邊挪了一步。「多謝了。那個……鬆餅腦？」

「新的罵人方法，試用看看。」偉恩站起。「喜歡我的新外套嗎？」

「所以你才花了這麼久？拜託，你別告訴我，我在這裡以性命相搏時，你跑去逛街了。」

「我得先撂倒守著上面的三個蠢蛋。」偉恩把決鬥杖甩成兩團棍花。「其中一個人穿著這件帥氣的外套。」他遲疑了一下才繼續說道：「我到得晚是因爲我花了點時間想，要怎麼樣在不弄壞衣服的情況下把他打倒。」

「算你厲害。」

「我叫瑪拉席射他的腳。」偉恩臉上露出大大的笑容。「準備好了嗎？我去處理那位有克羅司血的朋友。」

「小心。他是白鑞臂。」

「真是迷人。你總是介紹這麼出色的人給我認識啊，瓦。瑪拉席會從上方掩護我們，讓那些槍手不要亂跑。你能處理那個射幣嗎？」

「如果不行，我就該中槍了。」

「噢，原來現在流行說退休的意思就是『中槍』啊？我記下了。準備好了沒？」

「走。」

偉恩撤下速度圈，向前翻個筋斗。繞過箱子的白鑞臂一驚，射幣的子彈射中地面。瓦希黎恩撲向之前從他手中被打飛後，落在附近箱子上的問證。

射幣反射性地往下跳，鋼推槍。拉奈特也許有許多特長，但有錢不是她的強項，所以問證並不是鋁做的。射幣的鋼推讓槍朝瓦希黎恩的頭直直飛來。他恨恨地罵了一聲，只好讓槍從頭頂飛過。他身上當然有別的槍，但裡面都是普通子彈。

他猜到射幣是想把槍朝牆壁狠砸到壞，於是用盡全力鋼推，讓槍從屋頂的洞飛出。

瓦希黎恩拋下子彈，尾隨在後。射幣想要朝瓦開槍，但同樣也是只用鋁子彈的瑪拉席準確的一槍，差一點打穿射幣的頭，逼得他只好彎腰閃躲。

瓦希黎恩穿梭過一波如瀑布般降入室內的迷霧，猛然躍進同樣滿是迷霧的闇色夜空，一把抓住空中的問證，同時鋼推旁邊的路燈，閃躲追趕而來的子彈，子彈在迷霧中帶出波浪般的蹤跡。

他撞上身邊的建築物，用力攀住。某個黑色的身影從洞裡彈出，飛入夜空。是那個射幣。

緊跟而來的是一名穿著黑衣的男子，也是某種鎔金術師，他飛行的弧線看起來比較像是扯手。這下可好了。瓦希黎恩把槍往地面一指，射出一枚普通的子彈，然後一面反推子彈，一面減低自己的體重，朝更高的空中飛去。兩人以優雅的弧線緊追在後，瓦希黎恩翻轉問證，鎖定特殊的子彈槍膛。

再見了。他朝射幣的頭開槍。

可是好死不死的是，那人剛巧就在同一瞬間往旁側推，並非有意躲避，只是運氣好，於是子彈毫無作用地飛進那人身後的迷霧，而射幣同樣舉槍射擊兩次，其中一發子彈擦過瓦希黎恩的手臂。

鮮血濺入黑夜。瓦希黎恩咒罵，往旁邊鋼推，採取不規則的路線好閃避子彈。你這白癡！子彈再好，不好好瞄準也是沒用的！他憤怒地心想。

他專注於飛在兩人面前，在巨大的鐵刺建築物側面來回跳躍而上。射幣以優雅的飛躍跟隨他，而扯手更直接地鐵拉建築物的鋼架，一段又一段地朝上衝刺，先是往外跳，然後用鐵拉把自己往建築物的方向上拉，像是把垂降的動作反過來做。

兩個人都在節省子彈，等待最好的攻擊時機。瓦希黎恩也一樣，但理由不同：他不確定對他們開槍是否有用。他需要使用另一枚殺霧者子彈，他得想辦法讓他們兵分兩路，好一次對付一個。

他不斷往上，鋼推每次落地的石造平台裡面的鋼架，但要不了多久，他就碰上第一次爬這座塔時碰到的問題。上面越來越窄，所以他只能往上、往外，而不能往內。這次他身邊沒有霰彈槍。他把霰彈槍交給提勞莫了。

可是他有另一枚會以更大的力道，特別設計來對付白鑞臂的殺霧者子彈。他遲疑了——他應該保留子彈來對付下面那個人嗎？

不對。如果他現在死了，就絕對沒有對付下面那個人的機會。瓦希黎恩伸出手，扣下扳機，讓自己往後退。這一槍的威力不及霰彈槍，可是他夠輕，因此飛行方向改成朝建築物而去。

射幣從他身邊擦過，一臉訝異。他舉起槍，但是瓦希黎恩先開槍。雖然只是普通子彈，但是那射幣被逼得要鋼推子彈，免得被射中。瓦希黎恩同時鋼推，這讓他朝建築物的方向退去，不幸的射幣則被推入遠離高塔的空氣。

很好。如今他位於超過一百呎高的空中，一把抓住浮雕，同時朝下方的扯手開槍，但那人的鐵拉用得很小心。瓦希黎恩的子彈轉個彎，射中扯手胸口的鐵板。

瓦希黎恩遲疑了片刻，便放開牆，一面維持身體的平衡，一面從他的另一個肩套抽出第二把手槍。

他快速地連開六槍，耗盡了子彈。扯手轉身，讓胸口面對瓦希黎恩，射中胸甲的子彈激起火花。有時候可以靠這種方法殺死扯手——如果有子彈反彈到他的臉上，或是胸甲被打歪。但今晚瓦沒這種好運。

瓦希黎恩一面咒罵，一面重新躍入空中，從對方身邊落下。扯手跟著他跳下，兩人一起穿過迷霧。瓦希黎恩在落地前朝地面開了一槍，減低速度。

他需要選對角度後對扯手開槍，好——

第二聲槍響打破空氣，扯手尖叫。瓦希黎恩轉身，舉起槍，但是扯手已經流著血，面朝下撞上地面。瑪拉席從他身邊的灌木叢中跳起。

「啊！看起來傷得好重啊。」她皺起眉頭，對於她剛剛才用鋁子彈射傷的男子展露擔憂。

「重點就是要讓人受創啊，瑪拉席。」

「標靶不會尖叫。」

「技術上來說，他也是標靶。」

而且還得多謝偉恩在婚宴後抓錯子彈。他想了想。他忘記什麼了？

那個射幣。

瓦希黎恩咒罵，拋下用盡子彈的普通手槍，抓住瑪拉席，鑽入大開的屋頂洞，驚險避過從空中撒下的一波子彈。瓦希黎恩將她抱入室內，輕輕落地。

地下室一片混亂。到處都是倒地的人，有些是被炸死，有些被瓦希黎恩射死。一大群消賊守在西面隧道附近朝偉恩開槍，偉恩把自己的能力發揮得淋漓盡致，像是瘋子一般不管不顧地燃燒彎管合金。他會現身，吸引對方的火力，然後消失成一團，重新出現在旁邊，侮辱槍手們居然沒打中他，然後重新如法炮製。

槍手們一直在猜他接下來會出現在哪裡，但是完全徒勞無功。偉恩可以減慢時間，看到子彈行進的方向，然後走到打不中的位置。要打中知道你人在哪裡的滑行者，需要極大的運氣與技巧。雖然看起來很厲害，也不過是拖延時間的戰術。對偉恩開槍的人太多，他不能冒險逼近他們，因爲在撤與設速度圈之間需要時間，如果他離他們太近了，很有可能會讓他們能在他現身的數秒內瞄準、射中他。偉恩閃躲得越久，那些開槍的人就越容易學會怎麼估算他的停滯時間。如果他持續太久，還是會被打中的。

瓦希黎恩一眼便評估出情況，朝瑪拉席伸手。「炸藥。」她將炸藥遞給他。「找地方掩護，等一下想辦法射中那個下來對付我們的射幣。」

瓦希黎恩衝入房間，沒有轉頭去看，只是隨便朝那群人的方向開槍。一群人驚慌失措地四處找掩蔽。瓦希黎恩趕到偉恩身邊的同時，偉恩啓動速度圈。

「謝啦。」偉恩說道，滿頭大汗，卻也滿臉笑容。

「白鑞臂呢？」

「我們不相上下。那混帳速度可眞快。」

偉恩點點頭。白鑞臂向來都讓偉恩很難對付。偉恩癒合的速度快很多，但是白鑞臂的能力讓他力氣大又速度快。在搏擊中，偉恩會落在下風。

「他還是拿著我的幸運帽。」偉恩朝站在消賊身後、慫恿他們上前的灰膚男子點點頭。「這群是從那條隧道來的。我覺得裡面還有更多人。不知道爲什麼邁爾斯沒把他們一開始就叫進來。」

「在這個大小的空間裡，太多人開槍，對他們自己人會更危險。」瓦希黎恩環顧四周。「他會想要保留一部分人馬，等到耗盡我們的體力。邁爾斯人呢？」

「他想要從背後突襲我。我想他是躲在車廂旁那裡。」

偉恩跟瓦希黎恩站在室內中央，車廂在左後方，箱子在右後方，隧道在右側。瓦希黎恩很輕鬆就能去到車廂旁邊。「很好。繼續執行先對付邁爾斯的計畫。」

「我覺得不會成功。」

「所以才要有備案，祈禱這個會成功吧。我不想讓瑪拉席陷入太多危險。」瓦希黎恩舉起火藥。上面沒有引線，是要靠拉掉保險栓才會爆炸。「你去處理那些人。我來對付邁爾斯。準備好沒？」

「行。」

瓦希黎恩拋出炸藥，偉恩在炸藥碰到速度圈邊緣的前一瞬間，撤下速度圈。任何離開速度圈的東西都會以無法預測的角度偏移，越小的東西越危險，所以從速度圈裡開槍可以說是根本沒有用。

消賊們從藏身處探出頭來。火藥朝他們的方向飛去。瓦希黎恩舉起問證，朝正在落地的火藥射出最後一枚子彈。

爆炸聲撼動了整個房間，讓瓦希黎恩開始耳鳴。他對自己的狀況不予理會，轉身看到邁爾斯從被破壞的火車車廂邊走出。瓦希黎恩抓起一把子彈，跑入車廂，一面彎腰找掩護，一面重新上膛。

一個身影隨後擋住光線。「你好啊，瓦。」邁爾斯說道，進入車廂。

「你好啊，邁爾斯。」瓦希黎恩深吸一口氣，鋼推他掛在車廂頂，用來固定網子的鐵鉤。鐵鉤鬆開，網子罩住邁爾斯。

邁爾斯驚訝地開始掙扎，瓦希黎恩鋼推網子底部的鐵夾，夾子紛紛朝原本是門的開口飛出去，把網底收緊，讓邁爾斯隨即倒地。

邁爾斯摔倒在車廂內，頭重重撞上裝著鋁的箱子。這樣的撞擊對他而言大概連頭昏都算不上，但是猛然摔倒的動作讓他拋下了手中的槍。瓦希黎恩往前一跳，抓住，把槍從網子中拉出，然後站起身，急速地呼吸。

邁爾斯在網了內掙扎。雖然他有神奇的癒合力，但力氣也不過就是一般人。重點不是要殺死他，而是要讓他失去行動能力。瓦希黎恩上前一步，終於有機會能包紮手臂上的傷口。傷勢不嚴重，但血流得多了些。

邁爾斯抬頭看著他，平靜下來，然後手探入口袋，拿出雪茄盒，抽出一小管纖細的火藥。

瓦希黎恩全身一僵，突然明白過來，極大的恐懼讓他全身一震。

慘了！他猛力從邁爾斯身邊躍出，撲出車廂，但是太過勉強，他整個人已在空中打轉。瓦只瞥到邁爾斯拉扯火藥的炸蓋，一瞬間全身便被包圍在明亮、強大的爆炸中。

爆炸力讓瓦希黎恩如風中落葉般往前飛行，然後重重落地，眼前白光一閃。有一小段時間，他完全無知無覺。

最後，他滿身是血，頭暈目眩地醒來，終於停止滾動。他的頭仍然很昏，無法動彈，無法思考，心跳飛快。

一個身影在車廂中站起。瓦希黎恩的視覺太模糊，看不清楚，但他知道是邁爾斯。他的衣服被撕爛，大多數都被炸飛，但人是完好的。他引爆了手中的炸藥，好讓自己從網子中脫困。

鐵鏽滅絕的……瓦希黎恩邊想邊咳嗽。他傷得有多重？他翻過身，全身感覺麻木。這不是好現象。

「你還懷疑我是被選中、要做大事的人嗎？」邁爾斯大吼。瓦希黎恩幾乎聽不見。剛才的爆炸之後，他的耳朵就沒什麼用了。「否則我爲什麼會有這種力量，瓦希黎恩？否則我們爲什麼會是這樣子的人？可是我們卻讓其他人統治我們。讓他們擾亂我們的世界，而我們成天只是抓小賊小犯。」

邁爾斯從車廂跳下，裸著胸膛，長褲只剩碎布，大步前進。「我厭倦聽城裡的命令。我應該要幫助人，而不是遵從那些腐敗、冷漠的人，進行無意義的戰鬥。」

他來到瓦希黎恩身邊，彎下腰。「你看不出來嗎？你看不出來我們能做多重要的事情嗎？你看不出來那是我們的天職，甚至包括統治其他人。幾乎就像……像是我們的能力，讓我們成爲神人。」他幾乎像是要瓦希黎恩同意，給予他認同。

瓦希黎恩只是咳嗽。

「罷了。」邁爾斯站起身，轉轉手。「你難道不明白，我也知道唯一阻止我的方法就是把我綁起來嗎？但我發現小小的爆炸很有用，所以都會在雪茄盒裡放炸藥。很少有人會查那裡。你應該去質問我在蠻橫區抓到的歹徒。他們曾有幾個人想用繩子把我綁起來。」

「我……」瓦希黎恩咳嗽。他覺得自己的聲音聽起來很怪。「我沒辦法跟你抓到的歹徒談。他們都被你殺光了，邁爾斯。」

「的確。」邁爾斯抓住瓦希黎恩的肩膀，把他拖起來。「你從車廂裡跳出來時，把我的槍弄掉了啊。太好了。」

邁爾斯朝瓦希黎恩的肚子揍了一拳，讓瓦猛然吐了一口氣，然後又鬆開他，讓他倒回地上，自己慢慢地走到槍附近。

瓦希黎恩雖然還沒恢復神智，卻知道應該要找掩蔽，所以不知如何居然站了起來。他鋼推附近的機器，讓自己飛過室內，落在箱子邊。雖然箱子被爆炸炸飛了，卻仍能提供一點保護。

他不斷咳嗽、流血，爬到箱子後，然後倒地不起。

偉恩在兩名消賊中間轉個身，決鬥杖朝其中一人的背部側揮，得到令人滿意的斷裂聲。對方倒地。偉恩笑了，撤下速度圈，另外一個跟他一起被困在裡面的人轉過身，想要瞄準偉恩，但是在時間加速的過程中，他一不小心擋在幾名開槍的同胞身前。消賊被一波子彈射倒。偉恩往後跳，在自己跟另一名驚駭的消賊周圍啓動速度圈。

外面的一切減緩——子彈凝結在空中，喊叫聲消失，聲波被速度圈擋下。速度圈對聲音有很奇特的影響。偉恩轉身，打落身後消賊手中的手槍，然後往前一撲，杖端埋入對方的脖子。男子從喉嚨發出驚訝的咯咯數聲，然後偉恩打中他的頭側，讓他倒地。

偉恩退後一步，喘著氣，甩著一柄決鬥杖。彎管合金所剩不多，所以他又吃了一點。是最後一點。更令人擔心的是他的金屬意識，幾乎要用完了。這也不是第一次。他最痛恨這樣的打鬥。一枚子彈就可以把他結果掉。他脆弱得像……像其他人一樣。令人不安的想法。

偉恩來到速度圈邊緣，每次都希望這圈子能跟自己一同移動。那個白鑞臂還是戴著偉恩的幸運帽。當瓦抛出炸藥時，那個人躲了起來，剛剛才又出現。他似乎沒有受太大的傷，只是臉上有點擦傷，完全不會影響白鑞臂。可惜。至少帽子還是好好的。

那人開始衝向偉恩，速度極爲緩慢，卻明顯地比其他消賊還要快。雖然偉恩覺得很煩躁，但他知道自己應該要避開那個人。他從來沒有打敗過白鑞臂，除非儲存了很多健康。最好還是繼續到處跳跳，等瑪拉席或瓦打那人幾槍之後再說。

偉恩轉身，環顧四周，選擇他在撤下速度圈時要站在哪裡。子彈太多，他不想……

那是瓦嗎？

偉恩睁大了眼睛，這才注意到滿身鮮血的瓦希黎恩飛過房間，像是被鋼推出來一樣。瓦正朝房間西北角、偉恩左邊的一堆箱子飛去。他的套裝半邊被燒焦撕爛。

又有爆炸？偉恩剛才是覺得似乎有聽到什麼，但是在速度圈內跳進跳出，真的會嚴重影響對聲音的感知。

瓦需要他。該結束這邊了。偉恩撤下圈子，往前疾奔。數到二後，啓動另一個圈子，往右閃，撤下，繼續跑，子彈飛過他原本在的位置。對於那些想要追他的人而言，他的身影不斷模糊，然後出現在他原本在的右邊。他重複一次，朝另一個方向閃，撤下圈子。

快到了。再一個圈，然後——

有東西擊中偉恩的手臂。奇特的是，他先感覺到鮮血，才感覺到痛楚。他咒罵一聲，腳步一軟，立刻啓動圈子。

他用力握住手臂。溫熱的鮮血從手指間擠出。驚慌之餘，他用盡了金屬意識裡僅存的健康，量不足以讓槍傷癒合，甚至無法減緩流血的速度。他轉身，注意到另外一枚子彈快要進入他的速度圈。他在子彈射中邊緣前，往旁邊一跳，然後子彈立刻穿入，到了圈子的另一邊，再次減緩，朝屋頂飛去。

該死的，偉恩心想，在手臂上進行臨時包紮。有人的準頭很好。他轉頭，看到穿著黑色套裝的射幣跪在牆邊，握著一柄看起來很熟悉的來福槍，瞄準了偉恩。那是拉奈特給瑪拉席的來福槍。*他們整個行動完蛋的速度，比彎管合金燒得還快。*

他遲疑了片刻。瓦倒下了。可是瑪拉席……她怎麼了？偉恩看不到她，可是那射幣躲在某個機械旁，而且還握著她的槍。情況已經很明白。瓦會想要他去幫那女孩。偉恩一咬牙，轉身衝往射幣。

瓦希黎恩呻吟，抵抗著痛楚，從腳踝掏出小手槍。他在爆炸中弄掉了問證，拉奈特會殺了他，而且另外一把槍在抓住瑪拉席時被他留在上面，現在只剩下這把。

他發抖的手扣不下小手槍的安全栓。他甚至不敢去摸自己傷得多重。他的腿跟手臂像是被扒了一層皮。

迷霧繼續從上面的洞口流下，幾乎要淹沒這半邊的房間。瓦希黎恩絕望地發現他的兩把小手槍在爆炸中被破壞，擊鎚已經毀損，子彈根本無法擊發。不過這槍原本也傷不了邁爾斯分毫。

他再次呻吟，頭靠著地板。我以為我有請求得到一點幫助。

出乎他意料，一個聲音清晰地回答。我想你是得到了一點幫助。

瓦希黎恩一驚。這樣啊……那我能不能再得到多點幫助？呃，麻煩？

我不能偏心。這會破壞平衡。他腦海中的聲音回答。

祢是神，神不就該偏心嗎？

不。重點是和諧，盡量讓多數人能夠做出自己的選擇。

瓦希黎恩躺在地上，看著盤旋的迷霧。剛才的爆炸讓他的腦子遠比他以爲的還要混亂。

那聲音問他，你是像邁爾斯所說的那樣，認爲鎔金術師都是神人嗎？

我……如果我是的話，我想我不會痛成這樣。

那你是什麼？

瓦希黎恩在心中回答，這是很奇怪的對話。

沒錯。

祢看到消賊做的事，怎麼能不出手幫忙？

有。我派了你來。

瓦希黎恩吐口氣，吹散他面前的迷霧。邁爾斯剛才的話讓他心中很不安：我們擁有這種力量，難道不是爲了做大事嗎？

瓦希黎恩一咬牙，強迫自己站起身。他覺得在迷霧裡舒服很多。傷似乎沒那麼重，痛楚似乎沒那麼鮮明。可是他仍然沒有武器，仍然被圍困，仍然……

他突然認出自己面前的箱子。那是他的行李箱。他二十年前帶著去蠻橫區的箱子。也是他帶回城裡的箱子，如今老舊破損。

更是他許多個月前的夜裡裝滿槍的箱子。箱子一邊還掛著迷霧外套的穗子。

不客氣，那個聲音低聲說道。

瑪拉席躲在毀損車廂後方的陰影中，心跳得很快。她處理掉射幣的朋友之後，那射幣就來找她了。雖然四周漆黑，還有迷霧，但靠著他的鎔金術，不管她跑到哪裡，一定都會被他發現，所以她把來福槍塞在幾個箱子後，躲在別處。她覺得自己很懦弱，但成功了。他朝箱子開了幾槍，然後繞過到一旁，拾起來福槍，滿臉狐疑之色。他顯然是以爲會發現她流血死去的屍體，但是她其實只是手無寸鐵而已。她得想辦法弄到武器，做點什麼。

偉恩被射中了，他把射幣引開，但是她看到他時，他正在流血。室內仍然一片混亂，她有點認不清楚方向。偉恩跟她說過，他們手邊只有小型炸藥，但是在密閉空間中引爆仍然會發出很大的聲音。槍響也是。空氣中都是煙味，沒有槍響時，她可以隱約聽到呻吟、咒罵，以及瀕死的聲音。

在消賊出現於婚宴前，她從未歷經過任何戰鬥。如今，她不知道自己該怎麼辦。她甚至已經分不清東西南北。室內一片黑暗，只有搖曳的燭光，而迷霧在她身邊形成幻影。

幾名消賊縮成一團，跟那個有克羅司血統的人一起守著隧道口。她從藏身之處探出頭來，幾乎看不清他們的身影。他們將槍舉在胸前。她不能朝那個方向走。

一個身影從附近的黑暗中走出，她幾乎要驚呼出聲。根據先前讀過的描述，她認出那是「百命」邁爾斯。瘦臉，短黑髮。他上身打著赤膊，露出健碩的胸膛，長褲只剩碎布。他正數著手槍內的子彈，是室內唯一沒有趴低或躲藏的人。他的腳步踢起布滿地面的迷霧。

他停在隧道口的消賊旁邊，說了些她聽不見的話。他們彎腰，沿著隧道撤退。邁爾斯沒跟著去，而是跨越房間，靠近瑪拉席的藏身之處。她屏住呼吸，希望他能經過她的藏身處，好讓她……

一陣衣物的摩挲聲響起，射幣落在邁爾斯身旁。邁爾斯停下腳步，挑起眉毛。

「鐵拉死了。」射幣說道。瑪拉席幾乎聽不見他的聲音，但是她聽得出來，他的口氣因憤怒而緊繃。「我想解決掉那矮子，但他一直帶著我繞房間團團轉。」

「我相信我之前說過了。」邁爾斯的聲音響亮、冰冷。「偉恩跟瓦希黎恩就像老鼠。追他們是沒有用的，你得要把他們引來身邊。」

瑪拉席更靠近，淺淺地呼吸，盡量安靜。邁爾斯夠近了。再幾步……

邁爾斯把手槍上膛。「瓦希黎恩爬到這附近。我沒找到他。可是他受傷了，手無寸鐵。」然後邁爾斯轉身，手槍直朝瑪拉席的藏身之處。「請叫他，瑪拉席貴女。」

她全身一僵，感覺到銳利的驚恐。邁爾斯的表情很平靜。冰冷。毫無情緒。他可以眼睛不眨一下，就殺了她。

「叫他。」邁爾斯更堅決地說道。「尖叫。」

她張開口，卻沒有聲音。她只能盯著槍。她在大學受到的訓練告訴她要照做，然後在他轉身的瞬間逃走，可是她無法動彈。

房間角落裡，被迷霧籠罩的陰影開始擺動。她的眼神從邁爾斯身上扯開。在迷霧中有某個黑暗的身影。一個人，站得直挺挺的。

迷霧似乎被掀起。瓦希黎恩站在那裡，穿著一件長風衣似的大外套，腰下被切割成布條，腰上的槍套中，一對手槍閃爍，兩邊肩膀各扛著一把霰彈槍。他的臉上滿是鮮血，但是正在微笑。

他一語不發，直接平舉霰彈槍，朝邁爾斯的腰發射。

19

對邁爾斯開槍當然是沒有用的。那人就算被炸藥近距離炸了一輪都會沒事，被射幾槍又算得了什麼。

可是這幾槍倒是讓那射幣嚇得立刻鋼推倒退，也讓邁爾斯全身都嵌滿了金屬。瓦增加體重，出力鋼推，只是很難找到著力點，因爲任何刺穿人類身體或與血液接觸到的金屬，都很難受到鎔金術的操控。

幸好邁爾斯的身體很配合，快速地癒合後，便把彈藥都吐了出來。就在子彈落地前的一瞬間，邁爾斯的鋼推突然有了錨點，他成功把邁爾斯甩過房間，撞上牆。

射幣落在房間的另一邊。瓦希黎恩衝上前，迷霧披風在他身後飄動。*穿這東西的感覺眞是該死的好極了。*他在瑪拉席身邊急速煞車，在車廂旁尋找掩護。

「我差點打中他了。」瑪拉席說道。

邁爾斯大吼，聲音在房間中迴蕩。「瓦希黎恩！你只是在拖延時間而已。你聽清楚了。我的人已經去殺你想救的那個女人。如果想要她活著，就自己出來投降。我們——」

他的聲音突然中斷，令人感覺煞是奇怪。瓦希黎恩皺著眉頭思索，這時候看瑪拉席身後有動靜。她大驚失色，瓦則立刻舉起霰彈槍，結果只是偉恩。

「嘿，槍不錯啊。」他氣喘吁吁地說道。

「謝了。」瓦把槍重新扛回肩頭，注意到身邊的速度圈。邁爾斯的聲音就是被此打斷。

「你的手臂怎麼樣？」

偉恩低頭看著左臂上，滿是鮮血的繃帶。「不太好。我沒癒合了，失了些血。我開始變慢了，瓦，慢太多。你看起來也很慘。」

「死不了。」瓦的腿在陣痛，臉上少了不少皮肉，但精神卻出奇得好。他在迷霧裡總是如此。

「他剛才說的話是眞的嗎？」瑪拉席問道。

偉恩焦急地開口：「說不定是眞的，瓦。那些擋在隧道面前的傢伙剛剛一下子跑走了，看起來像是要去做什麼重要的事。」

「邁爾斯是囑咐了他們什麼。」瑪拉席補上一句。

「該死的。」瓦從車廂後探出頭。邁爾斯可能是在唬他……但也可能不是。瓦不能冒這個險。「那個射幣會讓情況變得棘手，我們得想辦法把他處理掉。」

「拉奈特那把花俏的槍去哪了？」偉恩問道。

瓦皺眉，「不知道。」

「哇，她會把你開膛破肚，老兄。」

「我一定會把這件事怪在你頭上的。」瓦繼續觀察射幣。「他很強。很危險。除非那鎔金術師死，否則我們絕對無法打敗邁爾斯。」

「可是你有那些特別子彈。」瑪拉席開口。

「只有一枚。」瓦將霰彈槍收回外套內的槍套，拿出另一枚射幣子彈。「我覺得普通的手槍沒法發射這子彈。我……」他想了想，看看瑪拉席。她正朝他挑眉。

「啊，對。你們能引開邁爾斯的注意力嗎？」瓦說道。

「沒問題。」偉恩回答。

「那走吧。」瓦深吸一口氣。「試最後一次。」

偉恩與他四目對望，點點頭。瓦看得出來他朋友的神情多麼緊繃。他們兩個人都被打得鼻青臉腫，滿身是血，金屬快用完了，金屬意識也逐漸耗盡，但是這不是第一次。而這種情況下，往往也是他們最精采的時刻。

速度圈撤離的瞬間，瓦從車廂後跑出，將子彈拋入空中，快速鋼推。射幣自信輕鬆地舉起手，把子彈往瓦反推。

子彈跟彈殼分家，朝瓦飛去。瓦輕而易舉地便閃躲過去，可是陶瓷彈頭卻繼續前進，直直射入射幣的眼睛。

神祝福妳，拉奈特，瓦心想，往上一跳，反推某名死去消賊口袋裡的錢幣，整個人往前衝入隧道。地上鋪著鐵軌，彷彿是為火車建造。

瓦不解地皺眉，但還是施力鋼推，義無反顧地衝入黑暗，直到面對一道往上的樓梯。這裡的屋頂材質是木頭，某種架在隧道上方的結構。他衝入樓梯間，進入木頭的建築物，也許是營房，也可能是臥室。

瓦微笑，精神越發抖擻，傷口的痛楚被他拋在腦後。他聽到樓梯間頂端的木造地板傳來腳步聲。他們準備好要對付他了。這當然是個陷阱。

他發現自己不在乎。一雙霰彈槍握在手中，他鋼推台階的釘子，衝上樓梯，經過了一樓，繼續往二樓前進。他寧可從最上層樓開始檢查。如果史特芮絲被關在這裡，最有可能的地方就是頂樓。

終於有燒點了，瓦心想，驟燒金屬，越發亢奮。他用肩膀頂開樓梯最上方的門，衝入二樓的走廊，腳步聲跟著他一同衝入頂層，附近房間湧出人群，全副武裝，沒有帶半點金屬。

瓦微笑，舉起霰彈槍。*動手吧*。

面前的所有人開始拿鋁槍對準瓦，他則用力鋼推腳下地板中的釘子，木板因此被扯起，地面開始顫抖，讓消賊無法瞄準。他往右一閃，翻身出了走廊，進入旁邊的房間，重新站起轉身，兩把霰彈槍對準門外。

從樓梯間衝出來的消賊跟在他身後擠入走廊，瓦的兩把霰彈槍同時開槍，手臂一震，並且鋼推，讓所有人往後退，自己則被反作用力推出窗外。這棟建築物比較像是傳統的倉庫，窗戶中沒有玻璃，只有木造的百頁窗。

瓦飛入空中。陰暗的街道上有一盞路燈在他左方不遠處。他一面鋼推，一面把體重減到近乎於零，重新又被貼回建築物的牆邊。落地後，他沿著與地面平行的牆壁半跑半跳。

他來到隔壁，鋼推另一盞路燈，伸直了腿闖入窗戶，碎片在身邊四散，站起，轉向隔間的牆壁。

他收起霰彈槍，雙手在身前交叉，拔出左右腰間的手槍。這是拉奈特做的史特瑞恩手槍，是他所擁有過的槍枝中最優秀的一對之一。他舉起手槍，增加體重，然後鋼推面前牆壁中的釘子。

廉價的木頭炸開，牆壁崩解成一片碎片跟木塊，釘子變得跟子彈一樣致命，刺入隔壁房間中的人體。瓦開槍，一大片木屑、鋼、子彈鋪天蓋地撒下，任何沒被釘子擊中的目標都終結在他的槍下。

左方喀答一聲。瓦轉身，看到門把轉動，不等看到對方是誰，他便鋼推把手，直到把手從木框飛射入另一邊的牆，消失於多霧的黑夜，那半邊已經沒有房間，只剩下外牆。

瓦收起冒煙的史特瑞恩，子彈耗盡，再次抽出霰彈槍，滾身進入走廊，蹲起，霰彈槍指著兩邊的方向。幾名遲來的消賊從他右方的樓梯間爬起，另一群正將武器指向他的左方。

他鋼推霰彈槍兩側的金屬扳機，用鎔金術為手槍準備上膛。用完的彈殼彈入槍身上方的空中，瓦希黎恩邊開槍邊鋼推，將散彈與空的彈殼一同射向兩旁等待中的消賊。

瓦希黎恩腳下的地板爆炸。

他咒罵一聲，撲向左方，樓下的火力攻擊在激起一片木屑。他們變聰明了，懂得從樓下往上開槍。他轉身就跑，用霰彈槍朝地板開槍，迷霧從破爛的牆壁湧入。

下面一定還有十幾個消賊，對方人太多，又看不見在哪裡，根本沒法開槍攻擊他們。一枚子彈劃過他的大腿。他轉身彎腰閃躲，越過地上的屍體，跑入走廊。子彈在他身後追趕，地板不斷崩裂，下面的人使勁朝他開槍，一面大喊。

他來到走廊盡頭的門前。門是鎖著的。增加的噸位、慣性，搭配肩膀改善了這個情況。他闖入，發現是一間沒有窗戶的小房間。

一名矮小漸禿的男子躲在牆角，另一名金髮女子坐在房間內側，身上的禮服皺成一團，眼睛紅腫，神色憔悴。史特芮絲。她瞠目結舌地看著瓦轉身破門闖入，迷霧外套的穗子在身邊翻飛。他鋼推身後走廊地板上的釘子，造成木板一陣波動，引來一波火力。

「瓦希黎恩爵爺？」史特芮絲震驚地開口。

「差不多是我。可能有一兩根腳趾還留在走廊裡。」他一面回答，一面痛得皺起眉心。瞥向角落的男子問道：「你是誰？」

「弩西。」

「製槍師。」瓦將一把霰彈槍拋給他。

「我其實不太會射擊。」男子看起來快要被嚇破膽。幾枚子彈射穿兩人之間的地板。消賊們發現他們被騙了。他們知道他在找什麼。

「會不會開槍不重要。」瓦舉起空出來的手，以增加力道的鋼推擊破牆壁。「重要的是你會不會游泳。」

「什麼？當然會。可是爲什麼——」

「抓緊了。」瓦說道。更多子彈在他們身邊出現。他鋼推製槍師手中的霰彈槍，將他推出牆外大約三十呎的距離，朝外面的運河落下。

瓦轉身，抓住起身的史特芮絲。「其他女孩呢？」

「我沒看到其他囚犯。消賊們暗示她們被送到別處了。」

該死的。可是能找到史特芮絲已經是萬幸。他輕輕鋼推地板上的釘子，讓兩人飛向天花板。靠近天花板時，他利用了自由落體無論重量如何，落地速度均一樣的特性——無論他增加多少倍體重，都不會影響他的動作。

他舉起霰彈槍，朝屋頂射出一波子彈，然後猛地鋼推，因爲增加的體重使他的鋼推不會怎麼改變他的位置，只有在體重輕盈時，鋼推才會大大影響他的行進方向。

結果就是他繼續向上前進，但方才的鋼推在天花板上破出大洞。他讓自己變得極端輕盈，更用力地鋼推下方的釘子。兩人從他打出的洞口衝出，飛出四五十呎高。他在夜空中一轉身，迷霧外套的穗子往外飛，仍然冒著煙的霰彈槍緊夾在臂彎，另一邊則是史特芮絲。從下方射出的子彈包圍他們，在迷霧中劃出一道道蹤跡。

史特芮絲驚呼，緊抓著他。瓦從他的金屬意識中取盡了所有重量，那裡存有上千數百小時的重量，足以讓他踏碎石板，只是他並不會變得更堅硬，如果他被子彈射中，照樣會受傷，這也是藏金術奇特的地方，但是極端的體重增加也意謂著極端的鋼推增強。他利用增加的體重，全力往下鋼推。下面有許多金屬線條。釘子。門把。槍。私人物品。建築物顫抖，波動，然後隨著框架中的每根釘子都以機關槍發射的速度往下飛竄，整棟建築物開始被撕裂。一陣天崩地裂後，建築物坍塌在底下的鐵道上。他增加的體重在瞬間被消耗殆盡，金屬意識空空如也。瓦讓地心引力帶著他落地，史特芮絲緊抓著他，兩人一起落在地下鐵路隧道的殘跡當中，到處都是碎裂的木塊與家具。

三名消賊瞠目結舌地站在隧道口。瓦舉起霰彈槍，以鎔金術打開保險栓，把他們打成蜂窩。他們是唯一還站著的消賊。其他所有人都被壓入隧道中。

一盞燈籠落在角落，點起一小簇火堆。他藉著火光檢視史特芮絲，迷霧從天上傾瀉而下，填滿了隧道。

「迷霧倖存者啊！」史特芮絲輕嘆，雙頰紅潤，雙眼大睜，嘴唇微啓，抱著他不放。她看起來並不害怕，反而幾乎像是興致盎然。

妳眞是個奇怪的女人，史特芮絲，瓦心想。

「瓦希黎恩，你知道你辜負了你的天賦嗎？」一個聲音在黑暗的隧道裡大喊。是邁爾斯。

「你一個人就等同於一支軍隊。你選擇的生活方式簡直是浪費！」

「拿著。」瓦輕聲對史特芮絲說道，把霰彈槍交給她，打開保險栓。還剩一枚子彈。

「抓緊了。我要妳趕去警察廳，就在十五街跟魯曼街交口。如果有消賊去追妳就開槍。」

「可是——」

「我不是要妳打他。我會注意聽槍響。」

她還想說些什麼，但是瓦彎下腰，讓重心落在她的下方，然後小心翼翼地把霰彈槍朝她的肚子鋼推，將她移出了地洞。她笨拙卻安全地落地，只稍稍遲疑一下，便奔入迷霧之中。

瓦溜到一旁，確定自己沒有被火光照到，從槍套中抽出一把史特瑞恩，拿出幾枚子彈，蹲下身，開始上子彈。

邁爾斯從隧道深處喊道：「瓦希黎恩？玩夠了就出來把事情做個了結吧。」

瓦偷偷潛到隧道口，然後走回房間，裡面滿是迷霧，讓能見度降得很低，但這對邁爾斯同樣不利。他小心翼翼地前進，直到看到盡頭的大工作室中依然燃燒著的熊熊火光。

在光線下，他隱約可以看到一個身影站在隧道中，拿槍指著一名纖細女子的頭。瑪拉席。

瓦希黎恩全身一僵，心跳加速。不對，這是計畫的一部分。一切完美。只是……

「我知道你在那裡。」邁爾斯的聲音說道。另一個身影出現，將幾根臨時做的火把投入黑暗。

瓦希黎恩全身如墜冰窖，驚恐地發現抓著瑪拉席的人不是邁爾斯。他站得太後面。抓住瑪拉席的人是那個克羅司混血白鑞臂，塔森。

瑪拉席的臉被搖曳的火把點亮，滿是驚懼。瓦希黎恩握住手槍的手指感覺濕滑。那白鑞臂很小心，保持瑪拉席擋在自己跟瓦希黎恩之間，槍指著她的後腦杓。他皮厚肉粗，卻不高，只不過二十幾歲，但是跟所有克羅司混血兒一樣，他會隨著年齡的增加而逐漸長高。

無論如何，在此時此刻，瓦希黎恩拿他一點辦法都沒有。和諧啊，舊事又重演了。

附近的黑暗中傳來一陣窸窣聲。他一驚，差點開槍，直到看到偉恩的臉。

「抱歉，她被抓住時，我以為是邁爾斯，所以我——」偉恩低語。

「沒關係。」瓦希黎恩低聲回答。

「現在怎麼辦？」偉恩問道。

「我不知道。」

「你向來知道。」

瓦希黎恩沉默。

「我可以聽到你們在交頭接耳！」邁爾斯大喊。他走上前幾步，拋出另一根火把。再走近幾步，瓦希黎恩心想。邁爾斯停在原處，似乎以懷疑的眼光打量著逼近的迷霧。

瑪拉席嗚噎，然後嘗試以她在婚宴時的同樣方式用力拉扯。

「住手。」塔森警覺地抓著她，在她面前開了一槍，然後重新把槍指著她的頭。她立刻動也不敢動。

瓦希黎恩舉起手槍。我辦不到。我不能再看到另一人死在我面前。不能死在我的手下。

邁爾斯大喊：「好，行，你想要測試我是吧？我數到三。一到三，塔森就開槍，沒有另外的警告。一。」

他會開槍的，瓦希黎恩感覺到無助與罪惡感排山倒海而來。他眞的會開槍。邁爾斯不需要人質。如果威脅她也引不出瓦希黎恩，那他根本懶得留她一命。

「二。」血濺在磚塊上。微笑的臉。

「瓦？」偉恩低聲開口，聽起來很焦急。

和諧啊，如果我這一輩子有需要過祢的時候……迷霧纏繞他的雙腿。

「三……」

「偉恩！」瓦希黎恩大喊著，站起身。

速度圈啓動。塔森下一刻就會開槍。邁爾斯在他身後，憤怒地舉著手。火光凍結。就像是之前看到爆炸的慢動作。瓦希黎恩舉起他的史特瑞恩，發現自己的手臂無比穩定。他射殺蕾希的那天，手也是這麼穩。他就是以這把槍射殺她的。他滿頭大汗，試圖要驅逐出腦海中的影像，一面嘗試想要找到能射中塔森的角度。

沒有。當然，他的確可以射中塔森，卻沒有辦法讓他立刻倒地，而如果瓦希黎恩打的位置不對，對方會在反射動作下射擊瑪拉席。

對準腦門一槍是打倒白鑞臂最好的方法，只是瓦希黎恩看不到他的頭。他能開槍嗎？瑪拉席的臉擋著。膝蓋？他可能可以射中膝蓋。不行。白鑞臂對於大多數的槍傷都可以無視。如果不是立即的致命傷，他會能繼續站立，然後開槍。

一定得射頭。瓦希黎恩屏住呼吸。這是我用過最準的槍。我不能這樣束手無策地待在這裡。我得有所行動。我得做點什麼。

汗水沿著他的下巴滴下。他快速將手舉在身前，史特瑞恩瞄準旁邊，遠離瑪拉席或塔森，開槍。

子彈瞬間射出圈子，碰到減緩的時間，跟舉凡在速度圈中被射出的子彈一樣，偏離原本的軌道。他看著子彈射出，判斷它的新軌跡。它緩緩前進，在空中翻轉，切割空氣。

瓦希黎恩小心翼翼地瞄準，心焦難耐地忍了片刻，然後準備好鋼。

「聽我指示撤圈子。」他低聲說道。偉恩點點頭。

「撤。」

瓦開槍，鋼推。速度圈撤下。「三！」邁爾斯喊道。瓦的第二顆子彈在他的鋼推下以無比的速度擊中空中的第一顆子彈，濺起一陣火花。第一顆子彈偏了方向，越過瑪拉席，擊中塔森的頭。白鑞臂立刻倒地，槍落在地面，眼神空洞地看著上方。

邁爾斯張大了嘴。瑪拉席眨眼，轉身，手臂舉在胸前。

「啊你餅乾的，你一定得射他的頭嗎？他還戴著我的幸運帽耶！」偉恩叫道。

邁爾斯回過神，以手槍指著瓦。瓦轉身，先開了槍，射中邁爾斯的手，槍落地。瓦再次射中槍，讓槍滑入另一間房間內。

「你每次都這樣，給我住手！」邁爾斯吼叫。「你這混——」

瓦射中他的嘴巴，將他逼退一步，牙齒的碎塊往空中飛散。邁爾斯身上仍然只穿著破爛的褲子。

「早該有人這麼做了。」偉恩嘟囔道。

「撐不了多久的。」瓦說道，不斷朝邁爾斯的臉開槍，試圖讓他心神不寧。「你該去了，偉恩。繼續執行備案。」

「你確定他們都被你打死了，老兄？」

「塔森是最後一個。」希望我沒弄錯……

「有機會的話，幫我拿帽子。」偉恩說道，趁瓦又朝邁爾斯的臉開了一槍時快速溜走。這一槍對邁爾斯沒有造成多大影響，半裸的男子往前一撲，朝瑪拉席的方向而去。邁爾斯手無寸鐵，眼中卻滿是殺意。

瓦衝上前，把空槍朝邁爾斯一拋，同時掏出一把子彈，朝曾經同為執法者的他鋼推。一枚子彈劃過他的手臂，一枚射穿他的肚子，可惜沒有半枚卡對位置，讓瓦能把邁爾斯往後推。然而瓦在邁爾斯抓住瑪拉席之前便一拳擊中他，兩人在髒污的地面滾成一團，被地上翻騰的迷霧覆蓋。瓦抓住邁爾斯的肩膀，用力猛揍。讓……他……分神……

邁爾斯在煩躁之餘，卻也覺得一絲好笑。他挨了幾拳，痛的反而是瓦的手。瓦就算揍到自己的手關節斷裂，血肉模糊，邁爾斯仍然會安然無恙。

「我就知道你會去抓那女孩。」瓦說道，牢牢吸引著邁爾斯的注意力。「你口口聲聲都說是爲了正義，說得倒好聽，但是到頭來，還不是一個小賊。」

邁爾斯冷哼，把瓦踢開。瓦的胸口一陣劇痛，落在隧道中的一塊泥濘間，冰冷的水花在他身旁濺起，濕透了他的迷霧外套。

邁爾斯站起身，擦掉破裂後又癒合的嘴唇上殘存的鮮血。「你知道最可悲的是什麼嗎，瓦？我了解你。我跟你有過同樣的感覺。我跟你有過同樣的想法。可是我心中總有那隱約、喧囂的不滿，像是天邊的烏雲。」

瓦站起身，一拳擊中邁爾斯的腎臟，卻連半點哼聲都沒換到。邁爾斯抓住他的手臂，扭轉，引起肩膀的劇烈痛楚。瓦驚喘出聲，邁爾斯踢中他的後膝，讓他再次倒地。

瓦想要翻過身，卻被邁爾斯抓住前襟拖了起來，然後被一拳擊中面門。瑪拉席驚呼，但是她早被告知要站在原處，於是沒有輕舉妄動。

那一拳讓瓦倒地，他嚐到血的味道。鐵鏽滅絕的……如果下巴沒裂就算他走運了。他覺得自己的肩膀裡似乎有肌肉被撕裂了。

所有的傷似乎同時爆發出來。他不知道是迷霧，還是和諧，或者只是腎上腺素讓他能忽略傷口這麼久。可是，他並沒有癒合。他被射中的腰部刺痛著，手臂跟腿都被之前的爆炸燒傷，一片血肉模糊，大腿跟手臂上也有槍傷，現在又被邁爾斯揍了一頓。

他再也承受不住，呻吟出聲，癱倒在地，光是要維持清醒便耗盡他所有力氣。邁爾斯再次將他拖起，瓦勉強掙扎地揮出一拳，擊中對方，卻沒有半點成效。要跟一個被打中時卻完全不痛不癢的人鬥毆，是非常、非常困難的一件事。

瓦又被一拳打倒在地，頭中嗡嗡作響，眼前滿是飛星與閃光。

邁爾斯彎下腰，在他耳邊開口：「重點是，瓦希黎恩，我知道你也有所感覺。有一部分的你知道自己是被利用了，知道沒有人在乎那些被欺壓的人。你只是個傀儡。這座城市裡每天都有人被殺害，至少一天一個。你知道嗎？」

「我……」讓他繼續說話。他忍著痛翻過身，與邁爾斯對望。

「每天都有人被殺死。」邁爾斯重複了一遍。「結果你是爲了什麼理由『復出』呢？是因爲我朝一頭妄想成爲貴族的老獵犬腦袋開了一槍？那麼你想過其他被殺害的人嗎？那些乞丐、妓女、孤兒？因爲沒有食物，因爲走錯地方，或是因爲做了笨事而死。」

瓦低語：「你想要重現倖存者的指示。可是邁爾斯，你不會成功的。這不是傳說中的『最後帝國』。富人不能因爲想要就殺死窮人。我們已經進步了。」

「放屁！他們只是假裝，滿口謊言，裝個樣子而已。」邁爾斯說道。

「不。他們的動機是好的，制定的法律也是要阻止大多數的犯罪，那些法律仍然不夠。但兩者是不同的。」瓦希黎恩說道。

邁爾斯朝瓦的腰踢了一腳，讓他又倒了回去。「我才不管倖存者的指示。我找到更好的。那對你來說一點都不重要。你只是一把劍，一個被指到哪裡就用到哪裡的工具。你阻止不了你知道應該要阻止的事情，那撕扯著你的內心，不是嗎？」

他們目光對上。而令瓦希黎恩震驚的是，即使他全身劇痛至極，他卻仍然點頭了。是真心的點頭。他的確有這種感覺。所以，發生在邁爾斯身上的事情才讓他如此害怕。

「總要有人出手。」邁爾斯說道。

和諧啊，如果邁爾斯生在當年，他會是個英雄。「我會開始幫助他們，邁爾斯。我向你保證。」瓦希黎恩說道。

邁爾斯搖搖頭。「你活不了那麼久的，瓦。抱歉。」他開始踢。又踢。再踢。

瓦希黎恩縮成一團，手遮著臉。不能反抗。只要撐住就好。可是痛楚逐漸升高，難以忍受。

「住手！」瑪拉席的聲音。「你這惡魔，住手！」踢腳停了下來。瓦希黎恩感覺到她跪在他的身邊，手按著他的肩膀。蠢女孩。躲在後面就好。不要引起注意。那才是計畫。

邁爾斯的手指關節啪啪作響。「我應該把妳交給套裝，女孩。妳在他的名單上，可以取代被瓦希黎恩救走的那個。我之後還得去追她。」

「爲什麼心胸狹窄的人一定要毀掉比他們更優秀、更偉大的一切？」瑪拉席憤怒地說。

「比我優秀？這傢伙？他不偉大，女孩。」邁爾斯說道。

「最偉大的人可以被最簡單的事情扳倒。微小的子彈可以終結最有權勢、最有能力、最安全的人。」

「不會是我。子彈對我毫無意義。」

「不。你會被更低微的事物扳倒。」她回答。

「那是什麼？」他好笑地問道，聲音靠得更近。

「我。」瑪拉席回答。

邁爾斯大笑。「我倒想看看……」他話沒說完。

瓦希黎恩勉強睜開眼睛，望向隧道另一端，原本是建築物的位置。光線從上方的洞口射下，以驚人的速度越發明亮。

「妳找誰來了？」邁爾斯似乎不爲所動。「他們趕不及的。」他不再說話。

瓦希黎恩將頭轉向一旁，看到邁爾斯眼裡的驚恐。他終於發現了。附近隱約閃爍的邊界，空氣中些許的不同，像是炙熱的街道上浮動的幻影。

速度圈。

邁爾斯轉向瑪拉席。然後，他跑向圈子的邊緣，遠離光線，想要脫逃。

隧道盡頭的光變得明亮，一團模糊的影子往下移，速度快到根本無法辨識是什麼。

瑪拉席撤下圈子。大量的天光從遠處的洞口射下，充滿了隧道，而在速度圈外面，是上百名穿著制服的警察。偉恩站在最前方，滿臉笑容，穿著一件警察制服，戴著警帽，臉上一撇假鬍子。

「小子們，抓住他！」他指著前方。

他們沒用槍，而是拿著棍棒上前。邁爾斯無法接受地怒吼，想要閃躲爲首的幾個人，然後開始攻擊抓住他的那群人。可是他的速度不夠快，而人數太多。沒過幾分鐘，他們便把他按倒在地，用繩子將他的手臂捆起。瓦希黎恩小心翼翼地坐起，一隻眼睛腫得睁不開，嘴唇流著血，腰上疼痛不已。瑪拉席擔憂地跪在他身側。

「妳不該與他起衝突的。」瓦希黎恩說道，嚐到血的味道。「如果他把妳打昏了，那一切都會完蛋。」

「噓。能冒險的人不只您一個。」她說道。

備案很單純，只是很困難。首先，要把邁爾斯所有的手下都解決掉。就算只有一名活口，都有可能注意到速度圈的涵義，然後從外面射殺瓦希黎恩跟瑪拉席，而他們根本無力阻止。可是如果手下都沒了，邁爾斯的注意力可以被引開，直到速度圈啓動，偉恩就能去帶來大批人馬，趁邁爾斯來不及反抗前把他團團包圍住。如果邁爾斯有半點懷疑，他絕對不會允許這種事發生。可是在速度圈裡……

「不！放開我。我反抗你們的壓迫！」邁爾斯尖叫。

「你是個蠢蛋。」瓦希黎恩對他說道，往旁邊啐了一口鮮血。「你讓自己被孤立、分心了。邁爾斯，你忘記蠻橫區的第一條法則。」邁爾斯尖叫。他被捆緊的同時，一名警察在他嘴上綁上布條。瓦希黎恩低聲說道：「越是孤身一人，身邊就越需要能信得過的人。」

20

「對於你的同伴冒充警員一事，警察總隊長決定不予起訴。」瑞迪說道。

瓦希黎恩拿手帕擦擦嘴唇。他坐在離消賊巢穴最近的警察辦公室裡，覺得自己像是一堆爐渣。他的肋骨斷了好幾根，一半的身體捆在繃帶裡。這次的經歷會讓他留下疤痕的。

瑪拉席語氣不善地回道：「警察總隊長應該要感謝瓦希黎恩爵爺的協助。事實上，他應該從一開始就懇求瓦希黎恩爵爺的協助。」她跟他坐在同一張板凳上，像是守護他一樣地寸步不離。

「其實他似乎是真的挺高興的。」瑞迪說道。瓦希黎恩注意了一下對方的反應，的確看到瑞迪不斷瞥向警局另一邊的警察總隊長布列廷。瑞迪眼睛略瞇起，嘴唇下抿。他對於上司在整個事件的反應感到不解。

瓦此刻疲累到完全沒精神去理會這個反常。能聽說有件事情對他有利，感覺挺好的。

瑞迪被其他警察叫走。瑪拉席按著瓦希黎恩安好的手臂。他從她遲疑的態度和愁眉緊鎖，能感受到她對他的深切關懷。

「妳做得很好。邁爾斯是妳抓到的，瑪拉席貴女。」

「需要被打得滿身是血的人不是我。」

「傷會好的。就算是我這樣的老馬也會痊癒。看他攻擊我卻不能出手……我可以想像那有多難受。如果我們的處境對調，我不認爲我能忍得住。」

「您可以的。您就是這樣的人。跟我想像中一模一樣，卻又更眞實。」她抬頭看著他，大大的眼睛，噘起的嘴唇，彷彿想要說些什麼。他可以從她的眼神中讀出她的想法。

他溫和地開口：「不行的，瑪拉席貴女。我感激妳的協助。非常感激。可是妳希望我們之間會發生的事是不適宜的。對不起。」

如他所預料，她臉紅了。「當然，我並沒有這樣的暗示。」她強迫自己笑了笑。「您爲什麼會覺得……那太傻了！」

「那我向妳道歉。」他說道。只是他們都明白剛才對話的意涵。他感覺到深深的遺憾。如果我年輕十歲……

重點不是年紀，而是歲月留下的痕跡。當看到自己心愛的女人死在自己的槍下，當看到老同事與敬重的執法者走入歧途，人是會受到影響的。就像是內心被撕裂了一樣，而這種傷不像身體的傷那麼容易癒合。

這女孩還年輕，充滿生命力。她不應該跟他在一起，他只是被太陽曬乾的老皮包裹住的一團疤痕。

終於，布列廷總隊長走向他們。他跟之前一樣，腰板挺得直直的，警帽夾在腋下。「瓦希黎恩爵爺。」他不帶一絲感情地說道。

「警察總隊長。」

「對於你今天所做出的努力，我已經向議會請求給你全市的警員許可。」

瓦希黎恩訝異地眨眼。

布列廷繼續說道：「這意謂著你可獲得調查與逮捕權，如同你是警方一員，足以指揮如昨晚的行動。」

「你這麼做眞是……非常體貼。」瓦希黎恩說道。

「只有這樣，你昨晚的行爲才有藉口，同時不會讓警方立場尷尬。我將申請的日期定於前幾日，因此如果運氣好，不會被人發現你昨晚的行動屬於個人行爲。同時，我不希望你覺得你需要獨自行動。這座城市可以從你的經驗中大有獲益。」

「我無意冒犯，但是這與你先前的立場頗爲不同。」

「我有改變想法的契機。我即將退休。新的警察總隊長將會繼任，因此如果我的提議被接受，將是由他來消受議會給你的授權。」

「我……」瓦希黎恩不知該如何回答。「謝謝。」

「這是爲了城市的整體利益。當然，如果你濫用權力，一樣會被收回。」布列廷不自在地點點頭，隨後離去。

瓦希黎恩看著他，抓抓下巴。這中間有些怪異。他幾乎像是變了個人。偉恩經過他，舉起自己的幸運帽——半邊帽子還沾滿了血，然後笑著朝瓦希黎恩跟瑪拉席走來。

「給你。」偉恩說道，偷偷地將一件包裹在手帕中的東西交給瓦希黎恩。出乎意料地重。「我又弄了一把那種槍給你。」

瓦希黎恩嘆口氣。

「別擔心。我是用一條很好的領巾換的。」

「那條領巾從哪來的？」

「從你射死的傢伙身上弄的。所以不是偷，反正他也用不到了。」偉恩似乎很自豪。

瓦希黎恩將槍塞回空槍套。另一邊則裝著問證。在邁爾斯被抓走後，瑪拉席在賊窩裡找了一圈，幫他把槍取回。這樣很好。如果活過了今晚，卻要被拉奈特殺死，那就太悲慘了。

瑪拉席開口：「所以，你拿一個死人的領巾去換了另外一個死人的槍。可是……這槍原本屬於另外一個死了的人，所以依照這個邏輯——」

「不用試了。邏輯對偉恩無效。」瓦希黎恩說道。

「我之前跟一個流浪的算命師買了防邏輯的符咒，這樣我就可以二加二等於得到一條酸瓜。」偉恩解釋。

「我……不知如何回應。」瑪拉席說道。

「技術上來說，妳已經回應了。看樣子他們幫你把那個製槍師從運河裡給撈出來了，瓦。他還活著。不太高興，但還活著。」

「有人找到其他那些被綁架女子的相關消息嗎？」瓦希黎恩問道。

偉恩瞥向瑪拉席，後者搖搖頭。

「沒有。也許邁爾斯會知道。」

如果他願意開口，瓦希黎恩心想。邁爾斯很久以前就不知道痛楚是什麼感覺了。瓦希黎恩不知道有什麼方法能逼問他。

瓦希黎恩覺得沒有救出其他的女子，意謂著他這次幾乎是完全失敗的。他發誓要救回史特芮絲，也辦到了，但是更大的惡行卻仍然發生。

他嘆口氣。隊長的辦公室門打開，史特芮絲走了出來。兩名資深警官在瓦希黎恩跟偉恩之後替她做了筆錄，那兩人朝瑪拉席揮手，示意她是下一個。她走了過去，轉頭看著瓦希黎恩。他早已告訴她用直接坦白的態度回答他們的問題，不需要隱瞞他或偉恩做的事，但如果可能的話，不要提到拉奈特。

偉恩晃到一群在吃著三明治早餐的警察身邊。他們帶著懷疑的目光審視他，但瓦希黎恩根據經驗，知道偉恩要不了多久就會讓他們跟他開始說笑成一片，然後邀他一同進餐。瓦希黎恩聽著偉恩開始為那些警官講述昨晚的打鬥，不禁心想，他真的明白自己這方面的能力嗎？還是一切都只是他的直覺？

瓦希黎恩看了他們一陣子後，才發現史特芮絲來到他身邊，在正對面的椅子坐下，保持良好的儀態。她已經整理好頭髮，衣服因爲多日的囚禁而皺亂，但神態仍是相當端莊。

「瓦希黎恩爵爺，我覺得有必要向你致上謝意。」

「希望妳不要因此感到太辛苦。」瓦希黎恩不是太好氣地說道。

「不會，只是……有此需要……是因爲經過艱辛的囚禁過程。我希望讓你知道，我沒有受到我的綁架者任何非禮行爲。我仍然是純潔的。」

「鐵鏽滅絕的，史特芮絲！我爲妳高興，但我不需要知道。」

她的神色平淡如常。「你需要，如果你仍然希望進行我們的婚約。」

「那對婚約毫無影響。況且，我以爲我們還沒到那一步。妳甚至沒宣布我們的交往。」

「是的，但是我相信我們現在可以修正之前的時間表，因爲像這樣戲劇性的拯救行動，理應造成我的情緒化反應。因此原本會是醜聞的進程將被視爲羅曼史。我們可以下禮拜便宣布訂婚，上流社會將不會對此關切或評論，而是接受。」

「這是好事吧，我想。」

「是的。所以我該繼續處理我們的合約？」

「妳不介意我重拾過去的不良劣跡？」

「我想如果你沒有，我應該已經死了。因此我沒有抱怨的立場。」

「我打算要繼續下去。」瓦希黎恩提出警告。「不只是每天出去巡邏這類的。是我收到許可，同時也獲得邀請，要我參與城內的警察事務。我打算不定期協助處理需要額外關注的事件。」

她平和地開口：「紳士都需要擁有自己的嗜好。況且，以我對某些男性的喜好了解，相較之下，這一點不是問題。」她向前傾身。「簡單來說，爵爺大人，我接受你原本的樣貌。我們兩個都已經過了期待對方能有所改變的階段。如果你願意接受我，我也可以接受你這點。我並非沒有缺點，我之前三位追求者在這點上，都對我進行過相當深入的詮釋。書面詮釋。」

「原來如此。」

「此事其實不值一提，只是我想你應該也明白，我選擇這個聯姻本身也是有不得已的因素。這麼說無意冒犯。」

「我明白。」

史特芮絲遲疑片刻，然後她冰冷的態度似乎稍微褪去。她的部分自制，伴隨鋼鐵般的意志一同褪去，突然顯得疲累。精疲力竭。在那面具之後，他看到似乎是對他某種程度的感情。她的雙手在身前交握。「我不……擅長與人互動，瓦希黎恩爵爺。這點我明白。但是我必須強調，我真的感謝你所做的一切。我打從心底，全心全意地要對你說聲，謝謝。」

他與她四目對望，然後點點頭。

她重新恢復公事公辦的態度。「所以，我們的婚約如期進行？」

他遲疑了。他沒有拒絕的理由，但是一部分的他發現自己是個懦夫。今天有兩個提議，一個暗示，一個明示，但他考慮的卻是這個？

他瞥向瑪拉席所在的房間，她正在報告是如何攪和到這團亂事裡。她的確迷人。美麗、聰明、主動。依照所有的邏輯跟理由，他都應該完全爲她神魂顚倒。

事實上，他覺得她跟蕾希很像。也許這就是問題。

他轉身面對史特芮絲。

「如期進行。」

尾聲

瑪拉席出席了邁爾斯的處決，但資深檢察官戴尤士並不贊成。他從不出席處決。

她獨自坐在外環座位，看著邁爾斯走上行刑台的台階。她的位置就在刑場上方。

她瞇著眼睛，回想起邁爾斯站在充滿夜色與迷霧的地下室，槍頭指著她的藏身之處。在兩天中，她有三次被人用槍抵著頭，但只有那次她是眞的相信自己會死。因爲邁爾斯的眼神。那毫無情緒的冷漠，還有優越感。

她忍不住顫抖。消賊在婚宴上的攻擊跟邁爾斯的落網之間不超過一天半，但是她覺得在那段時間中，她已老了二十歲。就像是時間鎔金術，只包圍她的速度圈。世界不同了。她第一次幾乎被殺，第一次殺人，戀愛後又被拒絕，如今她的幫助讓過去蠻橫區的英雄即將被處決。

邁爾斯鄙夷地看著將他綁在柱子上的警察。在審判過程中，他幾乎一直維持那個表情。這次的審判是她第一次以律師身分協助提告，但戴尤士仍然是主導者。雖然案子的知名度跟涉及人士的地位都很高，審判的過程卻十分快速。邁爾斯沒有否認罪行。他似乎覺得自己是不死之身。即使站在那裡，身上沒有半點金屬意識，十二把來福槍撤了保險栓，瞄準他，他仍然不相信他會死。人的腦子很擅長自我欺騙，阻擋對於無可避免之事的絕望。她認得邁爾斯眼中的神情。每個人年輕時都是這樣。但每個人終究都將發現，那是謊言。

來福槍端上執刑者肩膀。也許邁爾斯如今會終於看穿那個謊言。槍聲響起時，瑪拉席發現自己對此感到滿意。

這讓她極爲不安。

瓦希黎恩在乾港登上火車。他的腿還在痛，走路必須杵著拐杖，胸口還繫著繃帶，協助斷掉的肋骨癒合。一個禮拜根本不足以讓他從受到的傷中恢復。他也許不該下床。

他一拐一拐地走在奢華的頭等車廂走廊，經過裝飾高雅的私人包廂。他數了數，在火車起步時來到第三個包廂，進入卻沒關上門，逕自在窗邊一張豐軟的椅子坐下。椅子固定在地面，前面有一張獨腳站立的桌子，桌腳纖細，有著圓潤的曲線，像是女子的頸項。

片刻後，他聽到走廊中的腳步聲。腳步在門口遲疑。

瓦希黎恩看著外面經過的景色。「你好啊，叔叔。」他說道，轉頭看著門口的人。

愛德溫·拉德利安爵爺進入包廂，握著一柄鯨魚骨的拐杖，穿著精緻的衣著。「你怎麼找到我的？」他在另一張椅子坐下。

「我們審問了幾名消賊。他們描述了一名邁爾斯稱爲『套裝先生』的人。我想沒有別人從那描述中認出你。就我所知，在你『死前』的十年中，你都過著隱居的生活，除了你寫給傳紙關於政治方面的信件。」

這其實並不算回答了問題。瓦希黎恩事根據偉恩所找到、原本屬於邁爾斯的雪茄盒裡的數字，找到了這輛火車跟這節車廂。火車路線。別人都以爲那是消賊要動手的班次，但瓦希黎恩看出不一樣的規律。邁爾斯一直在追蹤套裝先生的動靜。

「有意思。」愛德溫爵爺說道。他從口袋中取出手帕，擦拭著手指，看到僕人進入，端著一盤食物，放在他面前的桌上，另一人爲他倒了一杯酒。他揮手要兩人在門外等。

「黛兒欣呢？」瓦希黎恩問道。

「你姊姊沒事。」

瓦希黎恩閉上眼睛，壓下突然湧起的情緒。他以爲她死在那場應該同樣使他叔叔喪命的車禍裡，亦因此處理掉他僅有的一點情緒。他已經很多年沒有見到他姊姊了。

所以爲什麼發現她還活著，反而對他來說如此重要？他甚至無法說清楚這是什麼感覺。

他強迫自己睜開眼睛。愛德溫爵爺正在觀察他，手指握著一杯透明的白酒。「你懷疑過。你一直懷疑我沒有死。所以那些混混給的描述讓你認出我來。我換了服飾、髮型，連鬍子都剃掉了。」

「你不應該派你的近侍殺我。他受僱於我們家族太久，而且他太願意對我下手，不可能是消賊一下子僱來的。這表示他在爲別人做事，而且有一段時間了。最簡單的答案就是他仍然在爲他服侍多年的人做事。」

「啊。當然，你原本不該知道是他造成的爆炸。」

「你是說我不該會活下來。」

愛德溫爵爺聳聳肩。

瓦希黎恩靠上前，「爲什麼？爲什麼要帶我回來，只爲了殺我？爲什麼不安排別人繼承家族爵位？」

「原來是辛思頓要接的。」愛德溫爵爺說道，在麵包上塗著牛油。「他的病很……可惜。計畫已經在進行。我沒有時間選擇別的可能。況且，我原本盼望——當然是毫無事實根據——你已經克服你小時候那種過分的道德感。我原本以爲你會是我的助力。」

鐵鏽滅絕啊，我眞恨這個人，瓦希黎恩心想，童年的回憶紛紛浮現。他去蠻橫區的部分原因，就是想逃離這自以爲是的聲音。

「我是爲另外那四名被綁架的女人來的。」瓦希黎恩說道。

愛德溫爵爺啜了一口酒。「你以爲我會就這樣把她們拱手讓出？」

「對。否則我就揭露你的身分。」

「去啊！」愛德溫爵爺似乎覺得很有趣。「有些人會信你，其他人會覺得你瘋了。無論如何，都不會影響到我與我的同僚。」

「因爲你已經被打敗了。」

愛德溫爵爺似乎差點被麵包嗆到。他把麵包放下，放聲大笑。「你眞的這麼以爲？」

「消賊不存在了。我們說話的同時，邁爾斯正被處決，我知道他的資金都是來自於你。我們找回了你們偷竊的貨物，所以你們也一無所獲。你們一開始顯然就是資金不足，否則根本不需要邁爾斯跟他的一夥人去進行盜竊行動。」

「瓦希黎恩，我可以向你保證，我們的資金流動絕無問題，而且你不會找到我和我的同僚牽涉搶案的任何證據。我們把空間租給邁爾斯，但是我們怎麼會知道他在做什麼？和諧啊！他可是惡名昭彰的執法者呢。」

「你把女人們抓走。」

「沒有證據。這一切都只是你的推斷。我有幾名消賊會以生命發誓，邁爾斯強暴並殺害了那些女人。我確定他們其中至少有一人活了下來。不過我還是很好奇，你是如何在這輛列車上找到我的。」

瓦希黎恩沒有直接回答。「我知道你已經被摧毀了。隨便你怎麼說，我看得出來。把那些女人跟我姊姊交給我。我會跟法官要求對你減刑。是的，你爲一群搶匪提供資金，做爲高風險投資，可是你明確地告訴他們不要傷害任何人，而且開槍殺死佩特魯斯的人也不是你。我想你可以免於一死。」

「你太自作主張了，瓦希黎恩。」拉德利安爵爺說道。他朝外套口袋伸手，拿出一張折起的傳紙，還有一本薄薄的黑皮記事本，兩者放在桌上，傳紙蓋在上面。「提供搶匪資金做爲高風險投資？你眞的以爲是這樣？」

「再加上綁架那些女子，目的爲勒索她們的家人。」

最後一部分是謊言。瓦希黎恩從不相信這是勒索。他的叔叔另有計畫，而根據那些女子的血統，瓦希黎恩猜想瑪拉席是對的。目的是鎔金術。

他心中暗自期盼，他的叔叔並沒有參與直接的……繁殖行動。光想到就讓瓦希黎恩很不舒服。也許拉德利安只是將那些女人賣給別人。

這是什麼樣的期盼啊。

拉德利安彈彈傳紙。頭條是轟動全城的消息。太齊爾家族面臨瓦解。他們上個禮拜的搶案中，有太多不利於他們的負面消息，雖然貨物被找了回來，在加上其他嚴重的財務問題……其他嚴重的財務問題。

瓦希黎恩瀏覽過傳紙。太齊爾的主要家族業務是保安。保險。鐵鏽滅絕的！所有事情都串在一起了。

「一連串有計劃性的攻擊。」拉德利安靠向他，口氣聽起來相當得意。「太齊爾家族完蛋了。他們欠了太多筆高額賠償金。一連串的攻擊跟保險賠償，摧毀了他們的財務基礎跟信譽。持股者紛紛以極低價拋售他們的股份。你聲稱我的財務狀況很糟糕，那只是因爲全部資金都被挪去一個特定用途。你還沒想到我們的家族爲何如此貧困嗎？」

「全部被你帶走了。你把所有的資金從家族財務中轉移到……別的東西上，別的地方去。」瓦希黎恩猜測。

「我們剛剛掌握了這個城市中最強大的金融體系。抵押的貨物必須歸還，因此我們買下了貨物，接手太齊爾的債務。所有對失竊貨物的賠償要求都會被取消。我一直認爲邁爾斯會被抓走。如果他沒被抓，這個計畫就不會生效。」

瓦希黎恩閉上眼睛，感受到深深的無力。我一直在追雞，沒想到後面的人正在偷馬。他終於明白，這與搶案，甚至與綁架都無關，而是保險詐欺。

「我們只需要貨物暫時消失，一切進行得很完美。謝謝你。」愛德溫說道。

子彈射穿邁爾斯的身體。瑪拉席屏氣觀看，強迫自己不要皺眉。不能再像個孩子。

他再次被射中。她的眼睛大睜，強迫自己堅定心智，因此她震驚地看到他的傷口開始癒合。不可能的。他們很仔細地搜過他全身的金屬意識。可是那些槍傷開始癒合，他的微笑擴大，眼神瘋狂。

「你們這些蠢才！」邁爾斯朝槍手們大喊。「有一天，金紅之人，擁有最終金屬之人，即將回來到此處，你們將被他們統治。」

他們再次開槍。更多子彈射中邁爾斯。傷口再次癒合，卻沒有完全癒合。無論他把金屬意識存在哪裡，裡面的癒合力都不夠了。瑪拉席看著第四波子彈擊中他的身體，引起他全身一陣痙攣，忍不住發抖。

「崇拜他吧。」邁爾斯說道，聲音漸低，口吐鮮血。「崇拜特雷，等待……」

第五波子彈擊中，這次沒有傷口癒合。邁爾斯軟倒在束縛中，眼睛大睜，毫無生氣，望著前方的地面。

警察們相當不安。其中一人跑上前來檢查脈搏。瑪拉席顫抖不已。直到最後一刻，邁爾斯看起來都不像已經接受死亡的命運，可是他現在死了。像他這樣的製血者可以重複癒合，但如果他們眞的停止癒合，讓傷口擴大，他們會像一般人那樣死去。爲了保險起見，站得最近的警察舉起手槍，對邁爾斯的腦袋連開三槍。這次的結果噁心到瑪拉席必須別過頭。

結束了。「百命」邁爾斯死了。

可是在別過頭時，她看到下方的陰影中似乎有個身影站在那裡看著，警察們似乎對他毫無所覺。他轉過身，黑色的袍子飛舞，走出一道通往小巷的柵門。

「不只是爲了保險。你們還抓走女人。」瓦希黎恩與愛德溫四目對望。

愛德溫．拉德利安一語不發。

「我會阻止你的，叔叔。我不知道你要怎麼對待那些女人，但我會找到方法來阻止你。」瓦希黎恩低聲說道。

「拜託，瓦希黎恩。你年輕時的正義感已經夠煩人了，光是你的血統就應該讓你更爲優秀。」愛德溫說道。

「我的血統？」

「你屬於尊貴的血脈，直接可以追溯到『神之顧問』本人。你是雙生師，還是強大的鎔金術師。我是在極爲遺憾的情況下才下令要你的命，而且是因爲我的同僚對我施予壓力。我懷疑，甚至希望你會活下來。這個世界需要你。需要我們。」

「你說話的方式像邁爾斯。」瓦希黎恩訝異地說道。

「不。是他說話的方式像我。」他將手帕塞入領口，開始用餐。「可是你還沒有準備好。我會負責把相關的訊息交給你。目前你可以退下，好好思考我告訴你的事情。」

「我不同意。」瓦希黎恩說道，朝口袋掏手槍。

拉德利安以憐憫的表情抬頭看他。瓦希黎恩聽到保險栓被打開的聲音，瞥向一旁，看到有幾名穿著黑色套裝的年輕男子站在外面的走廊，身上沒有半點金屬。

愛德溫冷冰冰地開口：「我這節車廂中有將近二十名鎔金術師，瓦希黎恩。你已經受傷，幾乎無法行走，手上也沒有半點對我不利的證據。你確定你想現在開打？」

瓦希黎恩遲疑。然後他低咆一聲，揮手把他叔叔桌前的餐點全部推開。餐盤跟食物哐啷一聲落地，瓦希黎恩憤怒地向前傾身，「我總有一天會殺了你，叔叔。」

愛德溫往後一靠，絲毫不受半點威脅。「把他帶到火車後方，丟下去。再見，瓦希黎恩。」

瓦希黎恩想要抓住他叔叔，但是那群人衝了進來，抓住他，把他拉走。他的腰側跟腿因爲如此粗暴的對待而大爲疼痛。愛德溫說對了一件事，今天不是開戰的好日子。

可是總會有那麼一天。

瓦希黎恩允許他們拖著他走入走廊，打開了火車末端的門，把他朝快速移動的鐵軌拋去。他以鎔金術煞住自己的墜勢——這想必也在他們的意料之中——然後落地，看著火車疾駛而去。

瑪拉席衝入警察廳旁邊的小巷。她感覺到內心的騷動，一陣難以描述的強烈好奇心。她必須知道那個人是誰。

她瞥到一件黑色的袍角從轉角消失。她緊追過去，牢牢地握住手提袋，摸向瓦希黎恩給她的小手槍。

一部分的她在想，*我在做什麼？獨自跑入小巷裡？*太不明智的行爲，但她覺得非如此不可。

她跑了一小段距離。追丟了嗎？她在十字路口停下，有一條更窄的小巷分岔出去。她的好奇心幾乎高漲到難以忍受的程度。

一名穿著黑袍的高挑男子，站在窄巷的入口，正在等著她。

她驚呼一聲，倒退一步。

男子超過六呎高，全身的黑袍讓他顯得可怖。他舉起蒼白的雙手，推開頭罩，露出光禿的頭，還有一張在眼睛周圍有著繁複刺青的臉。

他的眼眶中刺著一對像是粗重鐵圓錐的金屬物。其中一邊的眼眶已經變形，像是被擊碎過，早已癒合的疤痕與皮膚下突出的骨頭破壞了刺青的線條。

瑪拉席知道這名神話中的人物，但是看到他本人仍然讓她全身冰冷、恐懼。「鐵眼。」她低聲說道。

「我很抱歉，必須要用這種方法把妳帶來。」鐵眼說道。他的聲音安靜、沙啞。

「這種方法？」她說道，聲音幾乎已經變成硬擠出來的低微尖叫。

「用情緒鎔金術。我有時候會拉得太用力。我向來不像當年的微風這麼擅長這種事。平靜下來，孩子。我不會傷害妳。」

她立刻感覺到一陣平靜，但是卻感覺極為不自然，反而讓她更不舒服。平靜卻反胃。跟死神說話時不應該這麼平靜。

「妳的朋友發現了一件非常危險的事。」鐵眼說道。

「你希望他停止嗎？」

「停止？完全不是。我希望他得到相關的資訊。和諧對於做事的方法有他自己特殊的觀點。我不是每次都同意他的作法。奇怪的是，他的觀點要求他必須允許我的否定。拿著。」鐵眼朝披風內側伸手，拿出一本小書。「這裡面有資訊。小心藏好。妳希望的話也可以讀，但是請代替我，把它交給瓦希黎恩爵爺。」

她接下書。「不好意思。」她說道，想要壓下他強加在她體內的麻木感。她是眞的在跟神話中的人交談嗎？她發瘋了嗎？她幾乎無法思考。「可是，你爲什麼不親自把書交給他？」

鐵眼露出緊繃的微笑做爲回應，圓錐鐵刺的眼睛看著她。「我覺得他會想對我開槍。那個人不喜歡沒有答案的問題，但是他正在爲我弟弟做事，我覺得應該要鼓勵他繼續下去。日安，瑪拉席．科姆斯貴女。」

鐵眼轉身，走入小巷，披風窸窣磨擦。他邊走邊拉起頭罩，然後騰入空中，被鎔金術推過附近建築物的屋頂，從她的視線中消失無蹤。

瑪拉席緊抓著書，然後全身顫抖地將書塞入手提袋。

瓦希黎恩在火車站降落，盡量輕緩地從他的鎔金術飛躍落地，降落還是會引起他的腿疼。

偉恩坐在月台上，腿架在一個圓木桶上，抽著菸斗，一邊手臂仍然吊在繃帶中。他沒有任何健康剩下，所以無法快速癒合。現在如果想要儲存健康，只是會讓他的癒合過程更緩慢，然後只在他使用金屬意識時癒合得更快，整體來說沒有多大助益。

偉恩正在讀著一本他們從外城區搭乘火車離開時，他從某人口袋順手掏出的小說。他放了一枚鉛子彈做爲交換，絕對是書價的上百倍。諷刺的是，那個人大概只會把子彈丟掉，完全不明白其價值。

我得再跟他談談這件事，瓦希黎恩心想，走上月台。可是不是今天。今天他們有別的擔憂。

瓦希黎恩來到他的朋友身邊，卻依舊望著南方，望著城市，還有他的叔叔。

「這本書不錯。」偉恩翻了一頁。「你應該讀讀看。是講兔子的。兔子會說話。真該死的怪。」

瓦希黎恩沒有回答。

「所以是你叔叔嗎？」偉恩問道。

「是。」

「渣的。我欠你五塊。」

「我們賭的是二十。」

「對，但你欠我十五。」

「有嗎？」

「有啊，我跟你賭你會幫我追消賊。」

瓦希黎恩皺眉，看著他的朋友。「我不記得有跟你賭。」

「我們打賭時你不在。」

「我不在？」

「對啊。」

「偉恩，你不能跟不在場的人打賭。」

「可以啊。」偉恩說道，把書塞回口袋，站起身。「只要他們的人應該在場。你應該要在場的，瓦。」

「我……」這話要怎麼回答？「從現在開始，我會在的。」

偉恩點點頭，跟他並肩站在一起，望著依藍戴的方向。依藍戴在遠方聳立，兩座相互競爭的摩天大樓在城市一側突起，其他較矮的大樓像是水晶柱一樣，長在逐漸擴張的都市中心周圍。

「你知道嗎？我之前一直猜想，來這裡，看到這些文明的景象什麼的，會是怎麼樣。我沒想到……」

「沒想到什麼？」

「這裡其實才是世界上最亂的區域之一，我們在山外的生活還算簡單了。」

瓦希黎恩發現自己點頭。「偉恩，有時候你是很睿智的。」

「素因爲偶有慧根啊，老兄。」偉恩敲敲頭，刻意讓口音變得很重。「素偶的腦會動啊，某些時候。」

「那其他時間呢？」

「其他時間就不太想了。因爲如果我想了，我就會跑回去簡單的地方待著。懂吧？」

「我懂。我們必須待在這裡，偉恩。我在這裡有工作。」

「我們會把它解決掉的。向來都是這樣。」

瓦希黎恩點點頭，探入袖口，抽出一本薄薄的黑書。

「那是什麼？」偉恩好奇地接過。

「我叔叔的記事本，裡面都是會面安排跟筆記。」

偉恩輕吹口哨。「怎麼拿的？撞肩？」

「掃桌。」

「不錯嘛。很高興知道我們相處了這麼多年，我還教了你些有用的事。你拿什麼去換？」

「威脅。還有承諾。」瓦希黎恩說道，轉頭看著依藍戴。

他會把這件事解決掉。這是蠻橫區的榮譽。當自己人走上歪路時，就是自己的責任，要把整件事打理乾淨。

（全書完）

鎔金祕典（ARS ARCANUM）

金屬能力快速對照表（Metals Quick-Reference Chart）

金屬	鎔金術能力	藏金術能力
鐵 Iron	拉引附近的金屬	儲存體重
鋼 Steel	鋼推附近的金屬	儲存速度
錫 Tin	增強感官	儲存感官
白鑞 Pewter	增強肢體力量	儲存力氣
鋅 Zinc	煽動（鼓譟）情緒	儲存心智（思考）速度
黃銅 Brass	安撫（抑制）情緒	儲存溫暖（溫度）
紅銅 Copper	隱藏鎔金脈動	儲存記憶
青銅 Bronze	顯示（聽到）鎔金脈動	儲存清醒
鎘 Cadmium	減緩時間	儲存呼吸
彎管合金 Bendalloy	加快時間	儲存能量
金 Gold	看到自己的過去	儲存健康
電金 Electrum	看到自己的未來	儲存決心
鉻 Chromium	清空其他鎔金術師體內所有金屬存量	儲存運氣
鎳鉻 Nicrosil	燒盡鎔金術師正在使用的金屬	儲存授予
鋁 Aluminum	消除鎔金術師體內所有金屬存量	儲存身分
硬鋁 Duralumin	增強下一個燃燒的金屬能力	儲存聯繫

論三大金屬技藝

在司卡德利亞，「授予」以三種主要方式展現。當地人稱之爲金屬技藝，但同時亦有別名。

三者中，最常見的爲**鎔金術**。根據我的定義，我稱之爲正値（end-positive），意思是使用者從外在來源汲取力量，然後身體將力量消化成不同的形態——力量實際展現方式非施用者所能選擇，而是刻印於其靈網（Spiritweb）上。汲取力量的關鍵來自於不同金屬，同時必須是特定成分的金屬。雖然在過程中金屬本身會被消化，但力量並非來自於金屬，可以說金屬只是觸媒，啓動授予，同時維持授予的進行。

事實上，這與賽耳（Sel）上以型態爲主的授予並無太大差別，該處的規則是需要依靠特定的形狀，只是這裡的互動更爲受限。然而，鎔金術所帶來的純粹力量是無可否認的，對於施用者而言，可依靠直觀且直覺的方式使用，而賽耳型態爲主的授予則需要經過許多的研究與精準操作。

鎔金術暴力、原始、強大。基本金屬有十六種，但另外兩種金屬，當地稱爲「神金」（God Metals），又可各自製作出十六種不同的合金，但由於神金已經難以取得，因此其他的合金鮮少被使用。司卡德利亞於此時，藏金術依舊廣爲人知且廣泛使用，可以說和過去藏金術只出現於遙遠的泰瑞司或被守護者隱藏的情況相比，如今要來得普遍得多。

藏金術屬於平值（end-neutral）的技藝，意思是該力量並非透過從外界得到，亦不會失去。該技藝同樣需要金屬做爲載體，但金屬並非被吞食，而是當作媒介，可將施用者本身的能力進行時空轉移，今天投資，改天取用。該技藝觸及的範圍相當全面，觸角延伸至肢體（Physical）、意識（Cognitive），甚至靈魂（Spiritual）三大層面。最後一方面的能力正由泰瑞司族群進行密集的實驗，且從不對外人提起。值得一提的是，藏金術師與一般人的混血造成該力量大幅度地被稀釋，如今有更多人僅能使用十六種藏金術之一。有人推論如果能以神金的合金製造出金屬意識，還可以發現不同的能力。

血金術於現代司卡德利亞上幾乎無人知曉，其祕密被度過世界重生的人嚴格守護，目前所知唯一的使用者是坎得拉，該族（大多數）侍奉和諧。

血金術爲負值（end-negative）的技藝，使用過程中會失去某些力量。雖然歷史上許多人都將其誤解爲「邪法」，但其實該授予並不邪惡。血金術的本質是將一個人身上的能力或特質轉移到另一人身上，主要與靈魂界有關，是我最有興趣的技藝。如果要說寰宇（Cosmere）之中的人們對三者有哪一項是特別關注，那必定是血金術。我認爲血金術的使用方式，仍有相當大的開拓空間。

注：寰宇爲作者創作的所有作品之世界所存在的宇宙之名，賽耳爲《諸神之城：伊嵐翠》的背景世界之名，司卡德利亞則是「迷霧之子」系列的世界，另尚有「颶光典籍」系列的背景世界：羅沙（Roshar）等等。

■名詞解釋

鋁（Aluminum）：燃燒鋁的鎔金術師會立刻消化掉體內所有金屬，毫無其他作用，同時消滅所有存量。可以燃燒鋁的迷霧人被稱爲鋁蟲（Aluminum Gnat），因爲這個能力本身毫不重要。眞我（Trueself）藏金術師可以將他們身分的靈魂意念轉移到鋁的金屬意識中。這個能力鮮少在泰瑞司族群以外被提起，即使是泰瑞司人也不甚了解這個能力。鋁本身跟其中幾樣合金不受鎔金術影響，無法被推或拉，同時也可以用來保護個人不受情緒鎔金術影響。

彎管合金（Bendalloy）：滑行（Slider）迷霧人燃燒彎管合金可以在一定圈子中壓縮周圍的時間，讓圈子裡的時間過得更快。從滑行的角度看來，圈子外的事物會以極爲緩慢的速度進行。吞蝕（Subsumer）藏金術師可以在彎管合金金屬意識中儲存養分與卡路里，在儲存時可以吃下大量的食物，不會感覺到飽或增加體重，而在使用金屬意識時便可以不需要進食。另一種彎管合金金屬意識則可以被用來調節液體需求。

黃銅（Brass）：安撫者（Smoother）迷霧人燃燒黃銅可以安撫（抑制）周遭人的情緒，可以針對單一個體或大範圍使用，同時安撫者可以針對單一情緒調整。火靈（Firesoul）藏金術師可以在黃銅金屬意識中儲存溫暖，在儲存的同時可以降低體溫，之後可以汲取金屬意識中的存量來讓自己溫暖。

青銅（Bronze）：搜尋者（Seeker）迷霧人可以燃燒青銅來「聽到」其他鎔金術師在燃燒金屬時

散發的金屬脈動。不同的金屬有不同的脈動。哨兵（Sentry）藏金術師可在青銅金屬意識中儲存清醒，在儲存時會打瞌睡，之後可以汲取金屬意識來減低睡意或增強腦力。

鎘（Cadmium）：脈動（Pulser）迷霧人可以燃燒鎘來延緩自己周圍的時間流逝，讓時間過得比外面還慢。從脈動的角度看起來，外面的事件將會變成一片模糊。喘息（Gasper）藏金術師可以在鎘金屬意識中儲存呼吸。在儲存過程中，他們必須急促呼吸，好讓身體仍能擁有足夠的空氣，之後可以再取出呼吸，讓肺部不需要或減少對空氣的需求，同時也可以大量補充血液中的含氧量。

鉻（Chromium）：燃燒鉻的水蛭（Leecher）迷霧人在碰觸另一名鎔金術師時，可以清空該鎔金術師的所有金屬存量。旋轉（Spinner）藏金術師可在鉻金屬意識中儲存運氣，在一段十分不順的儲存過程後可汲取，增加好運。

紅銅：紅銅雲（Coppercloud，又稱煙陣Smoker）迷霧人可以燃燒紅銅，在自己周圍創造出隱形雲，讓附近的所有鎔金術師不被搜尋者發現，同時也可以讓周圍的人不受情緒鎔金術影響。庫藏（Archivist）藏金術師可以在紅銅金屬意識中儲存記憶，在儲存時，記憶從意識中消失，之後可以被完美地取出。

硬鋁（Duralumin）：燃燒硬鋁的迷霧之子可以立刻燃燒掉其他所有正在同時燃燒的金屬，釋放極大的總體金屬力量。燃燒硬鋁的迷霧人被稱爲硬鋁蟲（Duralumin Gnats）——因爲這個能力對其本身毫無用處。聯繫（Connecter）藏金術師可以在硬鋁金屬意識中儲存靈魂聯繫感，在儲存時降低他人對自我的意識跟友誼，之後取用時可以快速、立即與其他人建立起信任的關係。

電金（Electrum）：預言師（Oracle）迷霧人燃燒電金可以看到他們未來的可能道路，這通常限於幾秒鐘。頂峰（Pinnacle）藏金術師可以在電金金屬意識中儲存決心，在儲存過程中會進入憂鬱狀態，使用時則進入狂熱階段。

金（Gold）：命師（Augur）迷霧人燃燒金時可以看到過去的自己，或是做出不同選擇後的自己。製血者（Bloodmaker）藏金術師可以在金的金屬意識中儲存健康，在儲存時會減低健康狀態，之後使用時可快速癒合，或是超越身體正常癒合能力。

鐵（Iron）：扯手（Lurcher）迷霧人燃燒鐵時可以拉引附近金屬，但拉引必須是朝扯手的重心方向。掠影（Skimmer）藏金術師可以在鐵金屬意識中儲存體重，在儲存當下會減輕體重，使用時可以增強體重。

鎳鉻（Nicrosil）：鎳爆（Nicroburst）迷霧人在燃燒鎳鉻時如果碰觸另一名鎔金術師，將會立刻燒盡該鎔金術師正在使用的金屬，同時在對方體內釋放極大、甚至是出其意料之外的巨量金屬能力，承魂（Soulbearer）藏金術師可在鎳鉻金屬意識中儲存授予（Investiture）。這是少有人知的能力。我確信泰瑞司人在使用這些力量時，並不真正了解他們在做什麼。

白鑞（Pewter）：白鑞臂（Pewterarm，又名打手Thug）迷霧人在燃燒白鑞時可增加力氣、速度、耐力，同時增強身體癒合的能力。蠻力（Brute）藏金術師可以在白鑞金屬意識中儲存肢體力量，在儲存時力氣會變小，之後使用時可增加力氣。

鋼（Steel）：射幣（Coinshot）迷霧人在燃燒鋼時可鋼推附近的金屬，鋼推必須直接推離射幣的重心。鋼奔（Steelrunner）藏金術師可以在鋼的金屬意識中儲存速度，儲存時動作會變得緩慢，之後使用時可增加速度。

錫（Tin）：錫眼（Tineye）迷霧人燃燒錫時會增加五感的敏銳度，並且是五感同時增加。風語（Windwhisperer）藏金術師可將五感之一的敏銳度存在錫金屬意識中，不同的感官必須使用不同的金屬意識來儲存。儲存過程中，該感官的敏銳度會降低，而使用時則會提高。

鋅（Zin）：煽動者（Rioter）迷霧人在燃燒鋅時可煽動（鼓譟）附近的人的情緒，可以針對單一個人或大範圍的人群，煽動者同時可以操控特定的情緒。星火（Sparker）藏金術師可在鋅的金屬意識中儲存心智思考速度，儲存過程中會減緩思考與推理能力，使用時則可增加思考與推理速度。

中英名詞對照表

A

Abrigain　雅布禮更
Alernath　亞勒納斯
Alendel　阿藍代
Aluminum　鋁
Aluminum Gnats　鋁蟲
Ambersairs　安博薩
Annarel　安娜芮
Aramine　亞拉敏
Arbitan　奧比坦
Archivist　庫藏
Armal　愛爾瑪
Ascendant Warrior　昇華戰士
Atium　天金
Augur　命師
Augustin Tekiel
　奧古司丁・太齊爾
Aving Cett　亞凡・塞特

B

Barl　巴爾
Bendalloy　彎管合金
Bismuth　鉍
Bilming　比爾敏
Bloodmaker　製血者
Bloody Tan　血腥譚
Brass　黃銅
Breaknaught　防破號
Bren　布倫
Brettin　布列廷
Broadsheets　傳紙
Broken Window Theory　破窗理論
Bronze　青銅
Brute　蠻力
Burlow　老布羅

C

Cadmium　鎘
Callingfale　卡林菲
Carlo's Bend　卡羅彎
Channerel　卻納瑞爾
Charetel　查瑞特
Chromium　鉻
Citizen Migistrates　公僕
Cognitive　意識
Coinshot　射幣
Colms　科姆斯
Connecter　聯繫
Coolerim　庫樂瑞廳
Coppercloud　紅銅雲
Cosmere　寰主
Counselor of Gods　神之顧問
Covingtar　柯溫塔
Crasher　撞擊

D

Daius　戴尤士
Dampmere Park　丹玫公園
Dazarlomue　答薩落姆
Demoux Promenade　德穆大道
Doctor Murnbru　莫布魯博士
Donal　多拿
Doriel　多瑞爾
Doxonoar　多克索納
Doxil　多西爾

Dryport 乾港
Duralumin 硬鋁
Duralumin Gnat 硬鋁蟲

E

Edwarn 愛德溫
Ekaboron 鈧
Electrum 電金
Elendel 依藍戴
Elmsdel 艾姆戴
End-Negative 負值
End-Neutral 平值
End-Positive 正值
Entrone 恩特隆
Evenstrom Tekiel 伊分史托姆・太齊爾

F

Faceless Immortals 無相永生者
Faleast 法理司特
Far Dorest 遠多瑞斯特
Faradana 法拉達那
Farnsward 法恩思華德
Farnsward Dubs 法恩思華德・度柏斯
Fetrel 費特瑞
Field of Rebirth 重生之野
Final Ascension 最後昇華
Firesoul 火靈

G

Garmet 加枚特
Gasper 喘息
Gavil's Carriages 加維馬車行
Geormin 吉爾明
God Beyond 遠古神
God Metals 神金
Gold 金
Granger model 28 葛藍吉28型
Grimes 葛萊姆

H

Hammondar Bay 哈姆達灣
Harmony 和諧
Harms 哈姆司
Harrisel Hard 哈瑞瑟・哈德
Hazekiller 殺霧者
Hemalurgy 血金術
Hero 英雄
High Imperial 上皇族語
High Lord 上主
Hinston 辛思頓

I

Immerling 艾莫林
Invarian 因伐利安
Investiture 授予
Isaeuc's bend 伊撒尤斯彎
Iron 鐵
Ironeyes 鐵眼
Ironpuller 鐵拉
Ironspine Building 鐵脊大樓

J

Jon Deadfinger 死手指約恩
Joshin 約辛

K

Kandra 坎得拉
Kip 奇普

Krent 克倫特

L

Lennes 勒尼
Lessie 蕾希
Limmi 麗米
Longard 隆佳德
Lord Stanton 史坦敦大人
Lord Waxillium Ladrian
瓦希黎恩·拉德利安爵爺
Lurcher 扯手

M

Madion Way 麥迪恩大道
Maksil 馬克西
Marasi 瑪拉席
Marthin 瑪心
Metalborn 金屬之子
Metallurgy 金屬學
Mi'chelle 蜜雪兒
Miles 邁爾斯
Miles Dagouter 邁爾斯·達古特
Miles Hundredlives 百命邁爾斯
Mister Suit 套裝先生
Modicarm 摩迪卡
Morgothian District 瑪歌區
Mycondwel 麥亢朵

N

Nazh 納哲
Nicroburst 鎳爆
Nicrosil 鎳鉻
Nouxil 弩西

O

Octant 捌分區
Oracle 預言師
Origin 初代
Ostlin 歐思特林
Outer Estates 外城區

P

Paclo the Dusty 灰兮兮帕可羅
Pars the Deadman 死人帕司
Path 道
Peret the Black 黑手派瑞特
Peterus 佩特魯斯
Pewter 白鑞
Pewterarm 白鑞臂
Physical 肢體
Pinnacle 頂峰
Preservation's Wings
存留的翅膀
Pull 鐵拉
Pulser 脈動
Push 鋼推

R

Ranette 拉奈特
Rashekin 拉刹青
Reddi 瑞迪
Rioter 煽動者
Roughs 蠻橫區
Ruin 廢墟
Ruman 魯曼街
Rust 鐵鏽

S

Scadrial　司卡德利亞
Sel　賽耳
Senate　議會
Sentry　哨兵
Seran　瑟藍
Shewrman　修爾曼
Silverism　碎刺教
Skimmer　掠影
Skimming　輕掠
Slider　滑行
Soother　安撫者
Soulbearer　承魂
Sparker　星火
Spiritual　靈魂
Spiritweb　靈網
Stagin　史塔金
Steel　鋼
Steelrunner　鋼奔
Steinel　斯坦奈
Steris　史特芮絲
Sterrion　史特瑞恩
Subsumer　吞蝕
Surefires　準頭幫
Survivor　倖存者
Survivor's Deadly Name
　倖存者的致命之名

T

Taraco　塔拉克
Tarson　塔森
Tarier　塔瑞爾
Tathingdwel　塔辛朵
Tekiel Tower　太齊爾塔
Telsin　黛兒欣
Terringul 27　太林谷27型
Terris　泰瑞司
Thug　打手
Tillaume　提勞莫
Tin　錫
Tineye　錫眼
Trell　特雷
True Madil　真馬迪
Trueself　真我
Twinborn　雙生師
Tyrain　特瑞安

V

Vanishers　消賊
Vindication　問證
Vindiel-Cameux　紋迪爾卡穆
Vinuarch　紋弩亞期

W

Wax　瓦
Waxillium Dawnshot
　瓦希黎恩・曉擊
Wayne　偉恩
Weathering　耐抗鎮
Windwhisperer　風語
Words of Founding　《創始之書》
World of Ash　灰燼世界
Wyllion　委黎恩

Y

Yomen　尤門

Z

Zin　鋅

國家圖書館出版品預行編目資料

迷務之子 番外篇: 執法鎔金／布蘭登．山德森（Brandon Sanderson）作; 段宗忱譯 - 初版 - 臺北市：奇幻基地, 城邦文化出版：家庭傳媒城邦分公司發行；民100. 11
面：公分. -（BEST嚴選：031）
譯自：Mistborn: The Alloy of Law
ISBN 978-986-6275-59-3（平裝）

874.57 100020137

ISBN 978-986-6275-59-3

Printed in Taiwan.

BEST嚴選 031
迷霧之子番外篇：執法鎔金

原著書名／Mistborn: The Alloy of Law
作者／布蘭登．山德森（Brandon Sanderson）
譯者／段宗忱
企劃選書人／楊秀真
責任編輯／王雪莉

行銷企劃／周丹蘋
業務企劃／虞子嫺
行銷業務主任／李振東
總編輯／楊秀真
發行人／何飛鵬
法律顧問／元禾法律事務所 王子文律師
出版／奇幻基地出版
城邦文化事業股份有限公司
台北市 104 民生東路二段 141 號 8 樓
電話：(02)25007008 傳真：(02)25027676
網址：www.ffoundation.com.tw
e-mail：ffoundation@cite.com.tw
發行／英屬蓋曼群島商家庭傳媒股份有限公司城邦分公司
台北市 104 民生東路二段 141 號 11 樓
書虫客服服務專線：(02)25007718．(02)25007719
24 小時傳真服務：(02)25170999．(02)25001991
服務時間：週一至週五09:30-12:00．13:30-17:00
郵撥帳號：19863813 戶名：書虫股份有限公司
讀者服務信箱 E-mail：service@readingclub.com.tw
歡迎光臨城邦讀書花園 網址：www.cite.com.tw
香港發行所／城邦（香港）出版集團有限公司
香港灣仔軒尼詩道 235 號 3 樓
電話：(852)25086231 傳真：(852)25789337
e-mail：hkcite@biznetvigator.com
馬新發行所／城邦（馬新）出版集團
【Cite(M)Sdn. Bhd.(458372U)】
11, Jalan 30D/146, Desa Tasik, Sungai Besi, 57000 Kuala Lumpur, Malaysia.
電話：603-9056 3833 傳真：603-9056 2833

封面設計／莊謹銘
排版／浩瀚電腦排版股份有限公司
印刷／高典印刷有限公司
■2011 年（民 100）11 月 15 日初版
■2023 年（民 112）12 月 22 日初版25刷

售價／320元

廣　告　回　函
北區郵政管理登記證
台北廣字第000791號
郵資已付，免貼郵票

104台北市民生東路二段141號11樓

英屬蓋曼群島商家庭傳媒股份有限公司城邦分公司 收

請沿虛線對摺，謝謝

奇幻基地

每個人都有一本奇幻文學的啟蒙書

網　　　　站：http://www.ffoundation.com.tw
奇幻基地部落格：http://ffoundation.pixnet.net/blog
奇幻基地粉絲團：http://www.facebook.com/ffoundation/

書號：1HB031　　　書名：迷霧之子番外篇：執法鎔金

請於此處用膠水黏貼

奇幻基地

讀者回函卡

謝謝您購買我們出版的書籍！我們誠摯希望能分享您對本書的看法。請將您的書評寫於下方稿紙中（100字為限），寄回本社。本社保留刊登權利。一經使用（網站、文宣），將致贈您一份精美小禮。

姓名：＿＿＿＿＿＿＿＿ 性別：□男 □女

生日：西元＿＿＿＿年＿＿＿＿月＿＿＿＿日

地址：＿＿＿＿＿＿＿＿

聯絡電話：＿＿＿＿＿＿＿＿ 傳真：＿＿＿＿＿＿＿＿

E-mail：＿＿＿＿＿＿＿＿

您是否曾買過本作者的作品呢？□是 書名：＿＿＿＿＿＿＿＿ □否

您是否為奇幻基地網站會員？□是 □否（歡迎至http://www.ffoundation.com.tw免費加入）

請於此處用膠水黏貼

Brandon Sanderson

布蘭登・山德森

Brandon Sanderson

布蘭登・山德森